AVEC TOI
malgré moi

Titre original : Stuck-Up Suit

Couverture : Ariane Galateau
Photo de couverture : GettyImages/Yuri Arcurs

Pour la présente édition :

34-36, rue La Pérouse
75116 Paris
www. hugoetcie.fr

Collection dirigée par Hugues de Saint Vincent
Ouvrage dirigé par Sylvie Gand

ISBN : 9782755629941
Dépôt légal : avril 2017
Imprimé en France par CPI Brodard et Taupin - N° d'impression : 3020432

NEW ROMANCE®

VI KEELAND & PENELOPE WARD

AVEC TOI malgré moi

Roman

Traduit de l'anglais (américain)
par Fabienne Vidallet

Hugo Roman

Ce roman est dédié à toutes les petites filles qui veulent porter un justaucorps vert fluo en cours de danse quand toutes les autres ont choisi le rose pâle.

Chapitre 1

Soraya

Je mets un pied dans le wagon et me fige en le voyant. *Merde !* Il est déjà assis juste en face de ma place habituelle. Je recule.

– Hé, regardez où vous allez !

Un mec en costard rattrape de justesse son gobelet de café tandis que je le percute en sortant du troisième wagon.

– Qu'est-ce que vous foutez ? enchaîne-t-il.

– Désolée !

Je me baisse afin de ne pas être vue depuis l'intérieur de la rame et je remonte en courant plusieurs wagons comme ça. Les petites lumières placées près des portes tournent au rouge, un signal sonore annonce le départ imminent du métro. Je saute dans le septième wagon juste au moment où les portes se ferment.

Il me faut une bonne minute pour reprendre mon souffle. *Je dois absolument recommencer à faire du sport.* Je trouve un siège dans le sens de la marche. Je préfère m'asseoir à côté de quelqu'un plutôt que d'être dans la direction opposée au mouvement. L'homme baisse son journal tandis que je me glisse à ses côtés.

– Désolée, il faut que je sois dans le sens de la marche.

Les deux sièges face à lui sont vides. L'étiquette aurait voulu que je choisisse l'un des deux, mais je préfère éviter de vomir plutôt que respecter les formes.

– Moi aussi, répond-il en souriant.

Je mets mes écouteurs en soupirant de soulagement tandis que le train s'ébranle. Une minute plus tard, on me tapote l'épaule. L'homme à côté de moi attire mon attention sur un mec qui se tient debout dans l'allée.

J'enlève un écouteur, agacée.

– Soraya. Je t'avais bien reconnue.

Cette voix.

– Euh... salut.

Comment il s'appelle déjà ? Ah oui... comment aurais-je pu oublier ? Mitch. *Mitch à la voix de fausset.* Je suis toujours fâchée avec ma sœur à cause de cette catastrophe. Pire. Blind. Date. De. Ma. Vie.

– Comment vas-tu, Mitch ?

– Bien, et encore mieux maintenant que je te vois. J'ai essayé de te contacter à plusieurs reprises. Je dois avoir noté le mauvais numéro, parce que tu ne m'as jamais répondu.

Voilà, c'est ça.

Il se gratte les boules à travers son pantalon. J'avais presque oublié cette délicieuse habitude. C'est certainement un tic nerveux, mais chaque fois qu'il fait ça, je ne peux m'empêcher de suivre sa main du regard et je dois me retenir pour ne pas exploser de rire. *Mitch à la voix de fausset et à la démangeaison mal placée. Merci, sœurette.*

Il s'éclaircit la voix.

– On pourrait peut-être prendre un café ce matin ?

Le mec en costard à côté de moi baisse de nouveau son journal et nous considère tour à tour, Mitch et moi. Je ne peux pas me résoudre à être méchante avec lui ; il ne le mérite pas.

– Hum.

Je pose la main sur le bras du mec à côté.

– Je ne peux pas, désolée. Je te présente mon petit ami, Danny. On sort ensemble depuis une semaine. Pas vrai, chéri ?

Mitch se décompose.

– Oh, je vois.

Le faux Danny entre dans mon jeu en posant la main sur mon genou.

– Je ne partage pas, mec. Tire-toi.

– Pas la peine d'être aussi impoli, Danny, dis-je en lui lançant un regard noir.

– Ça ne l'était pas, chérie. Contrairement à ça, poursuit-il en plaquant ses lèvres sur les miennes.

Il ne se contente pas d'un smack ; sa langue envahit ma bouche à la recherche de la mienne. Je le repousse fermement.

– Désolée, Mitch, dis-je en m'essuyant les lèvres d'un revers de main.

– Pas de problème. Euh... je suis désolé de vous avoir interrompus. Prends soin de toi, Soraya.

– Toi aussi, Mitch.

Dès qu'il est hors de portée de voix, je me tourne vers le faux Danny.

– On peut savoir ce qui vous a pris, espèce de connard ?

– Connard ? Il y a deux minutes, j'étais votre chéri. Faudrait vous décider.

– Vous êtes gonflé.

Il glisse la main dans la poche intérieure de sa veste sans répondre et en sort son téléphone qui vibre.

– C'est ma femme. Vous voulez bien la fermer pendant une minute ?

– Votre *femme* ? Vous êtes *marié* ? je m'exclame en me levant. Putain, vous êtes vraiment un abruti.

Il n'a pas l'air de vouloir me laisser passer, aussi je suis obligée de l'enjamber. Au moment où il porte le téléphone à son oreille, je le lui arrache des mains et le place devant ma bouche.

– Votre mari est le plus grand connard que la terre ait porté.

Je balance ensuite l'appareil sur ses genoux et me dirige dans la direction opposée à celle qu'a prise Mitch.

Et on n'est que lundi !

Ce genre de trucs c'est l'histoire de ma vie. Tomber sur des boulets. Des mecs qui se grattent les couilles en public ou qui sont mariés.

Je gagne un autre wagon, histoire de ne plus voir les gueules de « Danny » et de Mitch.

À ma grande joie, la rame suivante est beaucoup moins bondée et je trouve un siège dans le sens de la marche. Je m'affale dessus, tout de suite plus calme. Je ferme les yeux et me laisse bercer par le rythme du train.

La voix sèche d'un homme perturbe soudain ma sérénité.

– Fais ton putain de job, Alan. Ton job. C'est trop te demander ? Pourquoi je te paye si tu dois toujours tout discuter ? Tes questions sont absurdes ! Démerde-toi et rappelle-moi quand tu auras trouvé une solution digne de ce nom. Je n'ai pas de temps à perdre. Mon chien serait certainement plus performant que toi.

Quel abruti.

Je lui jette un regard à la dérobée histoire de voir à quoi ressemble le visage qui va avec cette voix et je ne peux m'empêcher de rire. *Bien sûr.* Évidemment ! Pas étonnant qu'il pense pouvoir envoyer chier le monde entier. Avec la gueule qu'il a, je suis certaine que les gens s'agenouillent devant lui tout le temps, au propre comme au figuré. Il est super canon. Il est plus que ça, même, il pue le pouvoir et le fric. Je lève les yeux au ciel... mais je ne peux pas détourner le regard très longtemps.

Il porte une chemise cintrée à fines rayures qui ne laisse aucun doute sur la musculature qui se cache en dessous. Sa veste de costume bleu marine très chic est posée sur ses genoux. Ses chaussures noires ont été cirées récemment. Je suis sûre que c'est le genre de mec à se faire astiquer les pompes à l'aéroport par quelqu'un qu'il ne regarde même pas. Mais son accessoire le plus frappant, c'est son regard orageux dans son visage parfait. Il raccroche, l'air furieux. Une veine bat dans son cou. Il se passe la main dans les cheveux d'un geste nerveux. Miam. J'ai bien fait de changer de wagon rien que pour ce beau gosse. Il se fiche complètement de ce qui l'entoure et du coup, je peux le mater sans complexe. La fureur le rend super sexy. Et quelque chose me dit qu'il est *tout le temps* en colère. Il ressemble à un lion – le genre de bête à admirer de loin si on ne veut pas être blessé.

Ses manches sont relevées jusqu'au coude, dévoilant une montre hors de prix. Il regarde par la fenêtre, l'air aimable comme une porte de prison, et joue avec le bracelet qu'il tord dans un sens puis dans l'autre. On dirait un tic nerveux, ce qui est certainement ironique vu qu'à mon avis, c'est lui qui met tout le monde sur les nerfs.

Son téléphone sonne de nouveau.

Il décroche.

– Quoi ?

Sa voix est basse et rauque, exactement le genre de voix que je trouve excitante. Mais d'expérience, il est rare que le physique des mecs soit à la hauteur de ce genre de timbre.

Le portable dans la main droite, il continue à jouer avec son bracelet-montre métallique de la main gauche.

Clic clic clic.

– Il n'a qu'à attendre, aboie-t-il. Je serai là quand je serai là. On peut savoir quelle partie de ma réponse vous ne comprenez pas, Laura ? Vous ne vous appelez pas Laura ? Comment alors ? Eh bien... *Linda...* dites-lui que s'il ne peut pas attendre, il n'a qu'à reprendre un rendez-vous.

Il raccroche et marmonne quelque chose entre ses dents.

Les gens dans son genre me fascinent. Ils se comportent comme s'ils étaient les maîtres du monde juste parce que la génétique a été sympa avec eux ou qu'ils ont eu la chance de faire fortune. Il ne porte pas d'alliance. Je suis prête à parier qu'il ne se livre qu'à des activités égoïstes. Boire du café hors de prix, travailler, déjeuner dans des restaurants luxueux, baiser sans sentiments... Et recommencer. Et, de temps en temps, faire cirer ses chaussures et jouer au squash.

Je suis sûre qu'il est aussi autocentré au lit. Non pas que je l'enverrais dormir dans la baignoire – mais quand même. Je n'ai jamais couché avec un mec qui pue autant l'autorité, donc je ne peux pas affirmer d'expérience à quoi il ressemblerait dans une chambre à coucher. La plupart des mecs avec qui j'ai baisé étaient des artistes sans le sou, des hipsters ou des hippies. Ma vie n'a rien à voir avec *Sex and the city.* Plutôt Sex et la nazerie. Ça ne me dérangerait pas d'être la Carrie de ce Mister Big pour une journée, cela dit. Ou plutôt de ce Mister Big Connard. *Putain, oui.*

Bon, il y a bien un problème dans ce petit fantasme : je ne suis pas du tout le genre de ces mecs-là. Il aime certainement les riches blondes fragiles et soumises, pas les Italiennes aux formes généreuses originaires de Bensonhurst, Brooklyn, à la langue bien pendue et aux cheveux multicolores. Mes longues boucles m'arrivent jusqu'aux fesses. Je ressemble à un croisement improbable entre Elvira et Pocahontas, mais avec un gros cul. Toutes les semaines, je me teins le bout des cheveux d'une couleur différente en fonction de mon humeur. Là, c'est bleu roi, ce qui veut dire que je suis en super forme. Quand je choisis le rouge, mieux vaut ne pas me chercher.

Mes pensées sont interrompues par le grincement des roues du train, qui freine avant de s'immobiliser. Mister Big Connard se lève, suivi par un nuage de parfum coûteux. Même son odeur est odieusement sexy et dominatrice. Il se précipite vers les portes, qui se referment derrière lui.

Il a disparu. Voilà. Fin du spectacle. C'était marrant.

Je descends à l'arrêt suivant. Je me lève et mon pied heurte quelque chose. On dirait un palet de hockey. Je baisse les yeux.

Mon cœur bat soudain plus vite. Mister Big Connard a laissé un morceau de sa vie derrière lui.

Il a fait tomber son téléphone.

Son portable, bon sang.

Il est sorti si vite du wagon qu'il a dû le lâcher sans s'en rendre compte. Et j'étais trop occupée à admirer son cul musclé pour le remarquer.

Je ramasse l'iPhone. La coque a son odeur. J'ai envie de la porter à mon nez pour la renifler mais je me retiens.

Je regarde autour de moi. Si ma vie était une série télévisée, des rires enregistrés se feraient entendre à cet instant précis. Personne ne fait attention à moi. Tout le monde se fout que j'aie ramassé le portable de Monsieur Costume Chic.

Qu'est-ce que je vais en faire ?

Je le glisse dans mon sac à main léopard comme si c'était une bombe et je sors du métro. Il fait beau sur Manhattan. Je sens le téléphone vibrer à plusieurs reprises et sonner au moins une fois. Tant que je n'ai pas bu mon café, je ne suis pas prête à le toucher.

Comme tous les matins, j'achète une tasse dans un petit stand et je la sirote en marchant vers mon bureau. Je suis en retard aujourd'hui, aussi je décide de m'occuper du portable de Mister Big Connard après le déjeuner.

Une fois au boulot, je me rends compte que la batterie est presque vide, et je le branche à mon propre chargeur. Je suis l'assistante d'une chroniqueuse légendaire. Ce n'est pas le job de mes rêves mais ça paye le loyer. Ida Goldman est l'auteur de *Demandez à Ida,* une chronique quotidienne qu'elle tient depuis des années dans un journal. Depuis quelque temps, elle essaie de me former : elle me demande parfois de rédiger certaines réponses. Certaines questions sont sélectionnées pour la version papier, et les autres sont mises en ligne sur le site. Une partie de mon job consiste à faire le tri dans les questions et à soumettre les plus intéressantes à ma chef.

Les conseils d'Ida sont toujours pragmatiques et politiquement corrects, mais les miens, en revanche, sont plus directs et ne s'encombrent pas de langue de bois. Du coup, elle ne publie jamais mes réponses. Parfois, je ne résiste pas au plaisir de répondre aux questions qui n'ont pas été sélectionnées – celles qui auraient fini à la poubelle de toute façon. Certaines personnes ont vraiment besoin d'aide et je trouve moche d'ignorer leurs appels au secours.

J'ai découvert récemment que mon mari avait une collection de magazines porno. Que faire ? – Trisha, Queens.

Sers-t'en ! Achète un bon vibro. Prends ton pied en matant ces photos pendant qu'il est au boulot et, surtout, remets tout en place comme tu l'as trouvé.

Je me suis bourrée la gueule à une fête et j'ai roulé une pelle au meilleur ami de mon mec. Je n'arrête pas d'y penser. Je me sens super mal mais j'ai l'impression d'être amoureuse. Un conseil ? – Dana, Long Island.

Oui. Tu es une salope. À mardi prochain, Dana !

Mon petit copain m'a demandée en mariage. J'ai accepté. C'est l'homme le plus gentil et le plus tendre que j'ai jamais rencontré. Mais le

diamant de la bague de fiançailles est plus petit que ce à quoi je m'attendais. Je ne veux pas le blesser, mais je voudrais exprimer ma déception. Comment ? – Lori, Manhattan.

Dieu a le même problème te concernant, ma chérie. PS : Quand ton fiancé t'aura larguée, file-moi son numéro, espèce de sale égoïste.

Répondre à ces mails de manière sincère et directe me donne toujours l'énergie qu'il faut pour bien démarrer la journée. La matinée file à toute allure. À midi, le portable de Mister Big Connard est chargé et je l'emporte dans la salle de repos. J'ai commandé thaï pour Ida et moi.

Après le déjeuner, Ida quitte la pièce : j'ai dix minutes de tranquillité devant moi pour fouiller ce téléphone. J'ai de la chance : il n'est pas verrouillé par un code. Je commence par les photos. Il n'y en a pas beaucoup et si je pensais pouvoir deviner qui est ce mec en voyant ses clichés, j'en suis pour mes frais. La première photo est celle d'un petit chien blanc. On dirait une espèce de terrier. Sur la suivante, les seins nus d'une femme entre lesquels est posée une bouteille de champagne. Ils sont pâles, parfaitement ronds et totalement faux. *Beurk.* Suivent plusieurs clichés du chien, puis une photo d'un groupe de femmes âgées qui ont l'air de participer à un cours de fitness. *Qu'est-ce que... ?* Je ne peux pas m'empêcher de rire. La dernière photo est un selfie de lui avec une vieille dame. Il est habillé de manière plus décontractée, ses cheveux sont un peu en bataille et il sourit. Il est vraiment super canon sur cette photo. Difficile de croire que c'est le même que le type en costard ultra coincé que j'ai rencontré dans le métro ce matin.

Il me reste cinq minutes avant de devoir retourner à mon bureau. Pas d'adresse mail liée à son téléphone. Je décide donc d'ouvrir la liste de ses contacts et d'appeler le premier nom qui figure dessus : Avery.

– Tiens, tiens, Graham Morgan, ça faisait longtemps. Qu'est-ce qui t'arrive ? Tu es parvenu à la fin de l'alphabet et tu repars au début ? Tu n'as pas oublié que je ne suis pas un de tes jouets, n'est-ce pas ?

J'entends un klaxon et des bruits de circulation, suivis par une portière qui claque, assourdissant les sons de la rue.

– Je vais au Langston Building. Et ne passez pas par le parc. Les cerisiers sont en fleurs et je n'ai pas envie de me mettre à gonfler avant ma réunion.

Une fois qu'elle a fini d'aboyer sur le chauffeur, elle se souvient que je suis toujours au bout du fil.

– Qu'est-ce que tu veux, Graham ?

– Euh, bonjour. Ce n'est pas Graham, c'est Soraya.

– Sor... quoi ?

– Soraya. C'est un terme perse qui signifie princesse. Mais je ne suis pas iranienne. Mon père pensait que...

– Quel que soit votre nom, dites-moi ce que vous voulez et pourquoi vous me faites perdre un temps précieux. Et pourquoi est-ce que vous m'appelez depuis le téléphone de Graham Morgan ?

Graham Morgan. Même son nom est sexy. Ça ne m'étonne pas.

– J'ai trouvé ce téléphone dans le métro. Je suis presque certaine qu'il appartient à un homme que j'ai croisé dans le wagon. Petite trentaine. Cheveux bruns coiffés en arrière, un peu longs pour un homme en costume, un peu ondulés sur la nuque. Il portait un costume bleu marine à fines rayures. Et une énorme montre.

– Beau, arrogant et furieux ?

Je ne peux m'empêcher de glousser.

– Exactement.

– Il s'appelle Graham Morgan et je sais exactement ce que vous devez faire avec ce portable.

Je sors un stylo de mon sac.

– Dites-moi.

– Vous êtes sur la ligne 1 ?

– Pas très loin.

– Bien. Prenez la 1 jusqu'au bout. Descendez à la station South Ferry Terminal.

– D'accord.

– Une fois-là, tournez à droite sur Whitehall, puis à gauche sur South Street.

Je connais le coin. J'essaie de visualiser les immeubles. C'est un quartier très commercial.

– Mais je vais arriver sur l'East River ?

– Exactement. Balancez son téléphone à la flotte et oubliez cet homme.

Sur ce, elle raccroche. *Intéressant.*

Chapitre 2

Soraya

J'avais prévu de rendre le portable ce matin. Non, vraiment. Je le jure.

Mais bon, j'avais aussi prévu de finir mes études. Et de voyager dans le monde entier. Malheureusement, l'année dernière, je ne suis pas allée plus loin que Hoboken, New Jersey, un jour où je me suis endormie dans le métro.

Le portable en sécurité dans mon sac à main, je m'installe dans le wagon numéro sept, une rangée derrière Mister Big Connard, légèrement en diagonale, et je lui jette des regards en coin pendant qu'il lit *The Wall Street Journal*. J'ai besoin de temps pour étudier le lion. Les animaux du zoo m'ont toujours fascinée, surtout dans leurs interactions avec les humains.

Une femme entre à la station suivante et s'assied juste en face de Graham. Elle est jeune et sa jupe si courte que c'en est presque indécent. Ses longues jambes sont bronzées, nues et sexy, et même moi je ne peux m'empêcher de les mater. Mais le lion ne bronche pas. Il ne la remarque même pas, trop occupé à lire son journal et à jouer avec sa montre. *Je pensais pourtant que c'était un prédateur.*

Quand le métro s'immobilise à sa station, je décide de lui rendre son portable. Demain. Un jour de plus, ça ne change rien. Je regarde de nouveau ses photos pendant le reste de mon trajet. Mais cette fois-ci, je les examine plus en détail, en faisant attention au décor à l'arrière-plan.

La photo avec la vieille femme a été prise devant une cheminée. Je ne m'en étais pas rendu compte. Sur le manteau sont alignés une dizaine de cadres. Je zoome sur celui qui est le moins pixélisé. Il contient la photo d'une femme et d'un jeune garçon. Ce dernier a l'air d'avoir huit ou neuf ans et il porte un uniforme. La femme – enfin, il me semble que c'en est une – a les cheveux coupés en brosse. Le garçon est peut-être Graham mais je n'en suis pas certaine. Je manque rater ma station en zoomant sur une autre photo, au fond de laquelle je découvre un facteur. Qu'est-ce que je fiche, bon sang ?

Je m'arrête devant le camion de mon vendeur de café habituel.

– Je voudrais un grand latte froid au lait de soja, avec de la vanille et sans sucre.

Anil secoue la tête en riant. De temps en temps, quand il y a une file de clientes qui ont l'air de s'être perdues en cherchant un Starbucks, je commande un truc débile. En parlant bien fort. En général, il y en a au moins une dans le lot pour croire *qu'Anil's Halal Meat* sert des boissons sophistiquées. Chez lui, il y a quatre choix : noir, au lait, sucré et va te faire foutre – il n'a même pas d'aspartame. Je lui tends un dollar et je récupère mon café noir comme tous les matins. Je m'éloigne en riant en entendant une femme lui demander si elle peut avoir un Frappuccino.

Quand j'arrive au bureau, je découvre qu'Ida est d'une humeur de dogue. *Génial.* Le monde entier croit que *Demandez à Ida* est une institution américaine vénérée partout : seuls quelques-uns connaissent la vérité. La femme qui déverse des tonnes de conseils sucrés prend son pied en emmerdant les autres et en étant le plus radine possible.

– Trouve-moi le numéro du Celestine Hotel, m'ordonne-t-elle en guise de salut.

J'allume la tour du vieil ordi sur lequel elle m'oblige à travailler. Sur mon portable, Internet est beaucoup plus rapide, mais je refuse d'utiliser mon forfait sous prétexte qu'elle ne veut pas entrer dans le XXIe siècle. Cinq minutes plus tard, je pénètre dans son bureau, le numéro à la main.

– Voilà. Vous voulez que je vous réserve une chambre ?

– Donne-moi le dossier voyage.

Je le lui tends et j'attends, puisqu'elle n'a pas répondu à ma question. Elle feuillette le gros dossier ventru jusqu'à ce qu'elle tombe sur une petite carte de visite pliée, comme celles que les hôtels donnent avec le nom de la femme de chambre écrit dessus. Elle la lit avant de me la donner.

– Appelle-les. Dis-leur que Margaritte ne sait pas faire une chambre. La dernière fois que j'y ai séjourné, l'aspirateur n'avait pas été bien passé et j'ai trouvé des cheveux dans la douche.

– D'accord...

– Donne-leur le nom de Margaritte et dis-leur que je veux une chambre faite par quelqu'un d'autre. Et exige une ristourne.

– Et s'ils refusent ?

– Réserve-moi une chambre quand même. Elle était parfaitement nettoyée la dernière fois, en fait.

– Le sol et la douche étaient propres ?

Elle pousse un soupir exaspéré, comme si je mettais sa patience à rude épreuve.

– Leurs chambres sont hors de prix. Je refuse de payer 400 dollars pour une nuit.

– Donc vous préférez faire virer quelqu'un à la place ?

Elle hausse un sourcil épais, dessiné au crayon.

– Tu préfères que ce soit toi ?

C'est ça. Va donner des conseils moraux aux autres, espèce de garce.

***

Heureusement pour moi, on est mercredi, le jour où Ida a rendez-vous avec son éditrice. Je n'ai qu'une matinée à la supporter avant qu'elle se barre après m'avoir laissé une liste de choses à faire longue comme le bras :

– Commander de nouvelles cartes de visite. (Moins colorées que la dernière fois : je suis à la tête d'une entreprise, pas d'un cirque.)

– Mettre le blog à jour. (Il y a des lettres et leurs réponses dans le dossier jaune. N'improvise pas à ta manière. Demandez à Ida ne suggère en AUCUN CAS de se faire prendre en levrette pour consoler son copain qui vient de perdre son Jack Russell.)

– Saisir les factures qui sont dans le dossier bleu sur Quickbooks. (Utilise tous les bons de réduction, même s'ils sont périmés.)

– Envoyer les contrats à Lawrence pour qu'il les refasse.

Aucune indication supplémentaire. Je comprends pourquoi en les feuilletant : elle a écrit au feutre orange en travers de chaque page : *Ridicule. Inacceptable.*

– Passer au pressing. (Ne le paie pas si la tache sur la manche gauche de ma veste en mohair n'est pas partie.)

C'est quoi le mohair ?

– Speedy Printing doit nous livrer un colis cet après-midi. (Ne donne pas de pourboire. Le coursier avait encore dix minutes de retard la semaine dernière.)

Et ainsi de suite. Je me retiens de scanner cette liste et de la poster sur le blog sous la réponse qu'elle a récemment faite à une femme qui se plaignait de son patron. Au lieu de ça, je mets la musique à fond – Ida m'interdit de travailler en musique –, je file vingt dollars en petite monnaie au coursier et je m'octroie une pause d'une heure, pieds nus sur le bureau, pour jouer avec le portable de Mister Big Connard. J'admire la dernière œuvre de Tig – une plume tatouée sur mon pied droit, qui se balance au bout d'un bracelet de cheville en cuir. Très Pocahontas. Maintenant que ça a dégonflé, il faut que je passe au salon, histoire qu'il fasse une photo pour son mur.

Comme je suis presque au bout de mon forfait, j'entre *Graham Morgan* dans la barre de données de Google sur son téléphone. Je suis surprise en voyant apparaître plus de mille résultats. Le premier, c'est le site de sa compagnie : Morgan Financial Holdings. Je clique sur le lien. Sans surprise, je découvre un site professionnel et sans âme. La liste de ses holdings est longue d'une page et va de l'immobilier aux investissements financiers. Tout ça pue la fortune familiale. Je suis prête à parier que papa a toujours son bureau dans les locaux et qu'il passe dire bonjour tous les vendredis après le golf. Toutes ces holdings ont un point commun : la gestion de biens. *On ne prête qu'aux riches.* Qui s'occupe des miens ? Ah, oui, c'est vrai. Je ne possède rien. À part mes super nichons. Dont personne ne s'occupe non plus, d'ailleurs.

Je clique sur l'onglet À propos et je reste bouche bée. La première photo est celle de notre Adonis en personne, Graham J. Morgan. Il est franchement canon. Un nez aquilin, une mâchoire virile et des yeux de la couleur du chocolat chaud. Quelque chose me dit qu'il a une ascendance grecque. Je me lèche les babines. *Bon sang.* Je lis sa bio.

Vingt-neuf ans, diplômé avec mention de Wharton School, la plus prestigieuse école de finances américaine, célibataire, bla bla bla. La seule chose qui me surprend, c'est la dernière ligne : Monsieur Morgan n'a fondé la Morgan Financial Holdings que huit ans plus tôt et pourtant le portefeuille de ses clients rivalise avec les firmes les plus anciennes et les plus prestigieuses de New York. *Bon, apparemment, je me suis trompée à propos de papa.*

Après avoir essuyé la bave de l'écran, je clique sur *Membres du personnel.* Trente directeurs et managers. Ils ont tous quelque chose en commun, eux aussi. Ils sont surdiplômés et ils font la gueule. Un seul ose sourire sur sa photo. Ben Schilling, le directeur marketing. Déjà ennuyée par la vie de l'entreprise mais pas disposée pour autant à retourner travailler, je fais défiler les contacts de Graham sur son téléphone. En voyant le nom d'Avery, je me demande si seules les femmes lui en veulent à mort. Quelques noms plus bas, je tombe sur le premier mec. Ben. *Mmmm.* Sans me prendre trop la tête sur ce que je fais, je tape un texto.

Graham : Tu fais quoi ?

Quand je vois les trois petits points se mettre à danser, ce qui signifie qu'il est en train de me répondre, je suis surexcitée.

Ben : Je bosse sur la présentation. Elle sera prête demain comme prévu.

Graham : Génial. Dis à Linda de te mettre au planning.

Moi au moins, je me souviens de son prénom. Je vois les petits points s'agiter avant de disparaître. Puis de réapparaître.

Ben : Je pensais que Linda était virée. Après ce qui s'est passé à la réunion d'hier.

Ah, voilà qui est intéressant. Je me redresse sur mon siège.

Graham : Il s'est passé plein de choses à la réunion d'hier. De quoi parles-tu, exactement ?

Ben : Mmmm… Tu lui as hurlé : T'es virée, dégage d'ici tout de suite.

Ce mec est vraiment un gros connard qui a sérieusement besoin qu'on lui foute un coup de pied au cul. J'ouvre Safari et je retourne sur la dernière page. Je fais défiler l'écran jusqu'à ce que je trouve ce que je cherche : Meredith Kline, directrice des ressources humaines.

Graham : J'ai peut-être été un peu dur avec elle. J'ai des réunions tout l'après-midi. Tu peux passer dire à Meredith que je veux qu'elle touche un mois de salaire en tant qu'indemnités de licenciement ?

Ben : Bien sûr. Je suis sûr qu'elle appréciera.

Si je me montre trop sympa, il va trouver ça louche.

Graham : Ce que j'apprécierais, c'est d'éviter de me retrouver au tribunal. Ce qu'elle apprécie, je m'en fous.

Je me dis que j'en ai assez fait, du coup je range le téléphone dans mon sac à main avant de faire plus de dégâts. Je le lui rendrai demain. Il me tarde de voir cet abruti en personne.

Chapitre 3

Soraya

Si j'en crois le panneau dans le hall, la Morgan Financial Holdings occupe tout le vingtième étage. J'attends l'ascenseur, l'estomac gargouillant. Comme je viens de prendre mon petit déjeuner, je sais que c'est à cause de l'appréhension et ça m'énerve.

Pourquoi suis-je stressée à l'idée de me retrouver face à face avec ce connard ?

Parce qu'il est beau.

Je sais bien que c'est à cause de ça, ce qui est totalement ridicule. Je ne suis pas une nana superficielle mais une partie de moi ne peut pas s'empêcher de se pâmer devant ce mec. Cette partie a vraiment intérêt à la mettre en veilleuse tout de suite.

Les portes de l'ascenseur s'ouvrent avec un ding, et j'entre dans la cabine en même temps qu'un homme plus âgé en costume. On n'est que tous les deux. Quand il se gratte les boules, je regarde le tatouage sur mon pied pour me distraire. Pourquoi est-ce que tous les mecs se grattent les couilles devant moi ? Heureusement, on arrive assez rapidement au vingtième étage. Je sors de l'ascenseur, laissant derrière moi l'homme libre de se caresser en privé.

Un panneau noir sur lequel s'étale *Morgan Financial Holdings* en lettres dorées est fixé au-dessus d'une double porte vitrée. Je prends une profonde inspiration, rajuste ma petite robe rouge et me dirige vers l'entrée. Oui, je me suis faite belle. Ne me jugez pas.

Une jeune réceptionniste rousse me sourit.

– Puis-je vous aider ?

– Oui. Je voudrais voir Graham Morgan.

On dirait qu'elle se retient de rire.

– Vous avez rendez-vous ?

– Non.

– Monsieur Morgan ne reçoit que sur rendez-vous.

– Je possède quelque chose de très important qui lui appartient. Je dois absolument le voir.

– Comment vous appelez-vous ?

– Soraya Venedetta.

– Comment ça s'écrit ? Vendetta ? Comme une vendetta contre quelqu'un ?

– Non, c'est Ven-E-detta. Il y a un E au milieu. V-E-N-E-D-E-T-T-A.

Si on m'avait donné cinq centimes chaque fois que quelqu'un épelait mal mon nom, je serais plus riche que Graham J. Morgan.

– D'accord. Mademoiselle Venedetta. Asseyez-vous, je vous en prie. Dès que Monsieur Morgan sera là, je lui demanderai s'il veut bien vous recevoir.

– Merci.

Je m'installe sur le canapé moelleux placé en diagonale par rapport à l'accueil tout en tirant sur ma robe. Je ne suis pas surprise que Mister Big Connard ne soit pas encore là : il n'était pas dans le métro ce matin. Je me demande combien de temps je vais devoir poireauter : je n'ai pris que ma matinée et je suis censée être de retour au bureau juste après le déjeuner.

Je feuillette des magazines financiers sans faire attention à ce que je lis et je manque ne pas lever les yeux à temps quand les portes s'ouvrent. Mon cœur se met à battre plus fort quand j'aperçois Graham, qui a l'air aussi furieux que d'habitude. Il porte un pantalon noir et une chemise blanche immaculée dont les manches sont remontées. Il a toujours cette grosse montre au poignet. Il tient une cravate bordeaux dans une main et un ordinateur portable dans l'autre. Lorsqu'il passe à côté de moi, son parfum capiteux me frappe de plein fouet. Il regarde droit devant lui, indifférent à ce qui l'entoure, moi y compris.

La réceptionniste se met à rayonner en le voyant.

– Bonjour, Monsieur Morgan.

Pour toute réponse, il émet un grognement à peine audible et disparaît dans le couloir.

Sans blague.

Je pose les yeux sur la jeune femme.

– Pourquoi ne pas lui avoir dit que je l'attendais ?

Elle se met à rire.

– Monsieur Morgan a besoin de décompresser le matin. Je ne peux pas l'agresser en lui disant qu'il a une visite inattendue dès son arrivée.

– Combien de temps vais-je attendre ?

– Je passerai un coup de fil à son assistante dans une demi-heure.

– Vous plaisantez ?

– Pas du tout.

– C'est ridicule, bordel. J'en ai pour deux minutes. Pas question d'attendre toute la matinée pour ça. Je vais être en retard au boulot.

– Mademoiselle Vendetta...

– Ven-E-detta...

– Venedetta. Désolée. Il y a des règles ici. La première de toutes, c'est qu'à moins qu'il ait une réunion de prévue, Monsieur Morgan ne doit pas être dérangé quand il arrive.

– Que fera-t-il si vous le dérangez ?

– Je préfère ne pas le savoir.

– Moi, si.

Je me lève et me précipite dans le couloir, la rouquine sur les talons.

– Mademoiselle Venedetta. Vous ne savez pas ce que vous faites. Revenez tout de suite ! Je ne plaisante pas.

Je m'arrête devant une porte en bois sombre sur laquelle est gravé Graham J. Morgan. Les stores des vitres qui entourent la porte sont baissés.

– Où est son assistante ?

Elle montre du doigt un bureau vide juste en face.

– Elle est là d'habitude mais on dirait qu'elle n'est pas encore arrivée. Raison de plus pour ne pas le déranger pour le moment, parce qu'il doit être en colère après elle.

Elle s'adresse à une femme installée à un autre bureau.

– Tu sais pourquoi Rebecca n'est pas encore là ?

– Elle a démissionné. L'agence lui cherche une remplaçante.

– Super, commente la réceptionniste. Elle est restée quoi... ? Deux jours ?

L'autre se met à rire.

– Ce n'est pas si mal, quand on y pense...

Quel genre de mec est ce Graham Morgan ?

Pour qui se prend-il ?

Je sens une soudaine bouffée d'adrénaline me monter à la tête. Je franchis l'espace qui me sépare du bureau de la secrétaire et j'appuie sur l'interphone qui porte l'étiquette GJM.

– Vous vous prenez pour qui, putain ? Le magicien d'Oz ? Je suis certaine que la reine d'Angleterre est plus facile à voir.

Je lis l'épouvante dans les yeux de la réceptionniste mais comme il est trop tard, elle se contente d'assister à la scène, muette.

Pas de réponse pendant une bonne minute, puis sa voix grave résonne enfin.

– Qui est-ce ?

– Je m'appelle Soraya Venedetta.

– Venedetta.

Il répète mon nom sans l'écorcher, contrairement au reste du monde. Comme il n'ajoute rien, je presse de nouveau le bouton.

– J'attends patiemment de pouvoir vous voir. Mais je pense que vous êtes en train de vous branler ou un truc du genre. Tout le monde a tellement peur de vous que personne ne veut vous dire que je voudrais vous voir. Je suis en possession d'un objet vous appartenant.

– Vraiment ?

– Oui. Et je ne vous le donnerai que si vous ouvrez la porte.

– Dites-moi, Mademoiselle Venedetta.

– Oui ?

– Cette chose que soi-disant je cherche : est-ce le remède contre le cancer ?

– Non.

– Une Shelby Cobra vintage ?

Une quoi ?

– Euh... non.

– Alors vous vous trompez. Vous ne possédez rien qui me ferait ouvrir cette porte et me forcer à vous parler. Débarrassez le plancher, s'il vous plaît, ou je demande à la sécurité de vous y aider.

Ras-le-bol. Pas question de supporter ses conneries plus longtemps. À partir de maintenant, je ne veux plus avoir jamais affaire à lui. Je décide donc de lui laisser son maudit portable. Soudain, j'ai une idée. Un cadeau de rupture. Avec mon propre téléphone, je prends trois photos de moi : une de mon décolleté sur laquelle je lui fais un doigt d'honneur, une de mes jambes et une de mon cul. Puis j'entre mon numéro dans son portable sous le nom de *Y'a pas de quoi, connard*. J'ai fait exprès de ne pas prendre mon visage en photo : je ne veux pas qu'il me reconnaisse dans le métro.

Je lui envoie les trois photos, suivies d'un dernier texto :

Soraya : Votre mère devrait avoir honte de vous.

Puis je tends le portable à la réceptionniste.

– Assurez-vous qu'il le récupère.

Et je m'en vais en roulant du cul, même si au fond je me sens un peu abattue et que je suis folle de rage.

Le temps que j'arrive au boulot, je suis d'une humeur massacrante. La seule bonne nouvelle, c'est qu'Ida a une réunion extérieure imprévue et que je suis donc tranquille. Du coup, j'en profite pour partir une heure plus tôt.

Je décide de passer voir Tig et sa femme, Delia, avant de rentrer chez moi. Tig et moi sommes amis d'enfance : on était voisins quand on était petits. Tig et Del possèdent un salon de tatouages et de piercings sur la 8e Avenue.

J'entends le bourdonnement de l'aiguille : Tig est avec un client. Il s'occupe des tatouages et Delia des piercings. Quand je suis de mauvaise humeur, j'ai tendance à être impulsive. J'ai déjà décidé de me teindre les pointes en rouge en rentrant, mais soudain, ça ne me paraît pas suffisant.

– Del, je voudrais un piercing à la langue.

– Arrête de déconner, répond-elle en agitant la main.

Elle me connaît par cœur.

– Je ne plaisante pas.

– Tu as dit que tu ne te ferais jamais percer. Je ne veux pas que tu reviennes m'engueuler quand tu seras de meilleure humeur.

– J'ai changé d'avis. Je veux un piercing.

Tig, qui a tout entendu, reporte son attention sur nous.

– Je te connais. Il a dû se passer un truc sacrément chelou pour que tu veuilles te faire percer la langue du jour au lendemain.

Je pousse un long soupir.

– Sacrément chelou, ouais.

Je leur raconte tout, de la découverte du portable de Graham à la façon dont il m'a traitée ce matin.

– Laisse tomber, constate Tig sans lâcher son aiguille. Tu ne reverras plus jamais ce connard. Tu le laisses t'atteindre. Efface-le de ta mémoire.

Je sais qu'il a raison. Je ne comprends pas pourquoi l'attitude de Graham m'affecte à ce point. Pas question de tomber dans la surinterprétation ni de relier ça avec le fait que mon père m'a abandonnée. Peut-être que je m'attendais à être agréablement surprise plutôt que profondément déçue. Quelque chose m'empêche de lâcher prise. J'espérais en apprendre plus sur Graham que je ne pourrai jamais le faire. Je ne sais pas pourquoi ça a autant d'importance et tant que je n'aurai pas compris le pourquoi de ma réaction, je m'en prendrai à moi-même.

– Je veux quand même que tu me perces la langue.

Elle lève les yeux au ciel.

– Soraya...

– Allez, Del. Fais-le, point barre !

Je sens un élancement dans la langue dans le métro qui me ramène chez moi. Je lis la liste des précautions à suivre en rigolant.

Ne pas embrasser ni se livrer à d'autres activités orales avant la guérison complète.

Ouais... Pas de problème vu que je n'ai personne dans ma vie. Tout le reste me paraît facile, jusqu'à ce que j'arrive à la dernière ligne.

Ne boire aucune boisson acide ou alcoolisée pendant que la plaie cicatrise.

Merde. Je me suis tiré une balle dans le pied en décidant de me faire percer la langue justement le soir où j'avais besoin de noyer mon chagrin dans l'alcool.

Une fois chez moi, je me déshabille et me teins les pointes en rouge, couleur qui signifie que je ne vais vraiment pas bien. Mais au moment où je pensais savoir exactement comment cette soirée allait se terminer, le truc le plus inattendu du monde se produit.

Chapitre 4

Graham

Ma journée est gâchée par une paire de seins et une plume tatouée. Et pire, ils parlent.

De toutes les choses qu'elle aurait pu me dire pour accompagner ces photos, elle a choisi ces mots-là. Elle m'a envoyé le seul message capable de me foutre en l'air et de me pourrir la journée. Voire la semaine.

Soraya : Votre mère devrait avoir honte de vous.

Va te faire foutre, Soraya Venedetta. Va te faire foutre parce que tu as raison.

Cette drôle de nana m'irrite au plus haut point.

Elle n'a prononcé son nom qu'une fois dans l'intercom mais il m'a frappé. D'ordinaire je ne retiens pas les noms.

Soraya Venedetta.

Techniquement, c'est *Soraya Y'a pas de quoi Connard Venedetta.*

Comment a-t-elle mis la main sur mon portable ?

Le texto, que je lis en boucle, me hante.

Votre mère devrait avoir honte de vous.

Chaque lecture accroît ma colère parce qu'au fond, je sais que rien n'est plus vrai. Ma mère aurait eu honte de la façon dont je traite les gens au quotidien. Chacun gère la tragédie à sa manière. Après la mort de maman, j'ai choisi de repousser tout le monde et de mettre toute mon énergie dans mes études et ma carrière. Je ne voulais plus rien ressentir, n'avoir de lien avec personne. Et la manière la plus simple d'y parvenir, c'est de faire peur aux gens. Si être un connard est un art, alors je le maîtrise à la perfection. Et plus je réussis dans mon boulot, plus c'est facile.

C'est hallucinant ce qu'on pardonne à un homme qui a mon statut et ma gueule. Presque personne ne me remet à ma place ni ne me contredit. Ils acceptent tout. Jamais personne ne s'est adressé à moi comme Soraya Venedetta l'a fait ce matin. Personne.

Même si son attitude culottée m'a impressionnée, je l'avais presque oubliée jusqu'à ce qu'Ava, la réceptionniste, frappe à ma porte pour me rendre mon téléphone.

Et voilà que des heures plus tard, je suis toujours obsédé par la prise de conscience que le texto de Soraya a suscitée en moi. Et obsédé par sa paire de seins enchâssée dans une robe couleur du diable.

Ça fait sens.

Soraya Venedetta est un petit démon.

Comme à cause d'elle je suis incapable de me concentrer sur mon travail, j'annule la seule réunion de l'après-midi et je quitte le bureau.

De retour chez moi, je m'installe sur le canapé pour siroter un cognac tout en continuant à ruminer. Sentant que quelque chose ne va pas, Blackie, mon Westie, s'assied à mes pieds sans même essayer de me convaincre de jouer avec lui.

Mon appartement de l'Upper West Side domine les silhouettes des gratte-ciel. Il fait nuit à présent et les lumières de la ville illuminent le ciel nocturne. Plus je bois, plus les lumières me paraissent brillantes et plus mes inhibitions disparaissent. Quelque part dans l'immensité urbaine, Soraya est contente d'elle, ignorant qu'elle m'a détruit dans le processus.

En contemplant une nouvelle fois le tatouage sur son pied, je songe soudain qu'elle n'a pas photographié son visage parce qu'elle doit être super moche. J'éclate de rire à cette idée et le bruit se répercute dans le salon froid et vide. J'aimerais savoir à quoi elle ressemble. J'aurais dû ouvrir la porte de mon bureau et lui faire fermer sa gueule en live.

Mon doigt s'attarde sur son nom : *Y'a pas de quoi Connard.* J'ai envie de lui rendre la monnaie de sa pièce. Je suis mesquin. Tant pis. Je réponds à son texto.

Graham : Ma mère est morte. Mais oui, je suppose qu'elle aurait honte de moi.

Cinq bonnes minutes s'écoulent avant que mon téléphone ne vibre.

Soraya : Je suis désolée.

Graham : Vous devriez.

Je devrais en rester là. Elle se sentirait comme une merde, fin de l'histoire. Mais je suis bourré. Et super excité. J'ai maté ses seins, ses jambes et son cul toute la journée.

Graham : Qu'est-ce que vous portez, Soraya ?

Soraya : Vous êtes sérieux ?

Graham : Vous m'avez pourri la journée. Vous me devez bien ça.

Soraya : Je ne vous dois rien du tout, espèce de pervers.

Graham : Dit la femme qui m'a envoyé une photo de son décolleté. Jolis seins, d'ailleurs. Ils sont tellement gros qu'au début j'ai cru que c'était une photo de votre cul.

Soraya : Classe.

Graham : Montrez-moi votre visage.

Soraya : Pourquoi ?

Graham : Je veux voir s'il est à la hauteur de votre caractère.

Soraya : Ce qui veut dire ?

Graham : Ça part mal pour vous.

Soraya : Vous ne le verrez jamais.

Graham : C'est probablement mieux comme ça. Donnez-moi un indice sur votre tenue.

Soraya : Rouge.

Graham : Vous ne vous êtes pas changée ?

Soraya : Je suis à poil avec de la teinture

qui me dégouline partout et à cause de vous, ma langue me fait un mal de chien.

Quelle drôle de réponse.

Graham : Intéressante image.

Soraya : Vous êtes taré.

Graham : En fait, OUI. Je pense que je devrais me faire examiner parce que j'ai passé la journée à fantasmer sur une femme sans tête.

Soraya : Pas question de vous envoyer une photo de moi à poil.

Graham : Et si j'en envoie une d'abord ?

Ma réponse à dû sérieusement la surprendre parce que la conversation s'arrête net. Je décide de ne plus l'embêter. Je balance mon téléphone sur le canapé et pose Blackie sur mon torse nu où il reste jusqu'à ce que je m'endorme.

* * *

Le lendemain, je parviens à ne pas penser à Soraya, mais deux matins plus tard l'obsession revient de plein fouet.

Le métro matinal est particulièrement bondé et je ne peux pas m'asseoir. Cramponné à la barre métallique, je regarde autour de moi. Je ne fais jamais attention aux autres voyageurs et maintenant je sais pourquoi.

Putain de tarés.

Je laisse mon regard errer sur le sol et mes yeux se posent sur le pied d'une femme installée en biais par rapport à moi. Elle porte le même tatouage que Soraya. Mon cœur se met à battre plus fort. Ses ongles vernis sont rouge vif.

Putain de merde.

C'est elle.

Elle prend le même métro que moi ! C'est comme ça qu'elle a récupéré mon téléphone.

Je ne parviens pas à lever les yeux. J'ai peur d'être déçu. Il vaut mieux que je continue à fantasmer sans affronter la réalité.

Mais je dois le faire. Je veux savoir à quoi elle ressemble.

Je compte lentement jusqu'à dix puis je laisse mon regard remonter le long de ses jambes croisées. Jupe en cuir noir, sac à main léopard, chemisier mauve dont le décolleté profond met en valeur ces seins sur lesquels je fantasme. Puis je lève les yeux jusqu'à son visage.

Merde.

Merde.

Merde.

Elle regarde droit devant elle. Ses cheveux bruns et soyeux aux pointes rouges sont relevés en queue-de-cheval, dévoilant une nuque délicate. Des lèvres parfaitement dessinées laquées de rouge. Un nez retroussé. De grands yeux marron. Le démon a le visage d'un ange. En fait, Soraya Venedetta est une bombe. Je sens mon excitation monter. Je ne pourrai jamais l'oublier.

Quand elle sent que je la dévisage et qu'elle pivote vers moi, nos regards se croisent. Mon rythme cardiaque s'accélère. Je ne sais pas si elle me reconnaît. Puis elle détourne les yeux vers la vitre.

Elle ne sait pas à quoi je ressemble ?

Je me triture les méninges. Il doit y avoir une ou deux photos de moi dans mon téléphone où je suis habillé de manière décontractée pour rendre visite à ma grand-mère. Elle n'a pas peut-être pas regardé les clichés. Je suis certain que Soraya Venedetta aurait ouvert sa grande gueule si elle m'avait reconnu.

Elle ne sait pas qui je suis.

Je pousse un soupir de soulagement et je continue à contempler son beau visage, halluciné que ce soit elle qui ait mis ma vie sens dessus dessous quelques jours plus tôt. Un siège se libère. Je m'assieds, sors mon portable et cherche son nom dans mes contacts.

On va se marrer.

Graham : Vous avez les cheveux courts ou longs ?

C'est la chose la plus inoffensive qui me vient à l'esprit. Je me dis que si j'attaque direct en lui disant que j'ai fantasmé sur elle en me douchant ce matin – j'ai imaginé que j'huilais ses seins voluptueux et que j'y faisais glisser ma queue – elle ne me répondra pas.

Soraya : Vous avez une préférence ?

Graham : Longs. J'aime les femmes aux cheveux longs.

Impossible de la regarder. Je constate soudain que si je pose les yeux sur la vitre, j'aperçois son reflet. Elle lève la tête, jette un coup d'œil dans ma direction avant de reporter son attention sur son portable.

Soraya : Courts. Ils sont très courts.

Menteuse.

Un sourire rusé étire ses lèvres. *Je vais m'occuper de son cas.*

Graham : Dommage. J'ai fantasmé hier à l'idée que vous aviez les cheveux assez longs pour que je puisse les enrouler autour de ma taille.

Son sourire s'efface et un frisson d'excitation me parcourt. Elle entrouvre la bouche et je suis certain que si j'étais près d'elle, j'entendrais le bruit de sa respiration haletante. Elle s'agite sur son siège pendant une minute avant de répondre.

Soraya : Désolée. C'est impossible. J'ai ordre strict de ne me livrer à aucune activité buccale pendant un bon moment.

Hein ?

Graham : Ordre d'où ?

Soraya : On dit « Ordre de qui ? ». C'est plus correct.

Graham : Dit la femme qui envoie des photos pornos à des inconnus.

Soraya : Je n'envoie jamais de photos pornos à des inconnus. Vous m'avez foutue hors de moi. Je voulais juste vous montrer ce que vous ratiez en refusant de descendre de votre trône pour me recevoir.

Graham : Si c'est ça, je prévois de vous foutre hors de vous de nouveau. Souvent.

Elle regarde par la fenêtre pendant un bail. Je suis presque à mon arrêt. Cette femme a une façon bien à elle de m'irriter et je sais que je ne vais pas pouvoir me concentrer sur ma réunion de 8 heures maintenant qu'elle a évoqué des activités buccales impossibles. Je me rends.

Graham : Ordre de qui ?

Soraya : Delia.

Merde. Elle est lesbienne ? Cette pensée ne m'a même pas effleuré. Quel genre de lesbienne envoie des photos dénudées à un homme ?

Graham : Vous êtes lesbienne ?

Le métro ralentit à ma station. Si je n'avais pas une réunion importante, je serais resté à bord rien que pour voir où elle descend. Je laisse malgré moi errer mon regard sur elle avant de me lever. Elle a la tête baissée mais elle sourit. Un sourire magnifique et sincère. Pas du tout le genre artificiel que les nanas avec qui je sors semblent mettre au point devant leur miroir. Non. Soraya Venedetta sourit pour de bon. Un sourire un peu en coin. Splendide.

Mon téléphone m'indique qu'un texto est arrivé. Heureusement, ça détourne mon attention avant qu'elle me surprenne.

Soraya : LOL. Non, je ne suis pas lesbienne. Delia m'a percé la langue il y a deux jours. D'où l'interdiction de ne rien faire tant que ce n'est pas cicatrisé.

Bordel.

Je ferme les yeux pour essayer de me calmer mais ça ne fait qu'empirer les choses. J'imagine son visage angélique et sa langue percée allant et venant sur ma queue et j'ouvre brusquement les yeux.

Je suis tellement distrait que je sors du wagon juste avant que les portes se referment. Comment vais-je pouvoir bosser maintenant que je sais ça ?

Chapitre 5

Soraya

Il fait un temps splendide : pas un nuage dans le ciel. Je regarde par la vitre en me demandant ce qui m'a pris. J'ai côtoyé des hommes beaux, je suis même sortie avec certains. Alors pourquoi, lorsque je me retrouve près de Graham J. Morgan, j'ai de nouveau treize ans et je suis aussi empotée que si un beau gosse venait s'asseoir en face de moi à la cafèt ?

Je déteste la réaction qu'il suscite dans mon corps. Il y a une alchimie naturelle impossible à museler. Je ne peux pas la combattre, de la même manière que je n'ai pas réussi à la provoquer avec Jason – le dernier mec sympa avec qui je suis sortie.

J'ai pris le métro plus tôt ce matin, du coup je ne m'attendais pas à tomber sur Graham. Quand nos regards se sont croisés, ses pupilles se sont légèrement dilatées et je me suis dit qu'il ressentait peut-être la même chose que moi. Mais il a détourné la tête, totalement indifférent. Je me suis sentie virtuellement rejetée et mes mains tremblaient encore quand son premier texto est arrivé. Heureusement que le choc provoqué par son apparition ne s'est pas vu sur ma figure. Il ne sait pas qui je suis et j'entends bien que ça dure.

Ida interrompt le cours de mes pensées en déposant brusquement une pile de lettres pliées sur mon bureau. Qui écrit une lettre et l'envoie à une rubrique des lecteurs de nos jours ? *Coucou, les mails ? Vous êtes là ? C'est moi, le vingt et unième siècle.*

– Tu peux rédiger quelques réponses pour le site ?

– Bien sûr.

– Peut-être que cette fois tu pourrais donner des conseils appropriés.

Je me sens super inappropriée ce matin, en fait.

– Je vais faire de mon mieux.

– Ce n'est pas assez. Fais bien.

Elle claque la porte de mon bureau derrière elle et je lui fais un doigt. *Je l'avais prévenue.*

Je parcours le courrier pendant une heure avant de trouver des lettres auxquelles je pense pouvoir répondre comme Ida le ferait. Mes premiers brouillons finissent roulés en boule à côté de la poubelle. Puis je comprends qu'il y a une astuce pour rédiger des conseils foireux. D'abord écrire la réponse comme je l'entends. Puis remplacer chaque phrase par son exact opposé. De manière surprenante, cette technique produit des avis tout à fait « Idaesques. »

Chère Ida,

L'année dernière, j'ai découvert que mon copain me trompait. Il m'a assuré qu'il avait fait une terrible erreur et m'a promis que ça ne se reproduirait pas. J'ai eu beaucoup de chagrin mais j'ai accepté de rester avec lui. Mais je n'arrive pas à tourner la page. Je suis très attirée par l'un de mes collègues. Est-ce que ça m'aiderait de coucher avec lui ? Est-ce que deux erreurs peuvent s'annuler et sauver un couple ?

– Paula, Morningside Heights

Etape 1

Chère Paula,

C'est vrai que deux erreurs ne s'annulent pas, mais en revanche, quelle bonne excuse ! Foncez ! Une relation nécessite de l'investissement, mais bon, pas plus que la folie. Tromper quelqu'un n'est pas une erreur : c'est un choix. Regardez les choses en face. Qui a trompé une fois trompera de nouveau. Vengez-vous, couchez avec votre collègue puis larguez votre mec avant qu'il recommence.

Etape 2

Chère Paula,

Non. Deux erreurs ne s'annulent pas. Si vous voulez vraiment sauver votre couple, vous devez éviter la tentation à tout prix. Les gens commettent des erreurs, mais ils peuvent aussi apprendre et changer. Se tromper est humain, pardonner est divin. Soyez divine. Faites-lui confiance. Si vous l'aimez sincèrement, ne cédez pas.

Une fois que j'ai pigé le truc, je rédige des réponses pour deux jours avant de les donner à Ida pour qu'elle les valide. Quand mon portable vibre à midi, je suis tout excitée : j'espère que c'est Graham. Je sais bien que c'est ridicule, mais j'attends impatiemment ses textos sexy. Mais ce n'est qu'Aspen. Je suis déçue. J'ai oublié qu'on est censés se voir ce soir. J'ai envie d'annuler mais au lieu de ça, je prétends que je suis ravie de passer la soirée avec lui. C'est l'ami d'un ami. On s'est rencontrés à une fête et il a l'air sympa. Et puis de toute façon, passer la soirée à attendre un SMS de la part d'un mec qui ne s'intéressera jamais à moi, c'est trop glauque.

Après le boulot, je mets un point d'honneur à me faire belle, en espérant que ça améliorera mon humeur. J'enfile un jean moulant et une blouse violette qui met en valeur mon abondant décolleté. J'ajoute des nu-pieds à brides cloutées sexy et je me contemple dans le miroir. Je suis super canon. *Va te faire foutre*, Graham Morgan qui ne m'a même pas accordé un second regard.

Comme j'habite à Brooklyn, je retrouve toujours mes rencards directement sur le lieu du rendez-vous. Le métro n'incite pas vraiment les gens à venir vous chercher, ce qui me va plutôt bien vu que je n'aime pas donner mon adresse à n'importe qui. Mais Aspen a prévu qu'on aille à Long Island ; du coup, il passe me prendre en voiture.

– J'espère que ça ne t'ennuie pas mais je dois faire un crochet.

– Pas de problème.

Contrairement à notre rencontre pendant la fête, la conversation n'est pas fluide. Je suis obligée de lui poser des questions pour éviter les silences.

– Où va-t-on ? Tu as parlé d'un club.

– Oui. Un club de théâtre. Je ne passe pas avant 21 heures.

– Tu joues ?

– Oui, répond-il en haussant les épaules. Je me suis dit qu'on ferait d'une pierre deux coups.

Sa réponse me déplaît. On dirait que ce rencard est une corvée. Mais je tâche d'en tirer le meilleur parti possible. Ça fait longtemps que je ne suis pas allée voir un one-man-show et peut-être qu'il essaie tout simplement de frimer devant moi. Mon portable vibre dans mon sac à main. Je lui jette un coup d'œil discret pour voir qui c'est. Ça me fait mal de l'admettre, mais une partie de moi aimerait que ce soit Graham.

Aspen se gare sur un parking.

– Je n'en ai pas pour longtemps.

Il m'abandonne dans la voiture ?

– Où sommes-nous ?

Je scrute la pénombre. À ma gauche un supermarché, à ma droite un funérarium.

– Je vais au funérarium. Ma tante est morte.

– Ta tante est morte ?

– Oui. J'en ai pour dix minutes, dit-il en sortant à demi de la voiture. À moins que tu ne veuilles m'accompagner ?

– Euh... Je préfère attendre ici.

C'est quoi, ce délire ?

Je suis sidérée. Il m'amène à la veillée funèbre de sa tante, puis au boulot. Quand mon téléphone vibre une deuxième fois, je me dis que j'ai bien mérité une distraction.

Graham : Comment va votre langue ?

Soraya : Mieux. Elle a dégonflé.

Graham : Je me suis fait du souci toute la journée.

Soraya : Vraiment ?

Je souris. Cet échange de textos avec le pervers sublime risque fort d'illuminer ma soirée avec Aspen.

Graham : Qu'est-ce que vous faites, Soraya ?

Quand je lis sa question, j'entends sa voix rauque et sexy la susurrer à mon oreille. J'ai la chair de poule. Mon cerveau a beau protester, mon corps a envie de cet homme.

Soraya : J'ai un rencard.

Mon téléphone reste silencieux un long moment et je finis par penser que la conversation est terminée. Mais il vibre de nouveau.

Graham : Est-ce que je peux raisonnablement penser que ça ne se passe pas hyper bien vu que vous répondez à mes textos ?

Soraya : Vous pensez bien.

Graham : Il s'appelle comment ?

Soraya : Pourquoi cette question ?

Graham : Pour mettre un nom sur l'homme pour lequel j'ai une aversion soudaine.

Et voilà, je regarde mon téléphone en souriant.

Soraya : Aspen.

Graham : Quel idiot.

Soraya : Et vous savez ça à cause de son nom ?

Graham : Non. Je le sais parce que vous envoyez des SMS à un autre homme pendant que vous passez la soirée avec lui.

Soraya : Je suppose que si j'étais avec vous, je n'enverrais pas de textos à quelqu'un d'autre.

Graham : Si vous étiez avec moi, vous ne vous demanderiez même pas où est votre portable.

Soraya : Vraiment ?

Graham : Sûr et certain.

Bizarrement, je le crois. Je soupire et décide de lui raconter les détails de mon rencard pourri.

Soraya : Il m'a amenée à une veillée funèbre.

Graham : Pour votre rencard ?

Soraya : Oui.

Graham : J'espère que vous m'écrivez en vous dirigeant vers le métro le plus proche.

Soraya : On est à Long Island. Je suis coincée avec lui toute la soirée.

Graham : Il a prévu autre chose après ?

Soraya : Oui. Il m'emmène au boulot.

Graham : Pardon ?

Soraya : LOL.

Graham : Où êtes-vous ? Je viens vous chercher.

Est-ce que Mister Big Connard se montrerait... gentil ?

Soraya : Merci. Ce n'est pas la peine.

Après ça, il arrête de m'écrire. Pire, Aspen revient. À partir de là, les choses se dégradent lentement. Une fois arrivés au club, il avale coup sur coup deux vodkas tonic. Quand je lui rappelle qu'il est censé conduire, il rétorque qu'il connaît ses limites. Mais pas les miennes. Après trois minutes de blagues nazes, je vais aux toilettes et j'en profite pour m'éclipser. Je dépense onze dollars de taxi, puis je prends trois métros pour rentrer chez moi. Il faudrait peut-être que j'arrête de sortir avec des mecs pendant quelque temps.

Chapitre 6

Graham

Je suis d'une humeur de dogue toute la matinée. À bien y réfléchir, ma mauvaise humeur a commencé hier soir. Juste au moment où la femme au corps de démon et au visage d'ange m'a dit qu'elle préférait passer la soirée avec un connard qui l'a emmenée à une veillée funèbre plutôt que d'accepter que je vienne la chercher.

Si je n'avais pas une réunion très tôt ce matin, je serais monté dans son métro pour lui dire qui je suis. En contemplant la photo de ses seins délicieux sur mon téléphone, je me dis que *je sais exactement qui je suis*... Un harceleur. Et ça me fout encore plus en rogne. *Qu'elle aille se faire foutre, elle et son rencard.*

– Rebecca !

Je presse le bouton de l'intercom et j'attends la réponse de ma secrétaire.

– Rebecca !

Cette fois-ci, je crie si fort que je n'ai pas besoin d'utiliser l'intercom. Tout le bureau m'a entendu.

Toujours rien.

Je balance le dossier sur mon bureau et je me dirige d'un pas vif vers celui de mon assistante. Une rouquine est assise à sa place.

– Qui êtes-vous ?

– Lynn. Votre secrétaire depuis deux jours.

Elle fronce les sourcils comme si elle pensait que je devrais comprendre de quoi elle parle.

– Qu'est-il arrivé à Rebecca ?

– Je ne sais pas, Monsieur Morgan. Voulez-vous que je me renseigne ?

– Non. Je voudrais que vous alliez me chercher de quoi déjeuner. De la dinde sur une tartine de blé complet avec une tranche d'emmental. Pas deux. Une. Et un café. Noir.

– Bien.

– La réceptionniste à l'accueil a de la monnaie. Demandez-lui.

Elle me sourit sans bouger.

– Qu'est-ce que vous attendez ? Filez.

– Oh. Vous voulez que j'y aille tout de suite ?

Je regagne mon bureau en grommelant.

Au tout début de l'après-midi, mon portable vibre : Soraya m'envoie une photo de ses jambes. C'est la première fois qu'elle écrit en premier.

Merde.

Cette femme aura ma peau. Il faut qu'elle accepte qu'on se voie.

Graham : Montrez-m'en plus.

Soraya : Non.

Graham : Vous êtes une allumeuse. Écartez les jambes.

Soraya : Hors de question.

Graham : Vous avez une morale tout d'un coup ?

Soraya : Non, j'ai des limites et vous montrer ce qu'il y a entre mes jambes en est une grosse.

Graham : Comme la mienne. Rien que d'y penser, je bande.

Soraya : Espèce de pervers. Vous êtes au boulot ?

Graham : Vous savez bien que oui. Pourquoi est-ce que vous m'avez envoyé cette photo alors ? Vous cherchez à m'agacer.

Soraya : Il ne vous en faut pas beaucoup.

Graham : Bon, si vous ne voulez pas me montrer votre chatte, au moins faites-moi entendre votre voix.

Soraya : Vous l'avez déjà entendue.

Graham : Oui, mais vous étiez en colère. Je veux vous entendre quand vous êtes mouillée et excitée.

Soraya : Comment savez-vous que je suis mouillée et excitée ?

Graham : Je le sens.

Soraya : Sérieux…

Graham : Oui.

Mon téléphone sonne. *Soraya.*

Ma voix est intentionnellement basse et séduisante.

– Salut, bébé.

– Je ne suis pas votre bébé.

Rien que d'entendre le son de sa voix, je suis parcouru par un frisson d'excitation.

– Je veux vous voir, fais-je et ma voix est tendue même à mes propres oreilles. Je veux savoir à quoi vous ressemblez.

J'ai besoin de te toucher.

– Je ne pense pas que ce soit une bonne idée.

– Pourquoi ?

– On n'est pas compatibles. Je ne suis pas votre genre.

Je hausse un sourcil.

– Ah. Et c'est quoi mon genre ?

– Je ne sais pas... Une garce snob et pétée de thunes ? Quelqu'un qui fait des compliments à un mec coincé en costard dans votre genre.

J'éclate de rire.

– Un mec coincé en costard ?

– Oui. Vous êtes prétentieux et persuadé que vous avez le droit de marcher sur les gens et de les maltraiter.

– Il n'y a qu'une personne que j'ai envie de maltraiter en ce moment, c'est vous, Soraya. Je voudrais vous faire. Plein. De. Choses.

– Pourquoi vous êtes aussi insupportable ?

– Pourquoi les gens sont comme ils sont ? On ne naît pas comme ça. On le devient.

– Vous êtes donc passé maître dans l'art d'être un connard ?

– Je suis un connard parce que... – je m'interromps – parce que je ne veux pas gérer la merde qui se produit systématiquement chaque fois que je baisse la garde.

– Et pourquoi avez-vous monté la garde ?

– D'où sortent ces questions profondes, Soraya ? Je ne fais pas de confidences aux femmes avec qui je n'ai pas couché.

– Si vous me sautez, vous me raconterez tous vos secrets ?

Je sens l'excitation monter à cette idée.

– Si vous acceptez de coucher avec moi, je vous dirai tout ce que vous voulez.

– Voilà ! C'est bien ce que je disais !

Même si on se chamaille gentiment, j'entends de l'amusement dans sa voix. Je devine qu'elle sourit et qu'elle apprécie notre conversation.

Je m'éclaircis la voix.

– Bon... À votre tour. Comment vous êtes devenue une chieuse sarcastique ?

– J'ai toujours été comme ça.

Je rigole. Bizarrement, ça ne m'étonne pas. Elle a l'air de n'avoir peur de rien ; ce n'est pas une façade. Elle est comme ça.

– Qu'est-ce que vous faites dans la vie, Soraya ?

– D'après vous ?

– Question piège.

Je me gratte le menton et pose les pieds sur mon bureau.

— Si je me fie au peu que je sais de vous... Des nibards et des jambes sublimes... Vous êtes peut-être gogo danseuse dans une boîte sombre et enfumée.

– Vous avez raison pour le côté sombre et enfumé. Mon bureau est affreux et mon chef enchaîne les cigarettes.

– Il n'a pas intérêt à souffler sa fumée trop près de vous.

Mais calme-toi bon sang, ou elle va croire que tu es un cinglé jaloux.

– C'est une femme. Et elle fume en douce. Je bosse pour un courrier du cœur. C'est un job de merde mais il paie les factures.

– C'est intrigant. Vous travaillez pour quelle nana ?

– Je ne sais pas si je dois vous le dire. Vous allez me harceler au boulot.

– Ironique, venant de vous, non ? Vous avez oublié comment vous vous êtes présentée ?

– Sa chronique s'appelle *Demandez à Ida.*

– Ça me dit quelque chose.

– Elle écrit depuis des années.

Mais oui. Ma mère la lisait.

– Ma mère la lisait. Vous faites quoi exactement ?

– Je lis le courrier qui arrive et je réponds à certaines lettres. Et je suis l'assistante d'Ida.

J'éclate de rire.

– Vous donnez des conseils aux gens ?

– C'est si difficile à croire ?

– J'ai besoin d'un conseil.

– D'accord...

– Comment vous convaincre d'accepter un rendez-vous ?

– Croyez-moi, parfois il vaut mieux conserver une part de mystère. Je pense que rien de bon ne sortirait d'une rencontre.

– Comment ça ?

– Vous voulez juste coucher avec moi.

Je réfléchis à ce qu'elle vient de dire. Je la trouve follement attirante. Mais au fond de moi, je sais que ça va au-delà de ça. Je ne sais pas d'où ça vient, ni ce que ça signifie. Soraya a allumé un brasier que je ne parviens pas à éteindre. La mettre dans mon lit est une priorité, certes, mais il y a autre chose. Je dois résoudre ce mystère.

– Je ne veux pas passer pour un porc, mais je peux baiser qui je veux quand je veux. Il n'est pas question de ça entre nous.

– De quoi, alors ?

– Je ne sais pas, dis-je, sincère. Mais j'ai envie de le découvrir.

Elle reste silencieuse un instant puis semble s'éloigner.

– Je dois y aller.

– J'ai dit quelque chose ?

– Il faut que j'y aille.

– D'accord ? Quand est-ce qu'on se rappelle ?

– Je ne sais pas.

Sur ce, elle raccroche.

Soraya Venedetta vient de me raccrocher au nez. Je meurs d'envie de lui courir après.

Calme-toi, Graham.

Mon estomac se met à gronder et je réalise que cette incompétente de Lynn ne m'a apporté ni sandwich ni café.

Je me dirige vers l'accueil.

– Où est ma secrétaire ? Elle était censée aller m'acheter à déjeuner.

– Elle a dit à l'agence qu'elle ne reviendrait pas.

Génial.

Le manque de caféine m'a flanqué la migraine. Je retourne prendre ma veste dans mon bureau, puis je me rends chez le traiteur au bout de la rue.

Une fois attablé, j'ouvre mon ordinateur portable. J'ai une idée de génie. Je cherche la rubrique *Demandez à Ida* sur le site du journal : je vais poser une question en espérant que Soraya la lise.

Chère Ida,

Je suis obsédé par une femme. Elle m'a envoyé par texto des photos de ses seins, de ses jambes et de son cul mais elle refuse qu'on se rencontre. Je me dis qu'elle doit être très laide et qu'elle a peur que je le découvre. Comment la convaincre d'accepter un rendez-vous et que tous les hommes ne sont pas aussi superficiels qu'elle a l'air de le croire ? – Costard Coincé, Manhattan

Je rabats le couvercle de mon ordinateur, très satisfait de moi-même, et je termine mon sandwich au pastrami. Je mange vraiment n'importe quoi à cause d'elle. Je passe quelques coups de fil professionnels et j'appelle Moune à la maison de retraite avant de rouvrir mon portable. Une réponse est arrivée par mail.

Cher Costard Coincé,
Vous tirez peut-être des conclusions hâtives. Rien ne prouve que cette femme soit moche. Peut-être que vous ne lui plaisez pas. Vous pouvez aussi vous regarder dans le miroir : vous découvrirez qu'une personnalité laide est beaucoup plus repoussante qu'un visage laid.

J'éclate de rire, émerveillé par l'humour de cette femme. Quelle langue... Il me tarde qu'elle l'utilise pour autre chose. En dehors du fait qu'elle est drôle, franche, belle et sexy, il y a chez elle une vulnérabilité, comme une méfiance. Je veux savoir pourquoi elle a peur de moi. Je n'éprouve jamais ce genre de curiosité d'habitude. Ça me perturbe mais je n'y peux rien.

* * *

Rester assis en face d'elle dans le métro sans la dévisager ouvertement est tout un art. Comme un ventriloque parle sans ouvrir la bouche, j'essaie de la mater sans qu'elle s'en rende compte.

C'est un vrai défi pour moi ce matin, non pas parce qu'elle est super sexy, mais parce qu'elle n'est pas seule. Un homme tatoué de partout, et qui a l'air d'être bien plus son genre que moi, est assis à côté d'elle. Ils discutent en riant et je n'ai qu'une envie : lui tordre le cou.

Mon sang ne fait qu'un tour quand il se penche sur elle pour l'embrasser. Je n'arrive pas à voir s'il lui a fait une simple bise ou si c'était un vrai baiser parce que je leur jette des coups d'œil à la dérobée. Puis il se lève et descend de la rame, la laissant derrière lui.

La jalousie qui affleurait à la surface m'aveugle à présent. Je suis tellement furieux que je lui envoie un texto sans réfléchir.

Graham : Qui est ce mec ?

Elle se fige avant de lever lentement les yeux vers moi. Sa peau déjà pâle devient blême. Nos regards se croisent. Elle sait qui je suis.

Est-ce qu'elle sait depuis le début qu'on prend le même métro ?

Je réfléchis à cette idée. Elle a posé les yeux sur moi directement, comme si elle savait exactement où regarder.

Elle fait semblant de ne pas me reconnaître depuis le début.

Elle a dû trouver des photos de moi sur Internet. C'est la seule réponse plausible. De toute façon, ça n'a aucune importance. Ce qui compte, c'est que je suis nez à nez avec la femme qui a envahi mes pensées, mon corps et mon âme dès l'instant où elle a ouvert sa grande gueule dans mon intercom.

Je suis censé descendre au prochain arrêt, mais il n'en est pas question. Nous sommes engagés dans une bataille de regards. Je comprends soudain qu'elle aussi est en train de digérer le fait que je connais son identité.

Elle se lève brusquement. Je suppose qu'elle descend à la prochaine. Je la suis jusqu'à la porte du wagon. Je la vois regarder mon reflet dans la porte vitrée. Je lui adresse un sourire narquois. J'ai l'impression d'être le chat du Cheshire qui a fini par attraper sa proie. Une trace d'amusement passe sur ses traits.

Les portes s'ouvrent et je la suis sur le quai. Je marche à côté d'elle. On avance lentement tous les deux, incertains. Que faire ? Que dire ? Quand la foule a disparu dans l'escalator, on se retrouve presque seuls sur le quai. Je l'attrape par la taille pour la forcer à pivoter vers moi.

Sa respiration est haletante et elle frissonne de la tête aux pieds. Mon cœur bat à tout rompre. Voir que je lui fais autant d'effet me surprend – et m'excite. Follement.

L'odeur poudrée de sa peau me fait quasiment planer. Entre ça et la chaleur de son corps si près du mien, j'ai une érection incontrôlable. Je suis comme un ado sur le point de jouir dans un costume à trois mille dollars.

Je m'approche lentement d'elle et elle recule vers un pilier en ciment auquel elle se retrouve adossée. Je place les mains de part et d'autre de son visage et pose ma bouche sur ses lèvres. Ma langue impatiente part en quête de la sienne. Tout disparaît autour de moi. Elle gémit et je l'embrasse plus profondément. Ses seins généreux sont comme une décharge électrique sur mon torse. Le métal froid de son piercing contre la chaleur de ma langue me procure le même effet. Si on n'était pas en public, je ne romprais jamais ce baiser. Je meurs d'envie de la sauter sur ce quai.

Elle me repousse et s'éclaircit la voix.

– Comment savais-tu que c'était moi ?

Je caresse sa lèvre inférieure du pouce.

– Je ne répondrai que lorsque tu m'auras dit qui est ce mec qui t'a embrassée.

– Ce n'était pas un baiser, mais une bise. C'est mon pote, Tig. On a pris le petit déjeuner ensemble ce matin.

– Ton pote ?

– Il est très marié. Sa femme est aussi mon amie.

– Il n'y a rien entre vous, alors ?

– Non. Et même si c'était le cas, ça ne te regarde pas. (Elle essuie sa bouche meurtrie par mes assauts.) Comment as-tu su que c'était moi ?

– La plume sur ton pied, petit génie. Il y a tes pieds sur la photo de tes jambes. J'ai utilisé ce tatouage pour t'identifier. Ça fait des jours que je te mate. Et apparemment, tu faisais la même chose pour moi.

Elle ne nie pas.

Je me rapproche un peu.

– Tu aimes ce que tu as vu ? C'est pour ça que tu n'as pas arrêté de m'écrire ? Quand j'ai compris qui tu étais, je n'en suis pas revenu que tu sois aussi canon.

– Toutes ces remarques sur ma possible mocheté...

– C'était des conneries. Je te trouve incroyablement désirable, Soraya. Et ton corps me dit que tu ressens la même chose pour moi.

– Je m'en fous que tu sois beau gosse. Tu es un homme dangereux.

– Tu n'as pas idée de ce que je peux faire quand je veux quelque chose. Rien ne m'arrête. Et là, tout ce que je veux, c'est toi. Mais si tu es capable de me dire droit dans les yeux que je ne t'intéresse pas, je te laisserai tranquille pour toujours. Mais si j'en crois le fait que tu trembles de tout ton corps, tu as envie de moi.

– Je ne veux *pas* éprouver du désir pour un mec dans ton genre.

Voilà qui me refroidit sérieusement. Elle me prend pour qui, bon sang ? Il m'est arrivé d'être dur avec les gens, mais ça ne fait pas de moi un criminel pour autant.

– Je vais te dire un truc, Soraya. Je ne suis pas le mec le plus sympa sur terre, ni même peut-être celui qu'il te faut. Mais tu ne peux pas nier qu'il y a une forte attirance entre nous. Ça ne peut se terminer que d'une manière.

– Laquelle ?

– Moi en toi.

– Hors de question.

– Je fantasme toutes les nuits sur ta langue percée s'enroulant autour de ma queue. Je ne pense qu'à toi. Et c'était déjà comme ça avant même de voir ton visage magnifique. Et quand je l'ai découvert, j'étais cuit.

Je lui caresse la joue.

— Passe un peu de temps avec moi.

– Si je te disais que je ne veux pas coucher avec toi, est-ce que tu aurais encore envie de me voir ?

Je ferme les yeux brièvement avant de répondre.

– Oui.

– J'ai beaucoup souffert, tu sais. Je me suis juré de ne plus jamais coucher avec un homme sans être certaine de ses intentions. Si tu veux qu'on sorte ensemble, alors pas de sexe. Tu veux me parler ? OK. Tu veux apprendre à me connaître ? OK. Mais ça s'arrête là. Est-ce que c'est vraiment ce que tu veux ?

– Je veux tout, mais je prendrai ce que tu es prête à me donner... Pour l'instant.

– On fait quoi, alors ?

– Je t'emmène dîner ce soir dans un endroit où il n'y a pas de corps en décomposition.

– Tu es tellement romantique.

– J'accepte le deal : pas de sexe. Mais écoute-moi bien. Quand le moment sera venu, c'est toi qui me supplieras.

* * *

La perspective de la revoir m'obsède pour le restant de la journée. Pour faire passer le temps, je décide d'écrire à *Demandez à Ida.*

Chère Ida,

Je sors avec une femme qui m'a affirmé qu'elle ne voulait pas coucher avec moi. Du coup, elle ne sait pas ce qu'elle rate. Que puis-je faire pour la faire changer d'avis ? – Costard Coincé, Manhattan

La réponse me parvient une heure plus tard.

Cher Costard Coincé,

J'ai l'impression que vous pensez que toutes les femmes n'ont qu'une envie : écarter les jambes pour vous. Je pense que cette personne a une bonne raison de croire que coucher avec vous lui ferait plus de mal que de bien. Essayez d'apprendre à la connaître et de lui donner des raisons d'avoir confiance en vous. Prouvez-lui que vous êtes investi. En attendant, vous devriez faire installer une douche froide chez vous. On dirait que vous allez en avoir besoin.

Chapitre 7

Soraya

Soraya : Où va-t-on ?

J'ai quitté le bureau une heure plus tôt pour avoir le temps de me préparer. Plus de la moitié de mes fringues sont entassées sur le lit. D'habitude, je m'habille en fonction de mon humeur. Je ne suis pas tatillonne. Pour moi, le style est l'expression de la personnalité. Être à la mode, ce n'est pas suivre les diktats des podiums ou des Kardashian. J'en suis à mon dixième essayage et ça me fait flipper.

Graham : Au restau, malheureusement, à moins que tu changes d'avis. Je serais ravi qu'on dîne chez moi, sinon.

De la part de n'importe qui d'autre, ces petits sous-entendus sexuels me mettraient hors de moi. Mais pour une raison inexplicable, Graham me fait sourire. À défaut de coucher avec lui, je suis toujours prête à me moquer de lui.

Soraya : Ben en fait, j'ai changé d'avis.

Graham : File-moi ton adresse. Je suis encore au bureau mais je peux être chez toi en dix minutes, où que tu habites.

Je pouffe en constatant à quel point il est désespéré. J'ai beau penser qu'il est très arrogant, je trouve sa façon d'assumer le désir qu'il a pour moi plutôt touchante. Normalement, pour un mec comme lui, montrer son désespoir est un signe de faiblesse. Je me sens presque coupable de le mener en bateau. *Presque.*

Soraya : Je parlais du dîner. Je ne suis pas sûre que ce soit une bonne idée.

Graham : Tu rigoles ? Si tu ne te pointes pas, je viens te chercher.

Soraya : Tu ne sais même pas où j'habite.

Graham : Je suis un homme plein de ressources. Crois-moi.

Soraya : D'accord. Je serai là. Mais tu ne m'as donné qu'une adresse. Où va-t-on exactement ? Je voudrais savoir ce que je dois porter.

Graham : Ce que tu portes en ce moment.

Je baisse les yeux.

Soraya : Un soutif et un string rose ? Tu m'emmènes où ? Dans un club de strip-tease ?

Il met cinq bonnes minutes à répondre.

Graham : Ne me dis pas des choses comme ça.

Soraya : Tu n'aimes pas le rose ?

Graham : Oh que si. Cette couleur sera ravissante sur ton cul quand je t'aurai donné une fessée parce que tu te fiches de moi.

Je ne suis pas une adepte de ce genre de pratique. Enfin, jusqu'à maintenant. L'idée qu'il abatte sa main sur mes fesses m'excite. Je suis émoustillée par un simple texto. Nom de Dieu. *Cet homme est dangereux.* Il faut que je me calme. Je balance mon téléphone sur le lit et je replonge dans mon armoire. Une petite robe noire tout au fond attire mon regard. Je l'ai achetée pour un enterrement. J'éclate de rire en songeant qu'elle aurait été tout à fait appropriée pour mon rencard avec Aspen. Je la fais glisser du cintre au moment où un nouveau texto arrive.

Graham : Vu que tu ne réponds plus, j'en déduis que tu fantasmes sur mes mains en train de fesser ton cul.

Il a une incroyable capacité à transformer une simple question en quelque chose de pervers.

Soraya : J'essaie de trouver une tenue. Ce qui me ramène à ma première question. Où va-t-on ?

Graham : J'ai réservé chez Zenkichi.

Soraya : À Brooklyn ?

Graham : Évidemment à Brooklyn. Tu en connais un ailleurs ? Tu as dit que tu vivais là-bas et comme tu as refusé que je passe te prendre, j'ai choisi un restaurant pas loin de chez toi.

Soraya : Ouah. OK, génial. J'ai toujours voulu aller y manger. Mais c'est chiant pour toi depuis ton bureau.

Graham : Ça tombe bien : tu es chiante aussi. Rendez-vous à 19 heures.

La station de métro est à quelques centaines de mètres du restaurant. Quand je tourne au coin de la rue, une luxueuse berline noire est en train de se garer. Je me dissimule dans une entrée d'immeuble : je ne sais pas pourquoi, mais mon instinct me dit que c'est Graham.

Il ne s'est pas trompé. Un chauffeur en uniforme descend de la voiture pour ouvrir la portière arrière et Graham en sort. *Il pue le pouvoir.* Il porte un costume hors de prix, mais pas le même que ce matin. À la façon dont le vêtement tombe sur lui, il ne fait aucun doute dans mon esprit qu'il a été fait sur mesure. Mais ce n'est pas le costume chic qui lui donne cet air de supériorité, c'est la façon dont *il le porte.* Debout devant le restaurant, il est grand et sûr de lui. Son torse est large et puissant, ses épaules dégagées et ses jambes fermement plantées sur le sol. Il regarde droit devant lui ; il ne joue pas avec son téléphone et ne baisse pas les yeux pour éviter de croiser le regard de quiconque. Il a glissé une main dans la poche de son pantalon, le pouce dehors. *Et j'aime ça.*

J'attends un peu et quand il regarde dans l'autre direction, je sors de ma cachette. Il pivote alors et m'aperçoit : je deviens soudain très embarrassée par ma propre démarche. Sa façon de me dévisager me donne envie de fuir à toutes jambes et pourtant l'intensité de son regard me *plaît. Beaucoup.* Je fais taire ma nervosité, accentue le balancement de mes hanches et décide de ne pas être une souris face au chat. Je préfère être un chien.

– Graham, dis-je avec un petit signe de tête.

– Soraya, répond-il sur le même ton neutre en imitant mon geste.

On se dévisage à distance respectueuse pendant la plus longue seconde de toute l'histoire des secondes. Puis il gronde :

– Rien à foutre.

Il franchit l'espace qui nous sépare, empoigne mes cheveux pour me forcer à pencher la tête, puis sa bouche dévore la mienne.

Je tente de résister pendant un instant. Mais j'ai tout du glaçon qui essaie d'échapper à la chaleur du soleil. C'est impossible. Alors je fonds dans la lumière aveuglante. S'il n'avait pas posé l'autre main sur ma taille, je me serais certainement effondrée sur le trottoir. Mon esprit le combat, mais mon corps se rend. *Espèce de traître.*

Quand il finit par libérer ma bouche, il parle sans s'éloigner.

– Tu peux résister autant que tu veux, un jour tu me supplieras. Crois-moi.

Son arrogance me remet les pieds sur terre.

– Tu es tellement plein de ta propre supériorité.

– J'aimerais mieux que tu sois pleine de moi.

– Espèce de porc.

– Et dire que tu mouilles pour un porc.

J'essaie de me défaire de l'étreinte de sa main sur ma taille. Mais il l'affermit.

– Je ne mouille pas.

Il hausse un sourcil.

– Il n'y a qu'un moyen de le vérifier.

– Dégage, Morgan. Graham recule d'un pas, les mains levées en signe de reddition. Une lueur d'amusement brille dans ses yeux.

À l'intérieur, *Zenkichi* est sombre et ne ressemble pas du tout à ce à quoi je m'attendais. La serveuse, vêtue du traditionnel kimono japonais, nous conduit le long d'un couloir qui pourrait être à l'extérieur. L'allée est tapissée de cailloux et d'ardoises, comme si c'était un chemin menant à un jardin asiatique. Des deux côtés sont alignés bambous et lanternes allumées. On traverse une grande salle de restaurant, mais l'hôtesse ne s'arrête pas. Elle nous précède jusqu'à une alcôve privée, dissimulée par de lourdes tentures. Elle nous demande ce que nous souhaitons boire puis elle désigne une sonnette posée sur la table en nous expliquant que nul ne nous dérangera tant qu'on ne sonnera pas. Ensuite, elle disparaît en refermant les rideaux derrière elle. J'ai l'impression qu'on est seuls au monde, et non pas dans un restaurant bondé et chic.

– C'est magnifique. Et un peu étrange.

Graham ôte sa veste et s'assied, le bras négligemment posé sur le dossier de la banquette.

– C'est approprié.

– Est-ce que tu es en train de dire que je suis étrange ?

– Est-ce qu'on va se disputer si je réponds par l'affirmative ?

– Probablement.

– Alors, oui.

Je fronce les sourcils.

– Tu veux te disputer avec moi ?

Graham défait un peu le nœud de sa cravate.

– J'ai découvert que ça m'excitait.

– Tu as besoin d'un psy, dis-je en riant.

– Au vu des derniers jours, je pense que tu as raison.

La serveuse revient avec nos verres. Elle dépose un verre à cocktail devant Graham et un verre de vin devant moi.

Il a commandé un gin tonic.

– C'est une boisson de vieux, fais-je en buvant une gorgée de vin.

Il fait tourner les glaçons dans le verre puis le porte à ses lèvres et me jette un coup d'œil avant de boire.

– Souviens-toi de l'effet que me font les disputes. Regarde sous la table.

– Non, dis-je, les yeux écarquillés.

Il m'adresse un sourire satisfait.

– Vas-y. Jette un coup d'œil. Je sais que tu en meurs d'envie.

Une fois nos verres terminés, j'ai un peu moins le trac et on entame enfin une vraie conversation. Une qui ne traite ni de sexe ni de piercings.

– Combien d'heures par jour passes-tu dans ton bureau chic ?

– En général, j'arrive à 8 heures et j'essaie de partir à 20 heures.

– Douze heures par jour ? Ça fait soixante heures par semaine.

– Tu oublies les week-ends.

– Parce que tu bosses le week-end ?

– Uniquement le samedi.

– Ton seul jour de repos est donc le dimanche ?

– Il m'arrive de travailler le dimanche soir.

– Tu es taré. Quand est-ce que tu trouves le temps de t'amuser ?

– Mon job m'amuse.

– Ce n'est pas l'impression que j'ai eue quand je suis passée l'autre jour. Tout le monde a l'air d'avoir peur de toi et tu as refusé de m'ouvrir la porte.

– J'étais occupé, réplique-t-il en croisant les bras.

Je l'imite.

– Moi aussi. J'ai pris deux métros pour venir te rapporter ton téléphone en personne. Et tu n'as même pas eu la décence de sortir me remercier.

– Je ne savais pas ce qui m'attendait derrière cette porte, sinon je serais sorti de ma tanière.

– Une personne. *Une personne* était derrière. Une qui venait de loin. Si j'étais une sexagénaire mariée aux cheveux bleus, tu serais sorti me remercier.

Il pousse un soupir.

– Je suis un homme très occupé, Soraya.

– Et pourtant tu es là, un soir de semaine à 19 heures. Tu ne devrais pas bosser jusqu'à 20 heures si tu es si occupé que ça ?

– Je fais des exceptions si elles sont justifiées.

– Quelle grandeur d'âme.

Il hausse un sourcil.

– Tu veux regarder sous la table, pas vrai ?

Je ne peux m'empêcher de rire.

– Dis-moi autre chose sur toi. Bon, tu es un accro au travail avec un complexe de supériorité et tu aimes les cocktails. Mais tout ça, j'aurais pu le deviner rien qu'en te voyant dans le métro.

– Qu'est-ce que tu veux savoir ?

– Tu as des frères et sœurs ?

– Non. Je suis fils unique.

Quelle surprise. Je marmonne dans ma barbe.

– Qu'est-ce que tu as dit ?

– Rien.

– Et toi ?

– Une sœur. Mais on ne se parle plus pour l'instant.

– Pourquoi ?

– Sale rencard.

– Elle t'a organisé un *blind date* ?

– Oui.

– Avec le mec qui t'a amenée à l'enterrement ? Comment s'appelle-t-il déjà ? Dallas ?

– Aspen. Non, elle ne m'a pas présenté Aspen. Celui-là, je l'ai choisi toute seule. Elle m'a présenté un ancien collègue à elle. Mitch.

– Et ça s'est mal passé, je suppose.

Je lui lance un regard intense.

– Je l'ai surnommé Mitch la gratouille à la voix de fausset.

Il se met à ricaner.

– Ça a l'air moche.

– Ça l'était.

– J'aurai un surnom demain ? demande-t-il, curieux.

– Tu en veux un ?

– Si c'est du genre Mitch la gratouille à la voix de fausset, non merci.

– Qu'est-ce que tu avais en tête ?

Il réfléchit trente secondes.

– Morgan au gros organe ?

Je lève les yeux au ciel.

– Tu peux aller vérifier sous la table, fait-il avec un clin d'œil.

Je voudrais bien en savoir davantage sur lui, même si tous les chemins mènent manifestement à son entrejambe.

– Des animaux domestiques ?

– J'ai un chien.

Les photos du joli petit chien dans son téléphone me reviennent à l'esprit.

– Quel genre de chien ? Tu dois être le genre à en posséder un gros qui fait peur. Comme un dogue allemand ou un mâtin napolitain. Un truc à la hauteur de ce que tu veux absolument que j'aille voir sous la table. Tu sais ce qu'on dit : gros chien, grosse bi...

– La taille du chien n'est pas un symbole phallique, m'interrompt-il.

C'est donc bien son chien sur les photos.

– Vraiment ? J'ai pourtant lu une étude expliquant que les hommes achetaient des chiens en rapport avec la taille de leur pénis.

– Il appartenait à ma mère. Elle est morte quand il n'était qu'un chiot, il y a douze ans.

– Je suis désolée.

– Merci. Blackie est un West Highland terrier.

– Blackie ? Il est noir ?

Le petit chien sur les photos est blanc.

– Non, il est blanc.

– Pourquoi Blackie alors ? C'est ironique ? Ou pour une autre raison ?

– Il n'y a pas de raison, répond-il sèchement.

C'est à ce moment-là que la serveuse apporte notre dîner. J'ai commandé du thon en entrée, uniquement parce qu'il était indiqué sur la carte que c'était un plat réservé aux gastronomes audacieux. Graham a choisi des sashimis. Nos plats ressemblent tous les deux à des œuvres d'art.

– Ça me fait mal de manger ça : c'est trop beau.

– J'ai exactement le problème inverse. C'est trop beau : il me tarde de le manger.

Mais son sourire en coin me prouve que sa remarque n'a rien à voir avec le poisson.

Je m'agite sur mon siège.

On attaque nos entrées. La mienne est incroyable. Le poisson fond dans ma bouche.

– Mmmm... C'est délicieux.

À ma grande surprise, Graham s'empare d'un morceau de poisson dans mon assiette. Je n'aurais jamais cru qu'il était du genre à partager. Il l'avale et hoche la tête en signe d'approbation. Je lui pique un sashimi à mon tour. Il sourit.

– Donc. Mitch la gratouille et Enterrement boy.

Tu as beaucoup de rencards ?

– Pas tant que ça. Mais j'ai rencontré mon lot de connards.

– C'était tous des connards ?

– Non. Il y avait des mecs bien mais pas faits pour moi.

– C'est-à-dire ?

– Je n'étais pas amoureuse d'eux, dis-je en haussant les épaules. C'était des potes.

– Tu as d'autres rendez-vous prévus dans ton calendrier à venir ?

– Mon calendrier à venir ? je répète avec un petit ricanement. Tu passes de la vulgarité la plus extrême au vocabulaire d'un vieux prof snobinard avec beaucoup d'aisance.

– Ça t'ennuie ?

Je réfléchis avant de répondre.

– Pas vraiment. Ça m'amuse.

– Je t'amuse ?

– Oui.

– Tu es bien la première.

– C'est parce que les gens ne voient que le connard que tu veux bien montrer.

– Ça veut donc dire que je ne suis pas que ça.

– Je pense que non, dis-je en le regardant droit dans les yeux. Tu es plus qu'un connard sexy.

– Tu me trouves sexy, donc.

Il sourit de toutes ses dents, ravi.

– Bien sûr. Regarde-toi. Tu dois bien avoir un miroir chez toi. Tu t'en es rendu compte tout seul, non ? Je suppose que tu n'as aucune difficulté à remplir les soirées *du calendrier à venir.*

– Tu es toujours aussi sarcastique ?

– Oui.

Il secoue la tête en marmonnant quelque chose entre ses dents.

– En parlant d'agenda, j'aimerais bien que tu annules tous tes rencards. Sauf quand il s'agit de moi, bien sûr.

– C'est la première fois qu'on sort ensemble et tu me demandes, non, pardon, tu m'ordonnes d'être exclusive ?

Il se redresse légèrement.

– Tu m'as annoncé qu'il n'était pas question qu'on couche ensemble. Que tu voulais qu'on apprenne à se connaître. C'est toujours ce que tu veux ?

– Oui.

– Si je ne te baise pas, personne ne te baise.

– Tu es tellement romantique.

– C'est à prendre ou à laisser.

– Et ça marche dans les deux sens ? Tu seras exclusif aussi ?

– Évidemment.

– Il faut que je réfléchisse.

– Tu as besoin d'y réfléchir ? demande-t-il surpris.

– Oui. Je te tiendrai au courant.

Je ne doute pas un seul instant que c'est la première fois de sa vie que Graham J. Morgan ne parvient pas à ses fins avec une femme.

Plus tard dans la soirée, mon téléphone vibre. C'est Delia qui veut savoir comment se passe mon rencard. Je lui renvoie un SMS pour lui dire que tout va bien et je jette un coup d'œil à l'heure affichée sur l'écran. Ça fait plus de trois heures qu'on est là. Et je n'ai pas pensé à regarder mon portable une seule fois.

– Tu avais raison sur un point.

– Sois plus précise. J'ai toujours raison.

– Et dire que j'allais te faire un compliment et que ton arrogance l'a gâché...

– L'arrogance, c'est avoir un sens aigu de ses capacités. Je n'exagère jamais, je suis juste réaliste.

– Costard Coincé te va comme un gant, décidément.

Il fait comme s'il n'avait pas entendu.

– C'était quoi le compliment ?

– L'autre jour, quand j'attendais devant le funérarium, tu m'as dit que si je sortais avec toi je ne saurais même pas où est mon portable. J'avais oublié son existence jusqu'à ce qu'il vibre.

Il a l'air ravi. Peu de temps après, il paie l'addition et je fais un saut aux toilettes pour me rafraîchir. Je me rends soudain compte que je ne veux pas que cette soirée se termine. Je suis presque triste à l'idée de le quitter.

La voiture noire de Graham est déjà garée devant le restaurant. Il a dû téléphoner au chauffeur pendant que je me repoudrais le nez.

– Si tu ne veux pas venir chez moi, j'insiste pour te déposer chez toi.

– Le métro est à deux pas.

Il me jette un regard agacé.

– Sois sympa, Soraya. Je te propose juste de te raccompagner, pas de me chevaucher. Et tu sais à présent que je ne suis pas un serial killer.

– Tu es vraiment répugnant.

Il pose la main au creux de mes reins et me pousse vers la portière. Je ne proteste pas. Graham a raison, je fais la mauvaise tête alors qu'il s'est presque plié à toutes mes exigences. Quelque chose me dit qu'il est rarement aussi accommodant.

Une fois arrivés chez moi, il me raccompagne jusqu'à la porte.

– Quand est-ce qu'on se revoit ?

– Demain étant samedi, lundi matin dans le métro.

– Dîne avec moi demain soir.

– J'ai quelque chose de prévu.

– Avec qui ? demande-t-il, manifestement mécontent.

C'est à qui baissera les yeux le premier. Son regard est dur mais je ne cède pas. Au bout de quelques instants, il jure à mi-voix et avant que j'aie le temps de comprendre ce qui se passe, il me pousse contre la porte et pose ses lèvres sur les miennes.

Il m'embrasse comme s'il voulait me dévorer. Avant de reculer, il me mord violemment la lèvre inférieure.

– Ne me pousse pas à bout, Soraya, murmure-t-il, sa bouche tout contre la mienne.

– Pourquoi ? Que se passera-t-il si je le fais ?

– Représailles. Et j'essaie précisément de ne pas faire ça avec toi.

Il est sincère et je devrais apprécier.

– Demain soir, je vais chez ma sœur. C'est l'anniversaire de ma nièce.

Il hoche la tête.

– Merci.

Je dois faire appel à toute ma volonté pour rentrer dans mon appartement et fermer la porte derrière moi. Je m'adosse au battant : depuis quand n'ai-je pas ressenti autant de désir ? Jamais. Sa bouche est un appel au péché : à l'idée de ce qu'il pourrait en faire sur d'autres parties de mon anatomie, je suis dans un état d'excitation presque frénétique. Mais il y a plus. Sa façon d'être dans le contrôle et dans la domination, tout en accédant à toutes mes demandes, est super sexy. Cet homme a réveillé quelque chose qui dormait au plus profond de moi. J'ai besoin d'un verre de vin et d'un orgasme. Pas nécessairement dans cet ordre. Si je veux pouvoir tenir bon et apprendre à le connaître sans coucher avec lui, il faut que je prenne la situation en main.

Une fois dans ma chambre, je me déshabille. Je ne dors pas forcément nue, mais cette nuit, si. Au moment où je me mets au lit, mon portable sonne.

– Est-ce que le sexe au téléphone est autorisé ?

La voix de Graham est rauque de désir. Je sens de nouveau la chaleur m'envahir. Sa voix pourrait me permettre d'accélérer les choses, mais...

– Pas de sexe entre nous. Ça inclut tout. Coït, sexe oral, téléphone.

Il gémit à l'autre bout du fil.

– *Oral.* Bon sang. Je meurs d'envie de te goûter. Et de sentir ton anneau en métal sur ma queue. Tu n'as pas idée du self-control qu'il m'a fallu ce soir pour me retenir chaque fois que j'apercevais ce bout d'acier quand tu parles. C'est comme si la moindre parole se moquait de moi. Qu'est-ce que tu portes, Soraya ?

Cette voix. Il faudrait que je l'enregistre quand il dit : *Qu'est-ce que tu portes, Soraya ?* Je pourrais me le passer en boucle en me caressant.

– Rien du tout. Je me suis déshabillée et couchée.

– Tu dors nue ?

– Parfois.

Je l'entends gronder.

– Caresse-toi.

– J'en ai bien l'intention. Mais j'ai besoin de mes deux mains. Je vais donc raccrocher.

– Tu comptes me rendre fou longtemps, Soraya ?

– Bonne nuit, Graham.

Je raccroche sans attendre de réponse. Même si j'ai follement envie de lui, je ne suis pas prête. Même si, quand je glisse la main sur mon sexe, je ne pense qu'à une chose : *J'aimerais tellement que ce soit la sienne.*

Chapitre 8

Graham

Je n'ai aucune nouvelle d'elle samedi, comme je m'y attendais. Soraya Venedetta a décidé de me rendre dingue. Ça ne m'était jamais arrivé avant. Dans mon boulot, je prends des risques, je fais des propositions et je négocie jusqu'à ce que je gagne. Mais je n'ai jamais eu besoin de faire ça avec une femme. Certaines m'ont donné un peu de fil à retordre avant le premier rencard. Mais j'ai toujours compris très vite ce qui les attirait. Elles veulent que je les invite à dîner, du bon vin, des flatteries, un réseau professionnel ou un certain style de vie. Je n'ai jamais trouvé difficile de comprendre les femmes. Jusqu'à *aujourd'hui.*

Qu'est-ce que tu veux, Soraya Venedetta ?

Plus elle me pousse à bout, plus j'ai envie d'elle. À 22 heures, je suis incapable de résister plus longtemps. Je suis vraiment en train de me transformer en lopette.

Graham : Comment était ta soirée ?

Elle répond quelques minutes plus tard. Ça me rassure : elle n'est pas captivée par la conversation de quelqu'un qu'elle vient de rencontrer au point d'en oublier de vérifier son portable.

Soraya : Je suis dans le métro. Je rentre chez moi. Je t'ai dit que je n'aimais pas les clowns ?

Graham : Non. Mais je pense que c'est une phobie plutôt répandue.

Soraya : Ma nièce, ce petit monstre, n'a pas eu peur du tout. Logique. Tu as fait quoi ce soir ?

Je suis assis dans mon salon, un cognac à la main, des tas de dossiers éparpillés sur la table basse devant moi. J'ai bossé quatorze heures d'affilée. Chaque fois que j'ai eu envie de la contacter, je me suis plongé dans le boulot. Mes yeux ont capitulé avant mon désir.

Graham : J'ai travaillé tard.

Soraya : Tu connais le dicton… Celui qui ne fait que bosser…

Graham : Est très riche.

Soraya : Peut-être. Mais ça te sert à quoi si tu n'as pas le temps de dépenser ton argent ?

Je finis mon verre. J'ai entendu cette remarque au mot près bien trop souvent. *Dans la bouche de ma grand-mère.*

Graham : Tu as réfléchi à ma demande ?

Soraya : Tu fais allusion à mon calendrier à venir ?

Petite maline. Ça me rend dingue qu'elle soit sortie ce soir et qu'elle refuse qu'on ait une relation exclusive. Je lui ai affirmé hier que c'était à prendre ou à laisser. J'ai dit ça pour la pousser à accepter. Mais après les dernières vingt-quatre heures, je sais que je ne pourrais jamais être en relation ouverte avec cette femme. D'habitude, c'est moi qui refuse de m'engager. C'est l'arroseur arrosé.

Graham : Oui.

Soraya : J'ai un marché à te proposer. Tu m'accompagnes à une soirée de mon choix et je fais de même avec toi. Si après ça tu veux toujours qu'on soit exclusif, d'accord.

Qu'est-ce qu'elle croit ? Que si je passe du temps avec ses amis je me rendrai compte qu'on est tellement différents que ça ne marchera jamais ? Ou est-ce que c'est l'inverse ? Elle pense qu'elle ne se coulera pas dans mon moule. Elle surestime clairement la valeur que j'accorde à l'opinion d'autrui.

Graham : C'est totalement inutile, mais si ça te fait plaisir, pas de problème. Quand est-ce qu'on sort ?

Soraya : Jeudi soir. Tig et Delia organisent une fête pour le premier anniversaire de leur salon de tatouages.

Graham : Vendredi soir. Le Pink Ribbon Gala au Met. Je fais partie des donateurs.

Soraya : Un gala de charité ? Il faudra que je teigne mes pointes pour qu'elles soient assorties à ma robe de soirée.

Graham : C'est un rencard ?

Soraya : Deux même. Et oui.

Cette nuit-là, je dors mieux que la semaine précédente. Comme d'habitude, dimanche après-midi, je vais voir ma grand-mère. Elle me demande de l'accompagner faire du shopping puis elle me prépare mon plat préféré. C'est en général le seul repas maison que je mange de toute la semaine.

Lundi matin, je me lève de bonne heure et je cours onze kilomètres au lieu des six habituels. En me dirigeant vers le métro, je me rends compte qu'il me tarde de voir Soraya. Quand on arrive à sa station et que je découvre qu'elle n'est pas là, je me mets à faire la tête puis j'appelle mon assistante pour lui donner une liste de tâches à accomplir avant mon arrivée. Je sais très bien qu'elle ne pourra pas tout faire : comme ça, j'aurai une bonne raison de déverser ma colère sur quelqu'un.

Je suis de mauvaise humeur toute la journée. À 17 heures, je me connecte sur le site *Demandez à Ida*.

Chère Ida,

Il y a une femme qu'il me tarde de voir tous les jours dans le métro. Ce matin, elle n'était pas là. Je pense qu'elle m'évite sciemment parce qu'elle est incapable de réfréner le désir qu'elle éprouve à mon égard et qu'elle a peur de craquer.

Comment savoir ?
– Chaste, Manhattan

La réponse me parvient vingt minutes plus tard.

Cher Chaste, Manhattan,
Ressaisissez-vous. Contrairement à ce que vous semblez croire, le monde ne tourne pas autour de vous. Cette femme avait peut-être rendez-vous chez son médecin pour renouveler sa pilule. Quelque chose qu'un homme chaste dans votre genre devrait apprécier – enfin, si vous rompez votre vœu de chasteté. Vous devriez peut-être changer de métro. Voire, encore mieux, aller faire des tests chez votre propre médecin. Au cas où vous auriez une chance avec cette mystérieuse inconnue, autant être prêt.

J'ai déjà passé la journée à me demander pourquoi elle n'était pas dans le métro ce matin. *Génial.* Maintenant, je ne vais pas pouvoir penser à autre chose qu'à la sauter.

* * *

Soraya ne prend pas le métro les deux jours suivants non plus. J'ai le sentiment qu'elle m'évite délibérément avant notre soirée. Heureusement, la fête chez le tatoueur a lieu ce soir, sinon je deviendrais fou.

Je suis sur le point d'exploser, dans tous les sens du terme. Mes émotions deviennent incontrôlables et je n'ai plus envie de les contenir. En ce qui concerne ma vie privée, je ne fais confiance qu'à une seule personne. Je n'appelle jamais ma grand-mère pendant la semaine, mais j'ai besoin de son bon sens avant que je me ridiculise ce soir. Je repousse le tas de dossiers qui encombre mon bureau et m'empare de mon téléphone. La sonnerie retentit trois fois avant qu'elle décroche.

– Graham ? Tu vas bien ?

– Oui, Moune.

– Tu ne m'appelles jamais le jeudi.

– Je sais.

– Que se passe-t-il ? Tu avais l'air préoccupé dimanche dernier. Quelque chose ne va pas ?

– Non, tout va bien.

– Qu'y a-t-il alors ?

Je pousse un long soupir et j'arrête de tourner autour du pot.

– Est-ce que je ne suis pas un mec bien ?

– C'est quoi cette question ?

– Je fréquente une femme... qui ne me fait pas confiance. Je me demande si elle a raison. Peut-être que je ne suis pas à sa hauteur. Peut-être que je ne suis à la hauteur de personne.

Moune n'est pas du genre à mâcher ses mots.

– Tu as tendance à te comporter comme un con, mon chéri. Mais d'après ce que je comprends, ça fait partie de ton job. Mais on ne traite pas une femme comme on traite un dossier. D'un autre côté, tu dois avoir de l'expérience sur ce terrain-là aussi...

– C'est bien ça le problème. J'ai de l'expérience, c'est vrai, mais... Cette femme est différente. Je ressens quelque chose d'inhabituel. Je ne sais même pas comment l'expliquer. C'est absurde. On n'a rien en commun. Elle est de Brooklyn... C'est une Italienne, elle a mauvais caractère, elle est imprévisible, elle a les cheveux de toutes les couleurs. Elle voit clair dans mon jeu. Elle me dit des choses cruelles parfois. Et pourtant, elle m'obsède. Mais je vois bien qu'elle n'a pas confiance en moi. Je ne sais pas comment m'y prendre avec elle.

– Mmmm, répond Moune, sarcastique. Dois-je comprendre qu'elle a refusé de coucher avec toi ?

– Tu as tout compris.

– Tu n'es pas habitué à ce que les femmes te résistent. C'est bien, une femme qui a du respect pour elle-même. J'apprécie cette fille.

Je soupire.

– Il faut du temps avant de connaître vraiment les gens, poursuit-elle. Sois toi-même et sois patient. Elle finira par te voir tel que tu es.

– Et si le vrai moi n'est pas un mec bien ? Et si j'étais une personne toxique ?

– Qui a dit ça ?

– Je ne sais pas si je suis toujours capable d'aimer...

– Le fait que tu te poses la question est un bon signe, Graham. Si on tombe sur la bonne personne, on est tous capables d'aimer. Tu as bien été amoureux de cette Genevieve, pas vrai ?

La mention de son nom me vrille l'estomac.

– Regarde où ça m'a mené.

– Tu sais ce que je pense ?

– Oui ?

– Tu essayes tellement de tout contrôler que tu as inconsciemment choisi des femmes qui ne te feraient pas souffrir. Du coup, tu crois que tu ne peux pas éprouver de sentiments. Tu es en train de te prendre au piège de tes propres mensonges.

– Peut-être.

– Je pense que cette femme... Comment s'appelle-t-elle ?

– Soraya.

– Soraya... Joli.

Je ferme les yeux et joue avec ma montre.

– Elle l'est.

– Bref, je pense que cette femme est un avertissement pour toi, elle te rappelle que tu ne peux pas tout contrôler. Lâche prise. Ne brusque rien. Arrête de tout diriger. Mais, plus important encore, Graham, je t'en prie, ne fais pas l'idiot.

Je ne peux pas m'empêcher de rire.

– Je vais essayer, Moune.

Je découvre soudain que Soraya n'est pas la première femme dans ma vie à me dire les choses avec franchise.

Chapitre 9

Soraya

Éviter Graham pendant plusieurs jours d'affilée s'est révélé très difficile, mais j'avais vraiment besoin de me tenir éloignée de lui pour mon propre bien. À dire vrai, je ne me fais pas confiance. Le moindre contact pourrait me faire basculer. Je passe déjà mes journées à penser à lui et mes nuits à me caresser en imaginant tout ce qu'il pourrait me faire. S'il le faut, une fois qu'on aura couché ensemble, il me laissera tomber. Or, je ne veux pas que ça se termine. J'adore me demander ce qu'il va dire ou faire, ce qui va se produire ensuite. Je ne veux pas me rendre trop tôt et perdre cette sensation… ou le perdre, lui. Une partie de moi est persuadée qu'il sera aux abonnés absents une fois qu'on aura consommé et je déteste ça.

Quoi qu'il en soit, je suis prête, parce que je ne me fais pas confiance. Même si j'ai juré de ne pas coucher avec lui tout de suite, je me suis épilée et je porte la lingerie la plus sexy de ma garde-robe. Et j'ai renouvelé ma pilule.

Je verse du jus d'orange et du rhum dans le saladier posé sur le buffet du salon de tatouage. Delia a accroché des décorations de Noël même si ce n'est pas la saison. La musique de Bob Marley résonne dans la pièce tandis qu'elle prépare les petits-fours. Tig est encore avec un client dans le fond. On a dressé un bar de fortune dans un coin et Leroy, un pote, a pris place derrière, à la fois barman et DJ.

Je suis nerveuse à l'idée que Graham rencontre mes amis. Je n'arrive pas à le visualiser ici avec ses costumes à un million de dollars. Ça risque d'être drôle. J'espère que Tig et Delia ne m'en voudront pas de l'avoir invité. Ils sont déjà méfiants à cause de la description que je leur ai faite de lui. Difficile de faire machine arrière et de leur expliquer que je suis amoureuse de Mister Big Connard. Oui, ils l'appellent toujours comme ça.

Comme je n'arrête pas de vérifier mon portable, je me rends compte que Graham a cinq minutes de retard. Les gens commencent à arriver mais je ne pense qu'à lui. Je me distrais en sortant des bonbons et c'est alors que j'entends la voix de Delia.

– S'il te plaît, dis-moi que le sexy Clark Kent qui vient d'entrer n'est pas Mister Big Connard, parce que je vais te le voler.

Mon cœur se met à battre de manière désordonnée en apercevant Graham sur le seuil.

Oh. La. La.

Je ne l'ai jamais vu habillé comme ça. Pas de costume. Il porte un polo noir qui moule son torse comme une seconde peau, dessinant ses pectoraux musclés, et un jean noir. Il a coiffé ses cheveux un peu sur le côté, ce qui le rajeunit. Et il porte des lunettes. Ça lui va super bien. Et ça me fait de l'effet. Un peu trop même.

Plus il s'approche de moi, plus je sens mon corps s'embraser ; son parfum me coupe le souffle. Et, alors que j'essaie de réprimer mon désir, il m'étreint et pose sa bouche dans mon cou.

– Si tu savais comme tu m'as manqué, Soraya.

Le son étouffé de ses mots vibre contre ma peau et suffit à m'exciter. La soirée n'a pas commencé et je suis déjà trempée. Je suis prête à le pousser dans le placard à balais.

Ce n'est pas vrai, bon sang. Ressaisis-toi.

Graham plonge son regard marron dans le mien. Puis il s'attarde sur mon décolleté avant de me dévisager de nouveau. Mes pointes sont violettes et je porte une robe de la même couleur. Il s'empare d'une mèche de cheveux, qu'il tire gentiment, tout en me murmurant à l'oreille :

– Violet, hein ?

Je m'éclaircis la voix.

– Oui.

– Qu'est-ce que ça veut dire ?

– Pourquoi des lunettes ?

– Toi d'abord.

– Le violet est la couleur de la confusion et du dilemme.

Il sourit, narquois.

– Je vois.

– Et les lunettes ?

– Je n'ai pas bien dormi, pour tout t'avouer. J'ai beaucoup pensé à toi mais je voulais te laisser tranquille. Quand je ne dors pas assez, j'ai les yeux secs. Les lunettes sont plus confortables que les lentilles.

On se regarde en silence pendant une bonne minute avant que Delia intervienne.

– Eh bien, ça doit être Mister Big Connard...

Merde.

Graham écarquille un peu les yeux, étonné, mais tend la main à Delia avant de me jeter un coup d'œil amusé.

– Je vois que ma réputation m'a précédé. J'espère que Soraya a choisi de m'appeler Mister Big pour des raisons littérales et non métaphoriques.

– C'est le surnom que je t'avais donné avant de te rencontrer... Pendant les jours où j'ai gardé ton téléphone.

– Et pourquoi ce surnom ?

– Parce que tu me faisais penser à une version plus arrogante de Mister Big dans *Sex and the city*. D'où Mister Big Connard.

Graham glisse le bras autour de ma taille.

– Et toi alors, tu es... cette salope de Samantha ?

– Tu as vu la série ? demandé-je, surprise.

– Ma mère la regardait.

– C'est marrant, dis-je en souriant.

– Et maintenant que tu me connais un peu mieux, est-ce que je te fais toujours penser à lui ?

– Tu as un chauffeur. Ça vous fait un point commun.

Il hausse les sourcils.

– Mais il n'y a pas de sexe dans notre série à nous, n'est-ce pas ?

Je lui lance un regard noir. Il dépose un baiser léger sur ma joue et me caresse le dos. Je frissonne. La soirée s'annonce longue.

Je présente Graham à Leroy et quelques autres puis me dirige vers Tig. Ce dernier, cigarette au bec, tend la main à Graham.

– Mister Big Connard... comment tu vas, vieux ?

Graham lève les yeux au ciel.

– Très bien. Je suppose que tu es Tig.

– Je ne sais pas si Soraya t'a prévenu, mais je la considère comme ma sœur. Et comme elle n'a pas de frère ni de père digne de ce nom, ça veut dire que si tu lui fais du mal, je t'en collerai une. J'aime autant te prévenir.

Graham hoche lentement la tête.

– J'apprécie que tu t'occupes d'elle.

– Content que tout soit clair entre nous. Je te proposerais bien un tatouage gratuit mais quelque chose me dit que c'est pas ton style.

– Ses tatouages à elle m'intéressent davantage, c'est vrai, répond Graham en me faisant un clin d'œil.

Il se gratte le menton en réfléchissant.

– Ta proposition m'intéresse en fait. Est-ce que tu modifies les tatouages aussi ?

– Ouais. Qu'est-ce que tu veux ?

– J'ai un tatouage dont je voudrais me débarrasser. C'était une erreur. J'aimerais le recouvrir.

Il a un tatouage ? Je n'en reviens pas.

– Voyons voir, fait Tig avec un signe de la main, nous invitant à le suivre.

Mes yeux sont rivés aux fesses de Graham, qui sont super sexy moulées dans ce jean. Je meurs d'envie de les toucher. Je me demande comment il réagirait si je le faisais.

Quand on pénètre dans l'arrière-boutique, les bruits de la fête s'estompent. Graham ôte son tee-shirt et ma respiration s'accélère. C'est la première fois que je vois son torse nu. Il est encore plus beau que dans mon imagination. Il fait de la muscu, c'est certain. Je suis incapable de détourner les yeux de ses tablettes de chocolat. Sa peau est lisse et bronzée. Exactement comme dans mes fantasmes et plus encore. J'ai désespérément envie de le toucher. Je laisse mon regard errer le long de la fine ligne de poils qui se perd sous la ceinture de son jean avant de relever les yeux. C'est alors que je le vois, sur le côté gauche de son torse. Je plisse les yeux. Un prénom est tatoué en cursives : *Genevieve.* Mon sang ne fait qu'un tour. Je ravale ma jalousie et la question qui me brûle les lèvres.

Qui est cette femme ?

J'ai l'impression que mes oreilles sont en feu. Il y a pire que penser que Graham est un coureur ; savoir qu'une femme a compté dans sa vie – suffisamment pour qu'il grave son nom non loin de son cœur.

Tig, qui a senti ma gêne, me jette un coup d'œil avant de se tourner vers Graham.

– Qui est Genevieve ?

Graham me regarde droit dans les yeux.

– Une ex. Comme je l'ai dit, ce tatouage était une erreur.

Il a l'air très sérieux et je suis d'autant plus curieuse de savoir ce qui s'est passé entre eux.

Tig sort un bouquin contenant toutes sortes de dessins qui pourraient recouvrir le tatouage. Graham choisit un signe tribal compliqué.

Je reste là, fascinée, attentive au bruit des aiguilles. La tension qui règne est palpable et Graham me jette un regard de temps en temps. Tig colorie et ombre le prénom et au final, c'est comme s'il n'avait jamais été là. Le nouveau tatouage est super sexy sur la peau bronzée de Graham. Pour être honnête, je meurs d'envie de le lécher.

Tig fixe un plastique transparent sur le dessin et lui donne les instructions nécessaires tandis que Graham remet son polo.

– Merci, mec. Je te dois combien ?

Tig écarte les mains.

– Rien du tout.

– J'insiste.

– Prends bien soin de ma copine. C'est tout ce que je te demande.

Le regard de Graham se pose sur moi.

– Je peux faire ça.

Il pose la main au creux de mes reins et me guide vers la pièce principale.

– Tu veux boire quelque chose ? demande-t-il.

– Oui. Un verre de punch.

Il revient avec deux verres, que nous avalons rapidement. Une traînée de liquide coule en direction de mon décolleté. Avant que j'aie eu le temps de l'essuyer, je sens l'index de Graham sur ma peau.

– Cochonne, fait-il en se léchant le doigt.

Ce simple geste a failli avoir raison de moi. Il m'attire follement et ce soir encore plus que d'habitude. Les vêtements décontractés, les lunettes, sa façon de me regarder, son torse nu un peu plus tôt... C'est trop. Et, pire que tout, le « Genevieve » me rend dingue. Une possessivité étrange et incontrôlable s'empare de moi. Ma réaction m'alarme. Je suis déjà trop accrochée, je vais souffrir. Entre cette découverte et le punch, je suis mal barrée.

– Tu es perdue dans tes pensées, Soraya. Parle-moi.

Une bouffée de chaleur monte dans mon corps. Aucun homme ne m'a jamais fait cet effet-là. Je n'ai jamais ressenti autant de peur et de désir en même temps. Et le monstre de la jalousie n'a jamais pointé son affreux nez avant. Je ne veux pas qu'il le devine. Il faut que je me calme.

– Je reviens, dis-je avant de me diriger vers l'arrière-boutique.

Mais je n'ai pas le temps d'aller bien loin : une main ferme se pose sur ma taille et il m'entraîne dans le bureau de Tig. Il ferme la porte et m'emprisonne contre elle, entre ses bras puissants.

– Tu crois que tu es la seule à être chamboulée par cette soirée ?

Je garde le silence. J'essaie de reprendre le contrôle de ma respiration.

La pièce est sombre et il ne fait pas mine de chercher un interrupteur. Je ne distingue quasiment rien dans l'obscurité. Je sens sa poitrine contre la mienne et son souffle sur mes lèvres.

– Tu me rends dingue. J'ai besoin de te toucher. S'il te plaît. Laisse-moi te goûter. Juste une fois.

Je penche la tête en arrière et je presse sa tête sur mes seins. Il parcourt lentement ma peau de la langue en gémissant. Il fait glisser le haut de ma robe, exposant mes seins et mordille mon téton si violemment que je pousse un petit cri. J'ai envie de lui. Mais je suis terrifiée. Je me détourne soudain et entreprends de me rajuster.

Il enfouit le visage dans mon cou, haletant, et pose la main sur mon cœur. Il m'enlace plus étroitement.

– Tu entends ton cœur ? Tu as envie de moi, je le sens. Mais tu as aussi peur de moi. Pourquoi ?

– Je ne sais pas, dis-je dans un murmure.

Il recule et prend mon visage dans ses mains.

– Parle-moi. S'il te plaît. Qu'est-ce qui t'est arrivé pour te rendre aussi méfiante ?

– J'ai juste peur d'être blessée.

– Qui t'a fait du mal ?

Même moi je ne comprends pas d'où vient cette crainte. Aucun de mes petits amis ne m'a trompée ni ne m'a brisé le cœur. C'est absurde. Je n'ai jamais été vraiment amoureuse auparavant. Ce que je ressens pour Graham est nouveau, mais je ne suis pas prête à l'admettre devant lui. La seule chose dont je sois certaine, c'est que mon père est à l'origine de cette paranoïa. Je décide donc de raconter à Graham une histoire qui explique pourquoi j'ai peur d'être abandonnée, même si je ne suis pas sûre de bien me comprendre moi-même. Mais je préfère ça plutôt que de lui avouer que je n'ai jamais ressenti ces sentiments pour personne.

– Quand j'avais dix ans, mes parents ont divorcé. Mon père s'est remarié avec une voisine. Theresa était veuve. Elle avait trois filles. L'une d'elles avait mon âge et allait à la même école que moi... Brianna. Mon père est devenu leur père et il s'est mis à passer de moins en moins de temps avec ma sœur et moi. L'école a organisé une cérémonie et un bal de la rose réservée aux filles et à leur papa. Ces derniers étaient supposés offrir un bouquet de roses à leur fille et se faire prendre en photo avec elle. Ma mère a demandé à mon père s'il pouvait m'y accompagner. Il ne lui a jamais répondu. Je suis allée à la cérémonie dans ma jolie robe en espérant qu'il viendrait. Ce qu'il a fait... avec Brianna. Elle était là, un énorme bouquet de roses dans une main, la main de mon père dans l'autre. Je suis rentrée chez moi en pleurant et quand ma mère lui a demandé des explications, il a rétorqué qu'il ne pensait pas que j'avais envie d'y aller et que comme Brianna avait perdu son père, il était de son devoir de l'accompagner. Il a ajouté que je comprendrais. Bref, tout ça n'a rien à voir avec toi, Graham. Tu m'as demandé pourquoi j'ai du mal à faire confiance aux hommes et je ne vois pas d'autre raison que celle-ci.

Il prend de nouveau mon visage entre ses mains et m'embrasse passionnément. Je me blottis contre lui et quand il recule, je n'ai qu'une envie : qu'il continue à m'embrasser.

– Je suis désolé. C'est dégueulasse. Et ça explique beaucoup de choses.

– Oui. Merci.

– Je suis fils unique. Et mon père n'a jamais fait partie de ma vie, ce qui est peut-être mieux que d'être abandonné plus tard. Je ne sais pas.

– Tu as grandi seul avec ta mère ?

– Oui.

– De quoi est-elle morte ?

– Un cancer du poumon quand j'étais encore adolescent.

– Je suis désolée.

– Merci, dit-il en marquant une pause. Ça a été très dur. Je me suis juré de ne jamais m'attacher à personne après ça. Je ne voulais pas revivre ce genre de deuil. La mort de ma mère explique pourquoi je suis comme ça... froid et réservé. Mais en même temps, ça m'a déterminé à donner le meilleur de moi-même, histoire qu'elle soit fière de moi. Du bon et du mauvais sont donc sortis de cette histoire.

J'ai le ventre noué à l'idée de la question que je m'apprête à poser.

– Est-ce que tu aimais Genevieve ?

– Oui, répond-il simplement.

Mon cœur bat la chamade.

– Vous êtes restés combien de temps ensemble ?

– Deux ans et demi.

– Je vois.

Je baisse les yeux. Il pose la main sous mon menton pour m'obliger à le regarder dans la pénombre.

– Qu'est-ce que tu veux savoir, Soraya ? Demande-moi.

– Que s'est-il passé ?

– Genevieve s'est mise à bosser avec moi en tant que courtière en bourse après nos études de droit. C'était sérieux entre nous... du moins je le croyais. Pour résumer, j'ai fondé ma compagnie avec un ami, Liam Gainesworth. Liam, Genevieve et moi travaillions en étroite collaboration. J'ai fini par découvrir qu'ils avaient une liaison. Liam a créé sa propre boîte avec l'un de mes concurrents et Genevieve l'a suivi.

Ouah.

– C'est affreux. Je ne sais même pas quoi dire. Je suis désolée.

– Inutile. Ça ne devait pas arriver, c'est tout.

– Je sais, mais je vois bien que tu as souffert.

– Je suis là avec toi, n'est-ce pas ?

– Quel rapport ?

– Je ne veux être nulle part ailleurs. Et si les choses s'étaient passées différemment, je ne serais pas ici ce soir. Je ne comprends pas non plus, Soraya. Tout ça. Ce qui se passe entre nous. Je ne peux te faire aucune promesse. Mais je ne veux pas que ça s'arrête.

Moi non plus.

– On ferait mieux de rejoindre les autres avant qu'ils pensent qu'on...

– Baise ?

– Oui.

Il enfouit le visage dans mon cou.

– Dieu nous préserve.

– Merci d'être patient avec moi.

– Ce n'est pas vraiment le terme qui convient, grommelle-t-il.

Je lui prends la main pour quitter la pièce et il résiste un peu pour me retenir.

– Hé...

Je pivote vers lui et il pose son front contre le mien.

— J'attendrai aussi longtemps qu'il faudra. Je ne vais nulle part.

– Merci.

Après cette discussion, on est tous les deux plus détendus. On passe le reste de la soirée à discuter avec les autres invités. Je me blottis contre Graham, qui a passé les bras autour de ma taille, et la chaleur de son corps compense la chair de poule provoquée par sa proximité. Je ne sais pas où on va et pour la première fois de ma vie, je décide ne pas y réfléchir.

Chapitre 10

Soraya

Le lendemain au bureau, elles arrivent par douzaines. Des douzaines et des douzaines de roses. Des roses, des rouges, des jaunes. Une douzaine par heure. Je ne comprends pas tout de suite pourquoi il fait ça. À cause de l'histoire de la cérémonie de la rose. Un peu plus tard, je trouve la carte qui accompagnait le premier bouquet et qui est tombée par terre. « *Elles n'ont que trop tardé.* » J'ai le cœur lourd et empli d'un autre sentiment, indéfinissable celui-là.

Ce soir, je suis censée aller au gala de charité avec lui. C'est bien au-delà de ma zone de confort et la nervosité ne me quitte pas de la journée. Je profite de l'heure du déjeuner pour aller essayer des robes du soir chez Bergdorf.

Quand je reviens au bureau, un repas indien m'attend. L'odeur du curry me donne la nausée.

– Ida ? Comment cette bouffe est arrivée là ?

– Par livreur. J'ai cru que tu avais commandé.

– Je vais vous chercher des plats indiens mais vous savez bien que je déteste ça.

Une pensée me traverse soudain l'esprit. Je sors mon portable.

Soraya : Tu ne m'as pas fait livrer de l'indien ?

Graham : Si.

Soraya : Pourquoi ?

Graham : Je croyais que tu aimais ça. Je t'ai vue chez le traiteur une fois.

Soraya : Euh... Comment c'est possible ? Tu m'as suivie ?

Graham : Une seule fois. Ton visage me manquait. Je m'apprêtais à te surprendre comme Mister Big et à t'emmener déjeuner. Et puis je t'ai vue sortir de chez Masala Madness et je me suis dit que tu avais déjà des projets.

Soraya : LOL. J'achetais le déjeuner d'Ida. La cuisine indienne me donne des brûlures d'estomac.

Graham : J'ai des progrès à faire en filature.

Soraya : C'est très gentil de ta part, cela dit.

Un peu plus tard dans l'après-midi, Graham m'envoie un nouveau texto.

Graham : Hé, il paraît qu'ils ont changé le nom du gala en mon honneur.

Soraya : Ah oui ?

Graham : Ils ont décidé de l'appeler le Gala des Couilles Bleues.

Soraya : LOL.

Graham : Ils vont distribuer des sacs contenant des packs de glace et de l'ibuprofène.

Soraya : Tu es dingue.

Graham : De toi.

Soraya : Tu viens me chercher à quelle heure ?

Graham : Nom de Dieu. J'ai le droit de venir chez toi ?

Soraya : Oui.

Graham : 19 heures 30 alors.

Soraya : J'ai besoin de ton avis sur ma tenue. J'ai fait mettre de côté deux robes chez Bergdorf et je ne sais pas laquelle choisir.

Graham : Tu sais que je serai contre, juste pour pouvoir te voir te déshabiller une fois de plus.

Soraya : Comment va ton tatouage ?

Graham : Bien. On pourra jouer à « je te montre le mien si tu me montres le tien » un peu plus tard dans la soirée.

Soraya : J'en ai quelques-uns que tu n'as pas vus.

Graham : J'en suis douloureusement conscient.

Soraya : Si tu es sage, je t'en montrerai peut-être un.

Graham : Et si tu es sage, je te laisserai regarder sous la table.

Soraya : LOL.

Graham : Tu es diabolique, Soraya Venedetta. Me tenter avec tes tatouages. Comment vais-je pouvoir bosser à présent ?

Soraya : ;-)

Après le boulot, je retourne chez Bergdorf pour choisir l'une des robes. Je ne sais pas laquelle je préfère. Je donne mon nom et j'attends qu'on me les apporte afin de les essayer à nouveau.

– Voilà, ma chère.

– Merci. Mais celle-ci n'est pas à moi.

Je désigne une magnifique robe verte. C'est la première qui a attiré mon attention un peu plus tôt mais c'est une marque que je n'ai pas les moyens de m'offrir. Elle coûte dix fois plus cher que les deux autres réunies.

– C'est celle que votre mari a ajoutée cet après-midi.

– Mon mari ?

– J'ai cru que c'était votre époux, oui. Je suis désolée, je ne lui ai pas demandé son nom. Votre petit ami, peut-être ? On voit peu d'hommes aussi beaux au rayon femmes. Et qui paient la facture en plus.

– Qui a réglé la facture ?

– Le gentleman qui a ajouté cette robe aux vôtres. Il a acheté les trois. Et demandé au directeur de mettre tous vos autres achats éventuels sur son compte. Il nous a demandé de choisir des chaussures assorties à la robe verte et les a réglées aussi.

Elle suspend les robes dans une cabine d'essayage et disparaît un instant. Quand elle revient, elle me tend une paire de Louboutin somptueuses que je ne pourrais jamais m'offrir.

J'envoie quelques messages avant de me déshabiller.

Soraya : Tu fréquentes souvent le rayon femmes ?

Graham : C'était une première. Tu devrais voir ce que j'ai emporté avec moi.

Soraya : Tu as acheté autre chose ?

Graham : Oui. La vendeuse du rayon lingerie m'a regardé comme si elle pensait que je me travestissais.

Soraya : LOL. Tu as acheté quoi ?

Graham : Tu n'es pas près de le savoir. Puisque je ne suis pas près de la voir portée. À moins que tu aies changé d'avis...

L'idée que Graham ait fait des emplettes au rayon lingerie m'amuse et m'excite à la fois. Je l'imagine en train de se passer la main dans les cheveux, agacé de le faire mais ne pouvant pas s'en empêcher.

Soraya : La robe verte est magnifique mais je ne peux pas l'accepter. C'est trop.

Graham : On ne peut pas l'échanger. Si elle ne te plaît pas, donne-la.

Il est sérieux ? Elle coûte presque trois mille dollars.

Soraya : Tu es fou, tu le sais ?

Graham : Est-ce qu'elle te va ?

Soraya : Je ne l'ai pas encore essayée.

Plus rien pendant quelques minutes.

Soraya : Tu es toujours là ?

Graham : Tu es dans la cabine d'essayage ?

Soraya : Oui.

Graham : J'ai un fantasme de toi en train de contempler ton corps nu et magnifique dans le miroir.

Soraya : Et ?

Graham : Tu veux la suite ?

Soraya : Oui.

Graham : J'aimerais te rejoindre. Tu te penches, tu poses les mains sur le miroir, doigts écartés et je te prends par-derrière pendant que tu nous regardes. Tout ça sans quitter tes Louboutin.

Cette fois-ci, c'est moi qui arrête de textoter. Je me regarde dans le miroir et j'imagine Graham derrière moi. Je suis super excitée à cette idée, alors qu'est-ce que ce sera quand ça se produira ? *Quand.* Je ne cherche même plus à me raconter d'histoires en disant *si.* Mon portable vibre de nouveau.

Graham : Je sais ce que tu es en train de faire.

Soraya : À ce soir, Mister Big Connard.

Quand j'arrive devant chez moi, les sacs à la main, je remarque une berline noire garée devant mon immeuble. Un chauffeur en descend. *Celui de Graham.*

– Mademoiselle Venedetta, Monsieur Morgan m'a demandé de vous donner ceci.

Il me tend deux enveloppes scellées en papier kraft.

– De quoi s'agit-il ?

– Je n'en ai aucune idée. Il m'a juste demandé de vous les apporter.

Il m'adresse un signe de tête poli et rouvre sa portière.

— Bonne fin de journée.

Comme j'ai les mains pleines, j'attends d'être chez moi pour découvrir leur contenu. Je suspends ma robe, je m'assieds sur le lit et j'ouvre la première. À l'intérieur, je trouve une boîte de teinture pour cheveux. De la même couleur que la robe.

Graham J. Morgan est vraiment chou parfois.

J'ouvre la deuxième enveloppe, intriguée. C'est une boîte de teinture verte pour poils pubiens avec un post-it : *Je ne sais pas si la moquette est assortie aux rideaux. Dans le doute...*

Un grand sourire aux lèvres, je songe que s'il continue comme ça, il le saura très vite.

***

La sonnette retentit à 19 heures 30 pile. Je décroche l'interphone.

– Est-ce Chaste de Manhattan ?

– Hélas, oui.

J'appuie sur le bouton et ouvre ma porte.

Il sort de l'ascenseur et remonte le couloir à grandes foulées rapides et assurées. Chacune d'elles fait battre mon cœur plus vite. Il porte un smoking noir et c'est l'homme le plus beau que j'aie jamais vu de ma vie. Je suis certaine que vêtu de la sorte, les femmes doivent se jeter à ses pieds. Je me lèche les babines. Littéralement.

Tandis que je suis en train de baver, Graham me prend le visage à une main.

– Tu vas me tuer à me regarder comme ça.

Puis il m'embrasse jusqu'à ce que je sois certaine qu'il ressent la même chose que moi.

Je cille pour revenir à la réalité.

– Il faut que je m'habille. Entre.

– Je ne pense qu'à ça depuis que tu m'as dit que tu avais renouvelé ta pilule.

Je lève les yeux au ciel, même si en réalité j'adore ses sous-entendus.

– Donne-moi une minute pour enfiler ma robe.

– Tu as besoin d'aide ?

Je tends le doigt vers une chaise dans la cuisine.

– Assis. Pas bougé.

– Je suis un chien ? Je suis prêt à supplier, tu sais.

Je disparais dans ma chambre et je passe la robe. Je n'ai jamais possédé quelque chose d'aussi cher. Graham ne m'a pas menti en affirmant que je ne peux pas l'échanger. C'est la seule raison pour laquelle j'ai accepté de la porter. Mais je dois bien admettre que les deux autres ne lui arrivent pas à la cheville.

Contrairement à Graham, qui s'est dirigé vers moi avec l'assurance de celui qui sait qu'il est tout en haut de la chaîne alimentaire, je suis une boule de nerfs quand je sors de ma chambre. La robe est splendide ; elle épouse mes courbes et dévoile ce qu'il faut de peau pour être sexy sans vulgarité, et pourtant, je ne suis pas à l'aise. Le reflet que me renvoie le miroir est magnifique mais ce n'est pas... moi.

Mais tous mes doutes s'évaporent quand je vois l'expression sur le visage de Graham. Assis dans la cuisine, il se lève en me voyant, délaissant son portable.

– Tu es renversante.

– C'est la robe qui l'est. Je n'arrive toujours pas à croire que tu l'as payée aussi cher.

– Ce n'est pas la robe, Soraya. Mais la femme qui la porte.

– C'est gentil. Merci.

– Le vert te va merveilleusement bien, ajoute-t-il en effleurant mes cheveux. Je ne vois pas si tes mèches sont assorties.

J'ai relevé mes cheveux en chignon pour dissimuler les pointes.

– Elles le sont, dis-je en souriant. Mais je n'ai pas envie de me faire remarquer. Je n'ai jamais assisté à un gala de charité, mais quelque chose me dit que je serai la seule à avoir les cheveux verts.

– Tu n'aimes pas attacher tes cheveux ?

– Non.

– Tourne-toi. Laisse-moi voir.

J'obéis. Graham ôte les épingles qui maintiennent mes boucles épaisses. Mes cheveux longs cascadent dans mon dos. Il me fait pivoter.

– On te remarquera quand même et ça n'a rien à voir avec la couleur de tes cheveux.

– Ça t'est égal ?

– Égal ? Je suis un connard arrogant. J'adore qu'on soit jaloux de ce que je possède.

– Donne-moi un instant.

Je vais à la salle de bains pour me coiffer correctement. Je préfère nettement avoir les cheveux lâchés. Quand je le rejoins, Graham s'empare de mes deux mains.

– Est-ce que c'est assorti, alors ?

– Oui. La couleur est très proche, non ?

Je pose une mèche de cheveux sur la robe. La nuance est quasiment la même.

– Je ne parlais pas de la robe.

– Oh ! Non. Merci pour la deuxième boîte de teinture, mais la moquette n'est pas assortie aux rideaux.

– C'est dommage.

Je lui adresse un sourire narquois.

– Vraiment ? Je pensais pourtant que ce qu'il y a en bas te plairait.

– Comment ça ?

Je dépose un baiser léger sur ses lèvres.

– Il n'y a rien à teindre. Je suis entièrement épilée.

***

Graham avait raison sur un point : on attire l'attention, aucun doute là-dessus. Même si je ne pense pas qu'aucune des femmes qui le dévorent des yeux ait remarqué mes cheveux. Indifférent, Graham me conduit vers le bar.

– Tu as un fan-club, on dirait.

– Plutôt un beurk club. J'ai beaucoup de concurrents qui me détestent.

J'aperçois une femme qui nous dévisage ouvertement tandis que nous marchons. Elle porte une robe rouge et ne nous quitte pas des yeux.

– On dirait plus du désir que de la haine.

Graham suit mon regard. Il m'attire à lui.

– Ne t'approche pas de celle-là.

Du coup, je ne peux pas m'empêcher de la dévisager.

– Pourquoi ?

– Je ne veux pas qu'elle te donne une image de moi plus mauvaise que ce que je fais très bien tout seul.

Au bar, Graham commande le même cocktail et le même vin que ceux qu'on a bus au restaurant la semaine précédente. Un bon point pour lui. Je laisse mon regard errer autour de moi. Le Met est un endroit incroyable. J'y ai déjà vu des expositions mais je n'étais jamais venue dans cette salle. Le plafond voûté est une véritable œuvre d'art. C'est presque trop. Les gens. L'événement. Et plus que tout, l'homme qui se tient à mes côtés.

Graham me tend mon verre.

– Combien d'argent allez-vous récolter avec ce gala ?

– L'année dernière, on a atteint les cinq millions il me semble.

Je manque m'étouffer avec mon vin. La femme en rouge s'approche du bar d'un pas nonchalant.

– Bonsoir, Graham.

Il lui adresse un signe de tête et se raidit.

– Avery.

Oh merde. La femme que j'ai appelée.

– Tu ne me présentes pas ton amie ?

Il m'attire plus étroitement contre lui.

– Non. On s'apprêtait à aller danser. Si tu veux bien nous excuser.

Graham m'arrache brutalement au bar et à la femme en rouge. Je suis soulagée de m'éloigner mais intriguée par leur relation. Une vaste piste de danse presque vide se dresse dans un coin de la salle. On s'arrête à la table qui porte le numéro 4 pour poser nos verres.

Une fois sur la piste, Graham m'enlace. Je ne suis pas surprise de découvrir qu'il sait danser. Il me mène avec autorité, ce qui ne me surprend pas non plus.

– Et donc... robe rouge. Vous avez un passif, je suppose.

– Oui. Mais qui n'a rien à voir avec ce que tu crois.

– Ce qui signifie ? Tu ne l'as pas sautée ?

Il s'écarte un peu et me fixe, inquisiteur.

– Jalouse ?

Je détourne les yeux. L'imaginer avec une autre éveille en moi quelque chose de totalement irrationnel. Graham se penche vers moi et fait courir son nez le long de mon cou.

– Ça me plaît que tu sois jalouse. Ça veut dire que tu es possessive à mon égard. Je ressens exactement la même chose pour toi.

Nos regards se croisent pendant un long moment.

– Non, finit-il par reprendre. Je n'ai pas couché avec Avery. Je n'ai jamais posé un seul doigt sur elle. Elle m'en veut à cause d'une affaire en cours.

– Oh.

Il se penche encore davantage et me murmure à l'oreille d'une voix rauque :

– En parlant de baise. Je bande depuis que tu m'as dit que tu étais entièrement épilée.

D'une pression de la main au creux de mes reins, il m'attire à lui. Je sens son érection contre ma hanche. Cet homme prend tous mes sens d'assaut en même temps – le timbre de sa voix pleine de désir, son parfum viril, la caresse de ses mains. *J'ai terriblement envie de lui.* Sans compter que sa façon assurée de me guider à travers la piste me fait penser qu'il doit être dominateur au lit. Je suis certaine qu'il y a un placard disponible quelque part. Ce serait tellement facile de lui céder maintenant. Mais au lieu de ça, j'exhume mon côté sarcastique qui manque d'être avalé par le brouillard de désir qui s'est abattu sur moi.

– Tu devrais consulter. J'ai l'impression que tu bandes tout le temps. Un abus de Viagra, peut-être ?

– Je peux t'assurer que je n'ai pas besoin de petits cachets pour avoir une érection quand je te vois, Soraya. Et je suis allé consulter il n'y a pas longtemps. Quelques jours. J'ai suivi le conseil d'une chroniqueuse à qui il m'arrive d'écrire et je me suis préparé dans l'éventualité où je pourrais briser mon vœu de chasteté. Je suis clean et j'ai un papier qui le prouve.

– Tu m'as l'air bien impatient. Tu as ce papier sur toi ?

Je plaisante, mais Graham recule soudain et tapote sa veste à la hauteur de sa poche intérieure. Je glousse.

– Tu es sérieux ? Tu n'as pas ça sur toi, pas vrai ?

– Évidemment que je suis sérieux. Je ne veux rien d'autre que jouir en toi. Pas question de rater cette chance parce que je ne serais pas prêt. Ça fait trois jours que je me balade avec.

Je trouve son aveu bizarrement touchant. Une autre chanson commence et nous dansons en silence pendant quelque temps, nos corps évoluant harmonieusement.

Je pose la tête sur sa poitrine en soupirant.

– J'aime ça. Je ne m'y attendais pas pour être honnête.

Il se blottit contre moi.

– Moi non plus. D'habitude, je hais ce genre de soirées.

Je suis en train de baisser la garde pour cet homme. Mais il ne me faut pas longtemps pour la relever afin de me protéger.

On s'installe à une table ronde qui peut accueillir au moins douze personnes. Graham me présente aux autres couples, mais quelques chaises sont encore vides.

– Que faites-vous dans la vie ? Soraya, c'est ça ?

Braxton Harlow est assis à ma gauche. C'est un homme d'un certain âge qui porte beau, avec sa chevelure argentée qui contraste avec sa peau bronzée. Graham parle affaires avec son voisin.

– Je travaille pour une chroniqueuse. *Demandez à Ida.*

– Une journaliste. Merveilleux.

– Pas vraiment. Je fais les courses pour la journaliste qui me laisse parfois répondre au courrier qu'elle reçoit.

– Je vois.

– Et vous ? Que faites-vous ?

– Je possède un laboratoire pharmaceutique.

– Un dealer légal, en somme.

Il se met à rire.

– On peut voir ça comme ça.

– Vous êtes médecin donc ?

– Oui.

– Vous devriez examiner Graham alors, il a un problème médical.

En entendant son prénom, ce dernier se joint à la conversation.

– Vous parlez de moi ?

– Soraya était en train de me dire que tu avais un problème de santé. Je peux faire quelque chose pour t'aider ?

Graham me jette un regard suspicieux puis finit son verre.

– Je ne sais pas. Tu soignes les couilles bleues ?

Braxton a l'air perdu pendant quelques secondes, puis il éclate d'un rire franc. Après ça, la conversation roule entre nous trois. Graham garde la main sur le dossier de ma chaise et il trace un huit léger sur mon épaule nue. Je commence à me détendre et à m'amuser lorsque je vois une robe rouge s'asseoir juste en face de nous. Graham et l'homme qui l'accompagnent échangent ce geste sec du menton que font les hommes pour se saluer.

– On dirait bien qu'on va dîner avec ton amie, murmuré-je.

– Ignore-la.

Plus facile à dire qu'à faire. Je sens son regard intense posé sur moi, même quand je ne regarde pas dans sa direction. Pour une raison que je ne comprends pas, elle prend un malin plaisir à m'embarrasser. Elle ne fait aucun effort pour se mêler aux conversations des autres.

Après le dîner, je me rends aux toilettes. Je m'enferme dans une cabine et j'essaie de trouver quel est le meilleur moyen de faire pipi sans mouiller ma robe ni toucher l'abattant, faire tomber mon sac à main ou tomber en avant à cause de mes talons de douze centimètres. Je n'aurais jamais cru que ce serait aussi compliqué.

Les toilettes étaient vides quand je suis entrée. J'entends la porte s'ouvrir et se refermer et le cliquetis des talons aiguilles s'arrête devant ma porte. Mon intuition me souffle l'identité de celle qui se tient de l'autre côté. Je prends une profonde inspiration et je sors. Je suis immédiatement agressée par une robe rouge. Avery est en train de se remettre du rouge à lèvres en se regardant dans le miroir, mais elle ne me quitte pas des yeux.

– Tiens, le dernier jouet de Graham Morgan.

– C'est comme ça que vous prenez votre pied ? En suivant des femmes dans les toilettes pour dire du mal des hommes avec qui elles sortent ?

Elle frotte ses lèvres l'une contre l'autre pour bien répartir le rouge vif, embrasse un kleenex, puis referme son bâton de rouge.

– Je rends service à la gent féminine en vous mettant en garde contre cet homme.

– C'est quoi le problème ? Vous n'aimez pas sa façon de faire des affaires et c'est pour ça que vous voulez m'avertir ?

Un sourire malveillant étire ses lèvres.

– C'est ce qu'il vous a dit ? Que j'ai un problème professionnel avec lui ?

Je déteste avoir l'impression qu'elle sait quelque chose que j'ignore. Du coup, je ne réponds pas. Je me lave les mains et sors mon rouge à lèvres. Elle est toujours là quand j'ai fini. Je croise les bras.

– Crachez le morceau. Dites-moi ce que vous brûlez que je sache.

Elle fait quelques pas dans ma direction et s'immobilise derrière moi, examinant mon reflet dans le miroir. Puis elle me parle en me regardant droit dans les yeux.

– À bien y réfléchir, vous ne valez pas la peine que je perde mon temps. Vous finirez par tout découvrir toute seule. Ou alors, vous pouvez demander à Graham pourquoi il s'acharne à vouloir détruire la compagnie du mari de ma meilleure amie.

Avery sortie de la pièce, je prends une minute pour me ressaisir. Elle est aussi salope que le jour où je l'ai eue au téléphone. J'aimerais bien mettre notre conversation sur le compte d'une concurrence professionnelle féroce, mais quelque chose me dit qu'il y a autre chose.

Graham m'attend juste devant la porte.

– Ça va ? J'ai vu qu'Avery te suivait.

– Oui, dis-je avec un sourire forcé.

Au bout de quelques pas, je décide que je veux savoir.

— Je peux te poser une question ?

– Bien sûr.

– Qui est la meilleure amie d'Avery ?

Graham se passe la main dans les cheveux.

– Mon ex. Genevieve.

Chapitre 11

Graham

Quelque chose change après le passage de Soraya aux toilettes ce soir-là. Avant, elle s'était montrée aussi sarcastique que d'habitude et avait charmé un directeur de labo pharmaceutique de soixante ans en étant elle-même. Mais après, elle s'était réfugiée dans le silence. Quand je la dépose chez elle, elle ne m'invite pas à monter et son baiser manque de la chaleur qui brûle d'ordinaire entre nous. Comme j'ai peur de la brusquer, j'attends de voir ce qui se passe le lendemain. *Rien.* Et me voilà, samedi après-midi, assis à mon bureau en train de regarder fixement un tas de paperasse. Depuis que cette femme est entrée dans ma vie, je suis incapable de me concentrer.

Je m'empare de mon portable avant de le balancer sur le bureau. Vers 15 heures, j'ai répété ce geste une vingtaine de fois. Je finis par me traiter de poule mouillée et par envoyer un texto.

Graham : On a survécu aux deux soirées. Est-ce que le marché tient toujours ?

Je contemple le téléphone jusqu'à ce que les trois petits points se mettent à danser. Ils s'arrêtent, recommencent, puis s'arrêtent de nouveau. Mon stress augmente au rythme de leur hésitation. Pas la peine de réfléchir pour accepter d'être exclusifs. *À quoi penses-tu, Soraya Venedetta ?*

Soraya : Tu es sûr que c'est que ce que tu veux ?

Je tape ma réponse d'un trait.

Graham : C'est ce que je veux depuis le début. Ces petits tests étaient ton idée.

Soraya : J'ai un peu peur.

Je l'appelle. Pas envie de jouer à *Devine à quoi je pense* par texto. Elle décroche tout de suite.

– Que t'a-t-elle dit exactement ?

– Avery ?

– Qui d'autre ?

– Je te l'ai déjà dit.

– Répète. Quelque chose m'échappe.

– Je ne me souviens pas de ses mots exacts.

– Dis-moi ce dont tu te souviens.

– Eh bien, elle m'a quasiment traquée pendant que j'étais aux toilettes. Puis elle m'a dit qu'elle rendait service à la gent féminine en me mettant en garde contre toi.

– Continue.

– Il n'y a pas grand-chose de plus. Elle a ajouté que je ne valais pas la peine qu'elle perde son temps et que je finirais par découvrir les choses moi-même. Puis elle m'a dit de te demander pourquoi tu voulais détruire la boîte du mari de sa meilleure amie.

– Je t'ai déjà parlé de Liam et Genevieve. C'est un de mes concurrents.

Un silence.

– J'ai cherché ton nom et celui de Liam sur Google ce matin.

Je pousse un long soupir et me laisse aller dans mon siège.

– Et...

– J'ai trouvé des tas d'articles qui disent que tu as lancé une OPA sur sa boîte.

– C'est vrai.

– Les articles disent que tu as proposé de payer les actions le double de leur valeur. Je n'y connais pas grand-chose, mais pourquoi fais-tu ça ? Si ce n'est pour te venger d'un homme parce que tu as toujours des sentiments pour la femme qu'il t'a volée ? La même femme dont le prénom était tatoué sur ton cœur ?

– C'est ça ton problème ?

– Je suis très stressée, Graham. J'ai l'impression que tu pourrais m'avaler tout entière.

– C'est ce que je rêve de faire, oui.

– Oui, d'accord, ça aussi. Mais tu comprends ce que je veux dire.

– Tu as peur que je te blesse ?

Elle soupire.

– Oui.

– La compagnie de Liam possède vingt-trois pour cent des parts de Pembrooke Industries. L'année dernière, j'ai acheté vingt-huit pour cent par le biais d'une société écran dont je suis seul actionnaire. Si je mets la main sur la compagnie de Liam, je récupère ses actions chez Pembrooke aussi. Ça ferait de moi l'actionnaire majoritaire avec cinquante et un pour cent des parts. Ce qui vaut le double du reste des possessions de Liam. Mon but, c'est Pembrooke, pas Liam. Les journalistes financiers pensent que c'est personnel, mais pas du tout.

– Tu n'es plus amoureux de Genevieve ?

– Non. Et si tu t'inquiètes, parle-moi directement, Soraya.

– Je suis désolée. Je suis effrayée par ce qui se passe entre nous.

– Moi aussi. Mais tu sais quoi ?

– Non.

– On a beau flipper, ça va se produire quand même. Nous sommes tous les deux incapables d'arrêter ça. Alors, ramène-toi ici pour me faire des excuses en personne.

– C'est un code pour me demander de sauter sur ton bureau pour jouer au patron et à la secrétaire ?

– Je t'attends.

Elle glousse. Je suis ravi de voir que ma frustration permanente l'amuse.

– Impossible, Morgan.

– Arrête de me faire tourner en bourrique.

– Je n'y peux rien. Je ne peux vraiment pas venir. Je ne suis pas chez moi.

– Où es-tu ?

– Je file un coup de main à Delia dans un salon. On est à quelques heures de route de New York.

Je jure entre mes dents.

– Tu rentres quand ?

– Demain matin. Le salon se termine tard et la conduite de Delia est assez dangereuse comme ça en plein jour. Et puis elle va percer une centaine de personnes aujourd'hui et elle n'y verra plus clair ce soir. On a réservé une chambre à l'hôtel en face du salon.

– Tu fais quoi là-bas ?

– Je lui sers d'assistante. Je désinfecte avant qu'elle perce et je tiens la main des pétochards.

Je ne suis pas certain de vouloir avoir une réponse, mais je pose quand même la question.

– Et tu vas désinfecter quoi ?

– Rien de spécial. Oreilles, nez, nombrils, langues, tétons, un pénis ou deux.

– Pardon ?

– C'est purement clinique.

– Je me sens tout de suite mieux à l'idée que tu vas nettoyer des queues. Et je suis sûr que Delia est médecin.

– Détends-toi. C'est rien du tout.

– Oui. Tu as raison.

– Vraiment ?

– Bien sûr.

Je recouvre en partie le micro du portable et je crie à l'intention de ma secrétaire, qui n'est pas là aujourd'hui.

– Elizabeth ? Vous pouvez venir deux secondes ?

– Elizabeth ? C'est ta nouvelle assistante ?

– Oui. Je vais lui laver les seins.

Soraya glousse. Cette sacrée nana se fiche de moi. Encore.

– Qu'est-ce qu'il y a de si drôle ?

– J'ai constaté par moi-même comment tu traites tes secrétaires. Je suis certaine qu'elle ne te laisserait pas lui laver les pieds, et encore moins les nichons.

Elle a hélas raison.

– On se voit quand ?

– Demain soir.

– D'accord.

– Je passe te prendre à 18 heures.

– Ça me va. Je dois y aller. Un grand dur tatoué vient d'entrer dans le studio de Delia. En général, ce sont eux les plus peureux.

– Génial. Maintenant, je vais t'imaginer en train de désinfecter son gland pendant qu'il bande en matant ton décolleté.

– Tu as trop d'imagination.

– À demain, Soraya.

– À plus, Costard.

Quelques minutes après qu'on a raccroché, elle m'envoie un SMS.

Soraya : Marché conclu.

***

Je dois la rassurer à propos d'Avery et lui prouver qu'elle n'a rien à craindre de moi. Comme je suis incapable de me concentrer sur quoi que ce soit, je quitte le boulot plus tôt, ce qui est, semble-t-il, devenu une habitude ces derniers temps. Si je n'étais pas le patron, je me virerais moi-même.

De retour chez moi, je découpe les légumes pour faire des pâtes primavera. Je ne suis pas un cordon-bleu, loin de là, mais je fais des pâtes du tonnerre. J'ai envoyé un texto à Soraya un peu plus tôt dans la journée pour lui dire que finalement, on dînerait chez moi. Ça me paraît une bonne idée après le fiasco du gala de charité. Il faut que je lui fasse découvrir mon espace et mon côté décontracté.

Je viens d'allumer la télévision accrochée au mur de ma cuisine et de sélectionner une série dans la liste de celles disponibles quand le téléphone sonne. *Soraya.* Je m'essuie les mains sur un torchon avant de décrocher.

– Salut, beauté.

– Salut… dit-elle avant de s'interrompre C'est quoi cette musique ?

– La télé.

Merde.

J'essaie frénétiquement de baisser le son, mais la télécommande ne marche pas. Ma coolitude va en prendre un sacré coup.

– C'est le générique de *General Hospital*[1] ?

1. ***General Hospital*** est une série télévisée diffusée depuis avril 1963 aux États-Unis sur la chaîne ABC.

– Non, mens-je.

– Si.

Bordel. Pris en flag.

Je ris, un peu contrit.

– Bon, d'accord, j'avoue tout.

– Tu regardes des soap operas ?

– Uniquement celui-là.

– Et dire que je croyais qu'on n'avait rien en commun...

Je m'éclaircis la voix et assume ma gêne.

– Tu regardes, toi aussi ?

– Avant... Plus maintenant.

– Je m'y suis vraiment mis quand ma mère est tombée malade, quand j'étais au lycée. Cette série l'obsédait. Quand elle a fini par ne plus pouvoir se lever, je me blottissais contre elle l'après-midi et on regardait ensemble. Je m'étais pris au jeu et j'ai continué à suivre après sa mort. Ça me rappelle maman.

Elle reste silencieuse un instant.

– Graham... c'est... ouah... cet aveu est adorable.

Je me sens soudain ému, du coup je change de sujet.

– Qu'est-ce qui me vaut ce coup de fil ?

– Je voulais savoir ce que j'apportais.

– Rien d'autre que ton cul sublime.

– Non, sérieusement. J'y tiens.

– J'ai tout ce qu'il faut.

– D'accord. Du vin alors.

Tête de mule.

– Mon chauffeur sera là dans une heure.

– Entendu.

Je m'interromps un instant avant de murmurer.
– Soraya...
– Oui ?
– Il me tarde vraiment de te voir.

* * *

Je suis tellement occupé par la préparation du dîner que j'en oublie de dire au concierge qu'il doit laisser monter Soraya. Quand il me téléphone pour m'annoncer que j'ai de la visite, je décide de la faire un peu marcher.

– Passez-la moi, je vous prie.

– Oui ? dit-elle.

Je sens l'excitation me gagner en entendant sa voix. Soraya n'est pas encore là, mais rien que de la savoir en bas, je bande.

– Que puis-je faire pour vous, Mademoiselle ?

Elle pouffe.

– Je suis bien à *General Hospital* ?

Petite maline.

– Si tu joues les infirmières cochonnes, on peut arranger ça. Repasse-moi le concierge et monte.

J'ordonne au portier de conduire Soraya à l'ascenseur. Quelques minutes plus tard, elle frappe hardiment à la porte et Blackie se met à aboyer.

– Oui, oui, attends de la voir, dis-je à mon chien tout en me dirigeant vers la porte.

Dès que je l'ouvre, mon cœur se met à battre plus vite : elle est belle à couper le souffle. Ses cheveux sont lâchés et un peu décoiffés. Les pointes sont toujours vertes et elle porte un chemisier de la même couleur, sans manches et non décolleté, fermé par un nœud. En bas, elle est vêtue d'un élégant pantalon noir qui semble avoir été peint directement sur ses jambes. Dans l'ensemble, c'est une tenue très sage par rapport à ce qu'elle a l'habitude de porter. Et pour une fois, ses lèvres sont vierges de rouge à lèvres, comme si elle savait que j'allais les dévorer un peu plus tard.

Je dois faire appel à toute ma volonté pour ne pas lui sauter dessus et je garde les mains le long de mon corps de mauvaise grâce. Je me suis juré de ne pas l'embrasser ni la toucher parce que j'ai peur de ne pas pouvoir m'arrêter. J'ai décidé de me retenir aussi longtemps que possible. Je veux lui prouver qu'elle peut avoir confiance en moi. Me jeter sur elle tout à trac aurait l'effet inverse.

– Entre.

Son parfum floral me chatouille les narines. Le chien lui saute immédiatement dessus.

– Laisse-la tranquille, Blackie.

Amusée, elle me tend la bouteille de vin qu'elle porte et se penche pour prendre Blackie dans les bras. Il lui lèche le visage.

Je voudrais bien être à sa place.

Je lui prends le chien des bras en riant.

– Et dire que tu pensais que ce serait moi qu'on devrait éloigner de toi.

– Vous êtes très sage, Monsieur Morgan.

– Je fais de mon mieux, dis-je, sincère.

Elle pose la main sur sa bouche.

– Oh mon Dieu ! Blackie ! Je comprends ! C'est le personnage de *General Hospital* !

– Oui.

Elle tend l'index vers moi.

– Tu es gêné ?

– Non.

– Parce que tes oreilles ont rougi !

Merde.

– Je trouve ça mignon, Graham, surtout après ce que tu m'as raconté sur ta mère. Merci d'avoir partagé ça avec moi.

– Je n'ai jamais raconté ça à personne. Tu me transformes en guimauve, Venedetta.

– Tant mieux, fait-elle avec un grand sourire.

Je frotte mes paumes l'une contre l'autre, lentement.

– Puisqu'on parle de ça, voyons voir à quel point tu connais bien cette série.

Elle me décoche un sourire ravissant.

– Vas-y.

– Il y a une autre référence à *General Hospital* chez moi – quelque chose de très important.

– Qu'est-ce que je gagne si je trouve ?

– Un baiser spécial. Pour plus tard.

– Ah oui ? Spécial ?

– Je te donne un indice.

– D'accord.

– Ça rime avec « organe ».

– Encore cette blague ? Bon... Morgan... Ton nom de famille. Ça alors ! C'est aussi un personnage de la série !

– C'est une pure coïncidence, évidemment, mais le J. de mon deuxième prénom est l'initiale de Jason.

Elle hoche la tête.

– Jason Morgan... Le personnage !

– Ma mère trouvait cette idée géniale.

– Ta mère avait l'air d'être une femme intelligente.

– Elle était intelligente, drôle, brillante, pleine de vie... Tu lui ressembles beaucoup.

Je me dirige vers le comptoir pour ouvrir la bouteille de vin blanc qu'elle a apportée. Je lui tends un verre en cristal.

– Je te fais visiter ?

On fait le tour de l'appartement en buvant. Soraya aime particulièrement la cheminée électrique qui est dans ma chambre. Vivement qu'on puisse baiser devant.

On finit par regagner le salon et on se plante devant l'immense baie vitrée qui surplombe Manhattan.

Elle contemple les spectaculaires lumières de la ville.

– J'ai toujours rêvé d'avoir une vue pareille.

C'est elle que je regarde.

– Cette vue est à toi. Tu peux venir ici aussi souvent que tu en as envie.

– Venir ? Dans tous les sens du terme ?

– Ce n'est pas ce que j'ai voulu dire.

– Oh, je sais. Tu es étonnamment poli et politiquement correct ce soir. Qu'est-ce qu'il t'arrive, Graham Jason Morgan ?

– Tu n'aimes pas que je sois poli ? J'essaie de ne rien gâcher. Après ce qui s'est passé au gala...

– Tu n'as pas à t'inquiéter. Tu es bien comme tu es. J'aime ta sincérité. Tu assumes ouvertement tes idées et tes sentiments.

Elle se penche vers moi et empoigne mon pull. Je me mets à bander. Je ne vais pas pouvoir me retenir très longtemps si ça continue comme ça.

– En fait, je préfère nettement la franchise. Je veux que tu me dises toujours la vérité, même si tu as peur de me vexer. Je ne sais pas si tu comprends à quel point j'ai besoin qu'on soit sincère avec moi, ajoute-t-elle.

– Je pense que tu ne peux pas imaginer à quel point j'ai besoin de toi.

Maintenant qu'elle a posé les mains sur moi, je suis foutu.

– Et je te donnerai tout ce que tu veux. Tu veux la vérité ?

– Oui. Dis-moi ce que tu veux.

– Comment ça ? Dans la vie ? Maintenant ? Sois plus précise.

– Qu'est-ce que tu veux maintenant ?

– Tu ne me tiendras pas rigueur de ma réponse ?

– Tant que tu es sincère... non.

Ma voix est rauque.

– Je veux ta langue sur ma queue.

Voilà. J'ai pété un câble.

Elle bat des cils de façon séduisante.

– Et puis ?

– Une fois que tu m'auras sucé, je veux te déshabiller et te lécher le sexe avant de te prendre par-derrière devant cette fenêtre.

– Et puis ?

– Je veux jouir en toi.

– Et puis ?

– Et puis... on mangera des pâtes au lit, à poil.

On rit légèrement avant de reprendre notre sérieux. Elle jette un coup d'œil autour de nous.

– Quand est-ce qu'il s'est mis à faire aussi sombre ?

– Je ne sais pas. Je n'ai pas remarqué grand-chose en dehors de toi depuis que tu es arrivée. C'est la vérité.

– Merci d'être honnête avec moi, Graham.

Est-ce la récompense de ma sincérité ? Elle porte la main à son cou pour défaire lentement le nœud de son chemisier en satin, ouvre les boutons et le laisse glisser à terre. Puis elle dégrafe son soutien-gorge, libérant ses seins. Même s'il fait sombre, les lumières de la ville sont suffisantes pour que je voie ses tétons se dresser dans l'air frais.

– Laisse-moi te réchauffer, dis-je, le souffle court.

Je me penche pour lui lécher les seins. Elle se met à gémir dès que mes lèvres touchent sa peau.

Soraya tire sur mon pull et le fait passer par-dessus ma tête. Je presse mon torse nu contre le sien, prends sa langue et l'aspire lentement. Mon sexe en érection tend le tissu de mon jean. Elle pose sa petite main sur ma braguette et je sens tout mon self-control m'abandonner.

Et soudain, elle s'agenouille.

Je suis perdu.

Elle fait glisser la fermeture éclair de mon pantalon et mon cœur se met à battre à une vitesse surnaturelle. Le temps semble suspendre son vol. Elle fait courir lentement le bout de sa langue sur mon gland sans me quitter des yeux. Je rejette la tête en arrière sous l'effet d'une sensation que je ne peux décrire que comme le bonheur absolu.

Ça.

Ça*, c'est le paradis.*

Elle me prend tout entier dans sa bouche et je dois me retenir de jouir tout de suite. Je me rends compte soudain que je suis dans la merde : pas question de la lâcher maintenant que j'ai vécu ça.

Je ne pense à rien d'autre qu'à la prendre et à conquérir le moindre centimètre carré de sa peau. Je veux la posséder, mais en réalité... c'est elle qui me possède. Je suis complètement foutu.

– Ralentis, ma chérie.

Mon téléphone se met à sonner. *Merde.* Pas question de répondre. Mais la sonnerie retentit une deuxième fois, immédiatement après la première, et je sens l'angoisse me gagner : je sais que c'est ma grand-mère. C'est la seule à avoir mon numéro de fixe. Puis le répondeur s'enclenche.

– Monsieur Morgan ? Ici Cambria Lynch, l'aide à domicile de votre grand-mère. Elle a fait une chute assez sérieuse aujourd'hui et elle a été admise à l'hôpital de Westchester. Je vous appelle pour vous prévenir.

Le reste du message est assourdi. Soraya se relève brusquement en comprenant ce qui se passe. Je me précipite vers le téléphone, mais Cambria a déjà raccroché.

Je me rajuste à toute allure, le cerveau dans le brouillard.

– Je dois aller à l'hosto.

Soraya se rhabille le plus vite possible.

– Je t'accompagne.

Je manque trébucher sur Blackie, qui a l'air énervé aussi si j'en crois la façon dont il maltraite un de ses jouets. Je prie pour que ce qui s'annonçait comme la meilleure soirée de ma vie ne devienne pas la pire.

Chapitre 12

Soraya

J'ai la nausée pendant tout le trajet.

Pauvre Graham.

Il regarde droit devant lui et son angoisse est palpable. Comme son chauffeur a pris sa soirée, il conduit lui-même la BMW.

Je pose la main sur sa cuisse.

– Elle va s'en sortir.

– Oui, répond-il sans détourner les yeux de la route.

Il nous faut une heure pour arriver à l'hôpital. On se précipite vers l'entrée et Graham me prend la main.

– Ma grand-mère a été admise ici. Lil Morgan. Où puis-je la trouver ? demande-t-il à la femme de l'accueil.

– Chambre 257.

Le trajet en ascenseur est éprouvant : l'odeur d'antiseptique, caractéristique de l'hôpital, me rend malade. On parvient à la chambre ; un médecin et une infirmière se tiennent debout à côté du lit de Lil.

Je reconnais immédiatement la vieille dame aux cheveux bleus que j'ai vue sur les photos de Graham. Quand elle l'aperçoit, son regard s'illumine et mon cœur fond.

– Graham. Qui t'a dit que j'étais ici ?

– Cambria. Comment vas-tu ?

– Je ne voulais pas qu'elle t'inquiète.

– Elle a bien fait de m'appeler. Que s'est-il passé ?

– Je ne m'en souviens pas. J'ai glissé et je suis tombée, mais je ne sais pas comment. Il paraît que je me suis cassé la hanche.

Le médecin tend la main à Graham.

– Monsieur Morgan. Je suis le docteur Spork.

– Je peux vous parler en privé ?

– Bien sûr.

Graham quitte la pièce avec le médecin et l'infirmière. Je me retrouve seule avec Lil.

Je regarde toujours en direction de la porte et je sursaute en entendant le son de sa voix.

– Vous devez être Soraya.

Je suis déconcertée. Elle connaît mon prénom, c'est donc que Graham lui a parlé de moi.

– Exact. Je suis ravie de vous rencontrer, dis-je en souriant.

Je m'assieds sur le fauteuil près du lit.

– Je comprends pourquoi vous lui plaisez autant. Vous avez une beauté sombre et naturelle. C'est très rare.

– Merci beaucoup.

Elle a l'air fatigué.

– Graham est très secret. Il se peut que nous n'ayons plus jamais l'occasion de discuter en tête à tête, aussi pardonnez-moi si je vous assaille de questions.

Je déglutis. Je ne m'attendais pas à un interrogatoire en règle.

– Allez-y.

– Je sais que mon petit-fils peut se montrer absolument insupportable.

J'éclate de rire, soulagée.

– Oui. Je l'ai découvert dès notre première rencontre.

– Et j'ai entendu dire que vous ne vous laissiez pas faire.

– C'est vrai.

– Bien. Mais, vous savez, au fond, il n'est pas comme ça.

– Je commence à le croire.

– Quand sa mère est morte, il s'est complètement refermé sur lui-même. Il lui a fallu beaucoup de temps pour s'ouvrir et la seule fois où il a pris un risque, il s'est brûlé.

– Vous parlez de Genevieve ?

Lil a l'air stupéfaite.

– Il vous en a parlé ?

– Un peu. Je sais qu'elle l'a quitté pour son ancien ami, Liam.

– Oui. Un imbroglio affreux. Tous les progrès que Graham avait faits après la mort de Celia ont été réduits à néant par cette histoire. Je pensais vraiment que Graham ne retomberait plus jamais amoureux. Mais on dirait bien qu'il pourrait s'éprendre de vous.

En entendant ça, j'ai l'impression que mon cœur va éclater dans ma poitrine.

– Je ne sais pas quoi dire.

– Vous n'avez rien à répondre. Je voulais juste m'assurer que vous aviez conscience qu'il n'est pas ce dont il a l'air. Mais j'ai l'impression que vous en savez davantage que ce que je croyais, et c'est tant mieux. Ne le laissez pas vous convaincre que rien ne l'atteint.

– J'ai peur d'être celle qui va souffrir.

– Ne soyez pas effrayée. Il vaut mieux souffrir que ne jamais rien vivre de renversant. Un emploi temporaire vaut mieux que pas de job du tout. Vous avez peur d'être blessée, de la même manière que j'ai peur de mourir. Ça ne veut pas dire que je ne vais pas vivre pleinement pendant le temps qu'il me reste.

Je pose la main sur les siennes.

– Merci du conseil.

Graham rentre dans la chambre à cet instant précis.

– Oh, oh, ça sent les ennuis.

Lil rayonne en le voyant.

– Même si j'aurais préféré que tu ne fasses pas tout le trajet jusqu'ici, je suis contente d'avoir rencontré Soraya. J'espère que je ne vous ai pas gâché la soirée.

– Non. On avait juste prévu de... manger des pâtes.

Il tourne la tête dans ma direction et on échange un regard entendu.

– Que t'a dit le médecin à mon sujet ? demande Lil.

– Il pense qu'il faut t'opérer. Ils vont te garder quelques jours avant de te conduire dans un centre de rééducation. Je vais m'arranger avec Cambria pour qu'on te trouve une place dans un endroit grand luxe.

– Je ne veux pas que tu t'inquiètes pour moi.

– Tu aurais pu te blesser à la tête. Tu ne te souviens même pas comment ça s'est produit. Évidemment que je vais me faire du souci. Je suis content que ça n'ait pas été pire que ça, Moune.

– Moi aussi, dis-je.

On reste une heure de plus avant de reprendre le chemin de New York. Graham met de la musique classique dans le lecteur et ne prononce pas un mot durant tout le trajet. Quand nous arrivons à Manhattan, c'est moi qui brise le silence.

– Est-ce que ça va ?

– Oui... C'est juste que...

– Quoi ?

– Ce soir plus que jamais, je me suis rendu compte qu'elle était ma seule famille. Ma mère était fille unique. Je n'ai qu'elle. Vraiment. Quand elle mourra, je n'aurai plus personne. Ça donne à réfléchir.

– Tu fonderas ta famille, un jour.

Sa question suivante me prend par surprise.

– Tu veux des enfants, Soraya ?

Je réponds honnêtement.

– Je n'en suis pas sûre.

– Comment ça ?

– Je ne peux pas dire que j'en suis certaine à 100 %. J'espère que lorsque le moment sera venu de prendre une décision, je serai sûre de moi.

– C'est à cause de ton père ?

– En partie. Je ne me suis jamais penchée sur la question, cela dit. Je ne suis pas complètement certaine que la maternité soit mon truc.

Il a l'air songeur. Ce n'était peut-être pas ce qu'il voulait entendre mais je ne veux pas lui mentir. J'ai toujours pensé ça.

– Est-ce que tu me ramènes chez moi ?

– Ce n'est pas ce que j'avais prévu, répond-il, l'air déçu. Pourquoi ? Tu veux rentrer ?

– Je me disais qu'avec tout ce qui s'est passé avec Lil...

– Tu t'es dit que je voulais être seul ? Non. Je ne veux pas rester seul, Soraya. J'en ai ras le bol de l'être. Je veux que tu passes la nuit dans mon lit. On n'est pas obligé de faire quoi que ce soit. Je veux juste te tenir dans mes bras jusqu'à ce que je m'endorme. Enfin, si tu veux bien.

– Oui. D'accord.

Graham ne prépare pas son plat de pâtes finalement. Comme il est tard, on prend du chinois chez le traiteur et on mange, assis par terre dans son salon, en regardant un épisode de *General Hospital.*

– Je pourrais m'habituer facilement à ce genre de soirée, fait-il en avalant une nouille.

Il a l'air presque enfantin en disant ça.

Mon cœur se serre. Pour la première fois, je me dis que les choses sont en train de devenir sérieuses entre nous. Et même si sa question sur la maternité m'a secouée, il n'y a pas de retour en arrière possible. Je veux savoir où la vague va nous emporter. Comme l'a dit Lil, je préfère souffrir que ne jamais le découvrir.

On débarrasse puis Graham me conduit jusqu'à sa chambre. Il ôte son pull et j'admire le tatouage de Tig en me léchant les lèvres. J'ai désespérément envie de goûter sa peau.

Il disparaît dans la salle de bains et en ressort vêtu d'un pantalon de pyjama noir. Il me lance un tee-shirt bleu.

Il ne me quitte pas des yeux tandis que je déboutonne mon chemisier. On dirait qu'il salive et son regard est rivé à mes seins.

Je m'installe sur son lit gigantesque et me blottis sur le matelas à mémoire de forme. Ce lit est fait pour un roi – ou pour un Morgan.

Il se glisse derrière moi et m'enlace. Sa respiration ralentit et il s'endort comme un bébé. Je ne tarde pas à l'imiter.

* * *

Il est 4 heures du matin quand quelque chose me réveille. Graham me dévisage.

– J'aime te regarder dormir.

– Si j'avais su ça, dis-je d'une voix ensommeillée, je ne me serais pas endormie.

Il se met à rire.

– Qu'est-ce qui t'a réveillée ?

– Je ne sais pas. Une intuition ?

– Tu sais ce que je pense ?

– Quoi ?

– Tu avais envie de jeter un coup d'œil sous la couverture.

– Et moi qui croyais que le pervers avait pris une nuit de congé.

– Jamais. Il est toujours là, quelque part, même quand il ne dit rien.

Son rire chaleureux me fait presque fondre. Il entrelace ses doigts aux miens.

— Sérieusement, je pense que quelque chose te tracasse, ajoute-t-il.

– Comment le sais-tu ?

– Je le lis dans tes yeux.

– Ta grand-mère m'a dit qu'il ne fallait pas que j'aie peur de souffrir.

– C'est une femme sage. Tu devrais l'écouter. Je peux t'avouer un secret ?

– Oui.

– Tu me terrifies, Soraya.

– C'est réciproque.

– Et c'est exactement pour ça que je sais.

– Que tu sais quoi ?

– Que ça peut être très sérieux entre nous.

Très sérieux.

– Il faut que j'arrête de me préoccuper de demain et que je profite du moment présent, murmuré-je.

Graham porte ma main à ses lèvres pour l'embrasser.

– Personne ne sait de quoi demain sera fait, mais si c'était notre dernière nuit sur terre, je ne voudrais être nulle part ailleurs qu'ici avec toi. Ça répond à toutes les questions que je me pose.

Il pose sa bouche sur la mienne. Ce baiser ne ressemble à aucun des précédents, il est plus passionné, plus désespéré. J'ai l'impression qu'il déverse en moi toute la tension qui habite son corps. Ce qui commence lentement et sensuellement devient vite sauvage et frénétique. Incapable de contrôler le désir intense que j'éprouve pour lui, je décide de lâcher prise, même si c'est temporaire. Ici, dans ce lit, je me sens en sécurité. C'est tout ce qui compte.

Comme s'il lisait dans mes pensées, Graham s'allonge sur moi et m'épingle au lit, les deux bras de part et d'autre de ma tête. J'ai l'impression qu'il se retient, attendant ma permission. Je hoche lentement la tête pour lui signifier que, quoi qu'il ait en tête, je suis partante. Il ferme un instant les yeux avant de les rouvrir.

Sans me quitter du regard, il fait glisser lentement la main pour ôter ma culotte. Puis il pose la paume de sa main entre mes jambes. Je suis mouillée, prête à le recevoir.

Il serre les dents.

– Putain, Soraya, j'ai tellement envie de toi.

Il porte encore son boxer et il frotte son sexe contre le mien. J'agrippe ses fesses pour le presser plus fort contre mon clitoris. Je suis incroyablement excitée.

Il enlève son caleçon et sa queue est brûlante contre mon ventre. J'écarte les jambes le plus possible, incapable d'attendre plus longtemps. Je m'empare de son membre et le dirige vers ma chatte. Je pousse un petit cri de surprise en évaluant son diamètre, puis je me détends et il me pénètre aisément.

– Oh... putain... C'est tellement... Bordel..., murmure-t-il contre mes lèvres en allant et venant lentement en moi.

Il rejette un peu la tête en arrière pour plonger son regard dans le mien. Ses pupilles dilatées restent rivées aux miennes tandis qu'il enchaîne les coups de rein. Aucun homme ne m'a jamais regardée comme ça en baisant. Il me prend corps et âme et je sais que je suis perdue à jamais.

La pièce est totalement silencieuse. Je n'entends rien d'autre que le bruit humide de nos corps qui se rejoignent tandis qu'il me pénètre le plus profondément possible. Il me tire les cheveux de plus en plus fort. Sa respiration se fait soudain plus haletante et je devine qu'il est sur le point de perdre le contrôle.

– Je vais jouir si fort, Soraya, dit-il entre ses dents. Tellement... fort... putain.

Il ne m'en faut pas plus pour atteindre l'orgasme. Il le sent et se laisse aller à son tour. Il se cambre dans un dernier coup de rein et pousse un grognement sonore avant de jouir en moi.

Il s'effondre alors et m'embrasse le cou encore et encore, sans se dégager, pendant un temps infini. Quand il finit par se retirer, je sens son sperme chaud glisser lentement entre mes cuisses. C'est la première fois que je laisse un homme jouir en moi comme ça. Je ne suis pas vierge mais j'ai l'impression étrange que c'est ma première fois, beaucoup plus intense et plus intime que toutes les autres. J'aurais dû me précipiter sous la douche mais je n'en ai aucune envie. Je voudrais garder ces restes de lui en moi.

Il m'embrasse légèrement et je m'endors en me demandant si mes rêves pourront jamais être à la hauteur de ce que je viens de vivre.

***

Le lendemain au boulot, je suis dans un brouillard complet. Je n'imprime rien de ce que me dit Ida. Mon esprit ne cesse de rejouer ce qui s'est passé la veille. Les heures qui doivent s'écouler avant que je le retrouve me paraissent durer une éternité. Bon sang, j'ai l'impression d'être une junkie.

Je pensais qu'il ne m'avait pas écrit de la journée, jusqu'à ce que je vérifie la boîte mail du site.

Chère Ida,

Ici l'ex-Chaste de Manhattan. Également connu sous le nom de Costard Coincé. Je trouve poli de vous tenir au courant de l'évolution de ma situation, vu que vous m'avez été d'une grande aide jusqu'à présent. La bonne nouvelle ? Je ne suis plus abstinent. La mauvaise ? Maintenant que j'ai couché avec elle, je voudrais ne faire que ça. Je ne pense qu'à toutes les façons de la prendre. J'ai peur qu'elle ne finisse par être fatiguée par mon appétit insatiable. Voici donc ma question : est-ce qu'il est possible de trop baiser ?

– Bien Baisé, Manhattan.

Cher Bien Baisé, Manhattan,

Félicitations pour la fin de votre période d'abstinence. Je suppose que la réponse à votre question dépend de vos talents au lit. Si l'on part du principe que vous avez fait bonne impression – ce dont je ne doute pas un instant –, je pense que ça ne vous posera aucun problème. Je vous trouve d'ailleurs bien présomptueux de penser que votre conquête vous en voudra d'une éventuelle surabondance de sexe. Ne sous-estimez pas la libido vorace d'une femme.

Graham est supposé me téléphoner pour me prévenir de l'heure d'arrivée de son chauffeur, qui doit me déposer chez lui. Il est tard et je suis toujours sans nouvelles de sa part, ce qui n'est pas dans ses habitudes. Ma paranoïa flambe ; je décide de l'appeler.

– Soraya, me salue-t-il sur un ton maussade.

C'est quoi, ce délire ?

– Tu ne m'as pas appelée. Tout va bien ?

Il pousse un long soupir.

– Non. Ça ne va pas du tout.

Mon cœur se met à battre la chamade.

– Que se passe-t-il ?

– J'ai reçu de mauvaises nouvelles.

– Comment ça ?

– À propos de Liam.

– Ton ancien ami ? Le mari de Genevieve ?

Un long silence.

– Il est mort.

Chapitre 13

Soraya

Le sentiment d'angoisse qui s'est abattu sur moi la veille après ma conversation avec Graham me poursuit dans mon sommeil. Je me tourne et me retourne toute la nuit, incapable de trouver l'apaisement. Le matin venu, je suis carrément nerveuse. Graham m'a dit qu'il comptait passer une partie de la nuit dans son bureau – il avait prévu de prendre le contrôle de la compagnie de Liam par des moyens légaux et il ne veut en aucun cas profiter de sa mort pour obtenir ce qu'il voulait. Même si les autres n'auront pas tant de scrupules. D'après lui, les vautours se déchaîneront dès le matin. Graham a décidé d'en arrêter certains et de remettre ses propres plans à plus tard.

Même si je m'y attendais, je suis déçue de ne pas le voir dans le métro.

Soraya : Comment ça va ce matin ?

Graham : Fatigué. Suis toujours au bureau.

Soraya : Tu y as passé toute la nuit ?

Graham : Oui.

Soraya : Je suis désolée. Ça doit être difficile pour toi. Je peux faire quelque chose ?

Graham : Attends-moi. Je vais être sous l'eau pendant quelques jours.

Si j'avais eu des doutes sur l'effet que la nouvelle a provoqué chez lui, sa réponse les a chassés : il n'est pas lui-même. Quand j'ai demandé ce que je pouvais faire, il ne m'a pas répondu que je n'avais qu'à me faufiler sous son bureau ou écarter les cuisses.

Soraya : Bien sûr.

Je descends à ma station et, comme tous les matins, je m'arrête chez Anil pour prendre un café. Une fois que j'ai commandé, une pensée me traverse l'esprit.

– Finalement, je vais prendre deux cafés, deux bagels beurrés et deux jus d'orange.

Ce n'est pas un petit déjeuner de prince, mais au moins ça me donne l'impression de faire quelque chose pour lui. Cet homme m'a suivie et m'a fait livrer un repas indien parce qu'il croyait que j'aimais ça. Je peux bien le remercier avec un café et un bagel.

Je reprends la direction du métro tout en laissant un message à Ida pour la prévenir que je serai en retard, puis je prends la ligne A. Vingt minutes plus tard, j'arrive devant la Morgan Financial Holdings. Je sors de l'ascenseur au vingtième étage. Les lettres dorées sur les portes vitrées me donnent soudain le trac. Je commence à m'habituer aux papillons qui élisent domicile dans mon ventre quand je suis à proximité de Graham, mais pénétrer sur son territoire – dans cette arène qu'il dirige d'une main de fer – m'intimide. Je m'en veux de réagir comme ça.

Je me redresse tout en me dirigeant vers la réceptionniste. C'est la même rouquine que la dernière fois.

– Puis-je vous aider ?

– Oui. Je voudrais voir Graham.

Elle me regarde des pieds à la tête.

– Graham ? Vous voulez dire Monsieur Morgan ?

– Oui. Graham J. Morgan.

– Vous avez rendez-vous ?

Putain, ça ne va pas recommencer.

– Non. Mais il me recevra. Dites-lui que Soraya est là.

– Monsieur Morgan a demandé à ne pas être dérangé.

– Écoutez. Je sais que vous devez faire votre taf. Et si j'en juge par nos échanges, vous le faites bien. Vous êtes très forte pour repousser les gens. Mais vous pouvez me croire quand je vous dis qu'il ne vous en voudra pas si vous le dérangez pour moi.

– Je suis désolée... mais il s'est montré très précis...

Ce n'est pas vrai, bon sang.

– Je couche avec lui, d'accord ? Dites-lui que je suis là ou de toute façon, j'irai quand même dans son bureau.

Elle cille, désemparée.

– Pardon ?

Je me penche en avant.

– Je couche avec lui. Vous comprenez ce que ça veut dire ? Il insère...

– Soraya ?

La voix de Graham interrompt ma leçon d'anatomie. Il remonte à grandes enjambées le couloir dans ma direction. Je pivote et je l'attends au lieu de le rejoindre. *Ouh la.* Il porte ses lunettes.

– Quelle agréable surprise.

– Ta réceptionniste n'a pas l'air d'accord avec toi.

Graham hausse un sourcil, esquisse un sourire amusé puis se tourne vers son employée, qu'il considère froidement.

– Mademoiselle Venedetta n'a pas besoin de rendez-vous.

Il nous regarde l'une après l'autre.

— Jamais.

Puis il me prend par le coude et m'entraîne dans le couloir par lequel il est arrivé. La femme assise en face de son bureau se lève à notre approche.

– Annulez mon rendez-vous de 9 heures, Rebecca.

– Je m'appelle Eliza.

– Comme vous voulez.

Il referme la porte derrière nous et me plaque immédiatement contre elle tout en m'embrassant. Le sac en papier contenant les bagels m'échappe ;

j'ai besoin de tous mes doigts pour lui caresser les cheveux. Son baiser est long et passionné, sa langue se mêle brutalement à la mienne et son corps musclé m'empêche de bouger. Son désir est si désespéré que je suis aussitôt envahie par l'excitation. Il soulève ma jambe et se presse juste au bon endroit. *Oh, oui.*

– Graham.

Il gémit.

– Graham.

Je me suis mise à trembler et je suis à deux doigts de lâcher les cafés.

– Les cafés vont tomber.

– Qu'ils tombent, marmonne-t-il contre mes lèvres avant de me reprendre la bouche.

– Graham.

Il pousse un soupir exaspéré.

– J'ai besoin de toi.

– Tu veux bien que je pose les cafés et que je jette un coup d'œil à ton bureau avant de me dévorer toute crue ?

Il pose son front contre le mien.

– C'est une requête ou un ordre ?

– Si on considère que tu refuseras si je te dis que c'est une requête, alors c'est un ordre.

Il grommelle mais recule un peu.

– J'adore les lunettes, au fait. Je ne sais plus si je te l'ai dit, l'autre jour.

– Je vais jeter mes lentilles.

Je me dirige vers son bureau pour y déposer les cafés et je regarde autour de moi. De grandes baies vitrées surplombent Manhattan sur deux côtés. Un grand bureau en acajou est positionné face à l'une d'elles. Pas un mais deux ordinateurs élégants se font face sur le bureau. De nombreux dossiers sont entassés sur la surface plane, certains ouverts.

– Ton bureau est magnifique. Mais j'ai l'impression que tu es très occupé. Je ne resterai pas longtemps. Je suis juste venue te déposer un bagel et un café.

– Merci. Tu n'étais pas obligée.

– Ça me fait plaisir.

Je l'observe attentivement pour la première fois. Il est toujours aussi beau mais il a l'air fatigué et stressé.

— Tu as l'air épuisé.

– Je survivrai, dit-il en faisant un geste en direction du fond de la pièce. Assieds-toi. Prends ton petit déjeuner avec moi. Je n'ai rien mangé depuis hier soir.

De l'autre côté du bureau, un long canapé en cuir flanqué de deux fauteuils fait face à une table basse en verre. Graham s'installe. J'ouvre le sac contenant les bagels et je les déballe.

– Comme je ne sais pas ce que tu aimes j'ai choisi pour moi.

– Je mangerai tout ce que tu me donneras.

– Dans ce cas...

Un sourire coquin éclaire ses traits.

– Je vais te maintenir allongée sur ce canapé et te lécher jusqu'à ce que tous mes employés sachent à quel point tu sais donner de la voix.

J'enfourne un bagel pour me retenir de le mettre au défi. Il me faut une minute pour mâcher, avaler et reprendre le contrôle de ma libido.

– Est-ce que tu as réussi à éloigner les méchants ?

– J'en fais partie, Soraya.

– Tu as compris ce que je voulais dire. Les empêcher d'en profiter.

– Oui. Et non. C'est compliqué. Dans ce genre d'affaires, il y a de nombreuses strates de propriété. Mais on dirait bien que Liam a mis en place un pare-feu pour prévenir une OPA sauvage. Ce pare-feu permet aux actionnaires d'acheter des parts supplémentaires à bas prix afin de diluer la valeur des actions et de rendre les éventuels rachats moins attractifs.

– Il avait prévu une sortie de secours.

– Exactement. Et ça aurait bien fonctionné s'il avait donné ces droits à une société de confiance.

– J'en déduis que ce n'est pas le cas.

Graham secoue la tête.

– Non.

– Ça a l'air compliqué et mal barré.

– Ça l'est.

– Comment gères-tu la partie « non-affaires » ?

– Comment ça ?

– Tu as perdu un ami.

– Un ancien ami.

J'opine.

– D'accord. Mais c'est quelqu'un qui a compté à un moment de ta vie puisque vous avez fondé une boîte ensemble.

– À un moment, oui. Mais, comme tu le sais, les choses ont changé.

– J'ai entendu dire aux infos ce matin qu'il avait fait une crise cardiaque.

– Il était en voiture. Il a quitté la route et heurté un arbre. Il était déjà mort quand la police est arrivée sur les lieux. Heureusement, il était seul. Genevieve m'a dit qu'il était supposé être avec leur fille mais comme elle se sentait mal, elle est restée chez eux. Sinon...

Il se rend compte de la tête que je fais.

– Je lui ai parlé ce matin. Elle m'a demandé de l'aide pour ces histoires d'OPA mais j'étais déjà en train de bosser dessus.

– Je n'avais pas compris que vous étiez amis.

– Parce que ce n'est pas le cas. C'était un coup de fil strictement professionnel. Elle savait que je lui donnerais un coup de main et on est tous les deux gagnants si on arrive à empêcher que la société se dévalue.

Je hoche la tête. Tout ça est logique. Et c'est ridicule d'éprouver de la jalousie pour une femme qui vient de perdre son mari.

– Comment va ta grand-mère ?

– Elle a dit à Cambria de me prévenir qu'elle me rayera de son testament si je ne la fais pas sortir de l'hôpital.

– Oh, non.

– C'est bon signe. Ça veut dire qu'elle reprend du poil de la bête. Quand elle est agréable et conciliante, ça me fait peur.

La relation qu'il entretient avec sa grand-mère est en train de devenir la chose que je préfère chez lui. La façon dont un homme traite la matriarche de sa famille en dit long sur lui.

– Elle est toujours à l'hôpital de Westchester ?

– Je l'ai fait transférer à l'Hôpital de Chirurgie.

– Il est sur la 70e rue, c'est ça ?

– Oui.

– C'est à deux pas de mon bureau. Et si je profitais de ma pause déjeuner pour lui rendre visite ? Tu es sous l'eau ici, visiblement.

Graham me dévisage un instant.

– Ce serait génial. Merci.

– Avec plaisir.

– Tu veux bien passer la nuit avec moi ?

– Chez toi ?

– Oui. Mon chauffeur peut passer te prendre après le boulot et t'accompagner chez toi pour que tu récupères des affaires avant de te ramener à la maison. Je te retrouverai là-bas quand j'en aurai terminé. Le portier te laissera monter si je ne suis pas encore rentré.

– D'accord.

On termine notre petit déjeuner tout en discutant, puis je rassemble les déchets.

– Il faut que j'aille bosser sinon Ida va me concocter une liste sans fin de trucs inutiles à faire et je vais être retenue au bureau jusqu'à 21 heures.

Graham m'embrasse pour me dire au revoir et je l'arrête avant que ça dégénère.

– Tu vas prendre le métro alors, puisque je te prive de ton chauffeur ?

– Oui.

– Prolo.

– N'oublie pas que je t'ai rencontrée dans le métro. Je le prends tous les matins à présent.

– Comment ça « à présent » ?

Un sourire étire ses lèvres.

– Le jour où j'ai perdu mon téléphone, c'était la première fois depuis des années que j'empruntais le métro. Mon chauffeur avait pris une semaine de vacances.

– Et depuis tu te déplaces en métro ?

– J'ai une bonne raison, non ?

Après avoir quitté le bureau de Graham, je me sens un peu mieux. Je ne demande pas mieux que d'avoir confiance en ce qui est en train de grandir entre nous, mais une partie de moi flippe toujours. Il est assuré et intrépide, ce qui devrait me rassurer. Je déteste cette part de moi, faible et apeurée. Il est temps que je trouve comment m'en débarrasser.

* * *

– Madame Morgan ?

J'entrebâille la porte et glisse la tête par l'ouverture. Elle regarde la télé, assise dans son lit.

– Entrez ma chère, entrez. Et appelez-moi Lil.

J'ai envoyé un texto à Graham pour lui demander ce qu'elle aimait manger et je lui apporte un

Filet O'Fish du McDo. D'après Graham, c'est dégueu mais c'est sa junk food préférée.

– Je me suis dit que ça vous ferait peut-être plaisir d'avoir de la visite. Graham est coincé au travail depuis hier et mon bureau est juste à côté.

– Est-ce que je sens un Filet O'Fish ?

Je souris.

– Vous sentez bien.

– Graham pense que si ça ne vient pas d'un restaurant qui vous fait payer soixante dollars pour un repas minuscule, ce n'est pas bon. J'adore ce garçon, mais c'est parfois un vrai snobinard coincé.

Je ris en pensant au surnom que je lui avais donné. *Costard Coincé.*

– Il peut se montrer un peu élitiste, c'est vrai.

Je rapproche la desserte à roulettes posée dans un coin et je pose le sandwich dessus.

– Vous regardez un soap opera ?

– *Des jours et des vies.* Ma fille m'a convertie.

– Elle a converti son fils aussi, dis-je en gloussant.

– Vous êtes au courant ?

– Oui. Ça fait bizarre.

– Ça ne l'était pas au départ. Croyez-moi ou non, cet homme était un chamallow. Avec ma Celia en tout cas. Il idolâtrait sa mère. Ça a été très dur pour lui quand elle est morte. C'est probablement pour ça qu'il est comme il est. Il ne s'est pas attaché à beaucoup de femmes, si vous voyez ce que je veux dire. Et celles auxquelles il s'est attaché ne sont pas restées. Mais ce n'était pas la faute de ma Celia.

Je sais qu'elle fait allusion à Genevieve. La première femme à laquelle il s'est ouvert après la mort de sa mère l'a largué. J'ai beau ne l'avoir jamais rencontrée, je la méprise profondément.

– Comment vous sentez-vous ? Graham m'a dit que vous seriez opérée vendredi ?

– Je me sens bien. Ils n'arrêtent pas de vouloir me refiler des antalgiques mais je n'en ai pas besoin, et en plus ils m'endorment. Ils aiment que les vieux roupillent tout le temps, comme ça on ne leur demande rien.

Je jette un coup d'œil autour de moi. C'est la chambre d'hôpital la plus luxueuse que j'ai jamais vue de ma vie. Elle est si spacieuse qu'elle pourrait accueillir une demi-douzaine de patients au lieu d'une seule. Un bouquet magnifique est posé dans un coin. Lil suit la direction de mon regard.

– C'est Graham qui me l'a envoyé. Comme tous les mardis. J'avais un jardin gigantesque avant, mais je ne pouvais plus m'en occuper.

– Il est très attentionné quand il veut.

– Il a deux facettes. Il est à la fois attentionné et brutal. Je ne suis pas certaine qu'il connaisse la demi-mesure.

– Vous le connaissez bien.

– Il faut bien que quelqu'un le voie comme il est et le recadre.

– Vous avez raison, dis-je en riant.

– Mais quelque chose me dit que vous agissez de même. Je suis sûre que vous lui faites du bien.

– Vous croyez ? On est complètement opposés sur beaucoup de plans.

– Aucune importance. Ce qui compte, c'est ce qu'il y a en vous.

– Merci, Madame M..., Lil.

Je reste beaucoup plus longtemps que prévu. Lil commente son épisode et ça m'amuse. Les scénarios sont tellement tirés par les cheveux que je ne peux pas m'empêcher de penser à Graham – si pragmatique et rigide. Quand je me lève pour partir, Lil me prend la main.

– C'est un homme bien. Il est passionnément fidèle et il aime sa famille. Il a bâti une muraille autour de son cœur. Mais une fois qu'il le donne, il ne le reprend pas.

– Merci.

– Pour le reste, c'est à vous de jouer. Sortez le balai qu'il a dans le cul et frappez-le sur la tête avec. Il est intelligent. Il comprendra vite.

– Ça, je peux le faire.

* * *

Graham n'est pas rentré quand j'arrive chez lui. Blackie m'accueille à la porte en sautant partout.

– Salut, mon pote.

Je le prends dans mes bras et il me lèche le visage. Je n'arrive toujours pas à me faire à l'idée que Mister Big Connard possède une petite boule de poils.

– On va rester seuls pendant un petit bout de temps, j'en ai peur.

Je contemple la grande pièce à vivre. En dehors du halètement de Blackie, elle est trop silencieuse. Les deux dernières fois où je suis venue, la visite s'est plus ou moins limitée à l'exploration de ce qui était à l'intérieur du pantalon de Graham, aussi je décide d'en profiter pour fouiner un peu.

L'appartement est fabuleux. Je suis certaine qu'il a été décoré par un professionnel – des gris froids et de l'argent chic lui donnent un air de garçonnière. Il pourrait figurer dans *GQ*, avec son propriétaire en plein milieu du salon, les bras croisés. Mais il a beau être magnifique, il lui manque quelque chose. De la personnalité. Impossible de deviner qui vit ici.

Je visite le salon, curieuse. Un immense canapé d'angle fait face à un grand écran plat de télévision fixé au mur, sous lequel se tient un élégant meuble noir. Il me faut une minute pour comprendre comment il s'ouvre, vu qu'il n'a pas de poignée. À l'intérieur, je trouve une collection de DVD. *Le Golf en folie, Happy Gilmore, Présentateur vedette : La légende de Ron Burgundy.*

Hein ?

Je continue à lire les titres. *Glory, Gettysburg, Gangs of New York.*

Mmmmm.

Faut te décider, Morgan.

Je m'aventure dans la cuisine. Le frigo est bourré

à craquer de bouffe à emporter. Et... de trois bouteilles de Nesquik à la fraise.

Euh...

Une fois dans la chambre, j'hésite à ouvrir le tiroir de sa table de nuit. Fouiller dans ses DVD et dans son réfrigérateur est une chose, espionner le contenu de sa table de nuit, ça craint. Je cherche autre chose dans la pièce. Elle est vide – pas de photos, pas de papiers pliés sur la commode indiquant qu'il aurait vidé ses poches. Je pose de nouveau les yeux sur la table de nuit.

– Non, me dis-je à haute voix.

Je soulève Blackie à hauteur d'yeux, histoire qu'on puisse avoir une conversation.

– Ce serait mal d'ouvrir ce tiroir, pas vrai, mon pote ?

Pour toute réponse, il me lèche le nez.

– Je prends ça pour un oui.

Le dressing ressemble davantage à Graham J. Morgan. Des costumes d'un côté, sombres pour la plupart. De l'autre une rangée indécente de chemises. Tout est bien rangé et organisé.

Aucun intérêt.

Je regagne la chambre et mes yeux se posent automatiquement sur la table de nuit. Ce satané meuble m'obsède.

– Allez, juste un coup d'œil, dis-je en caressant Blackie, qui est toujours dans mes bras.

Il se met à ronronner. *Les chiens ronronnent ?* Bon, un ronronnement c'est l'équivalent humain d'un « oui », non ?

Allez, un tout petit coup d'œil... Je ne toucherai rien.

J'ouvre le tiroir du bout du doigt. Il contient une pochette en velours noir, une bouteille emplie d'un liquide transparent qui pourrait fort bien être du lubrifiant – mais comme l'étiquette est de l'autre côté, je ne peux pas en être certaine – et une boîte de préservatifs neuve.

Bon... Je vais peut-être toucher un truc ou deux finalement.

– Tu crois qu'il y a un truc intéressant dans cette pochette ? demandé-je à Blackie.

Mais ce n'est pas le chien qui répond.

– J'en suis certain.

La voix grave de Graham me fait sursauter violemment et dans le processus, je lâche Blackie, qui vole dans les airs. Heureusement, il atterrit sur le lit.

– Tu m'as fait une peur bleue, dis-je en posant la main sur mon cœur.

Graham est tranquillement adossé au chambranle de la porte.

– Tu étais tellement occupée à fouiner que tu ne m'as pas entendu entrer.

– Je n'ai pas fouiné.

Graham hausse un sourcil.

– Vraiment, j'insiste.

– C'est moi qui ai laissé le tiroir ouvert ce matin ?

Je croise les bras.

– Faut croire.

Il éclate de rire et se dirige vers la table de nuit, dont il ferme le tiroir.

– Dans ce cas, si je l'ai laissé ouvert ce matin et si tu n'étais pas en train de fouiner, alors tu te fiches de ce qu'il y a dans la pochette.

– Complètement.

– Dommage.

– Pourquoi ? Qu'est-ce qu'elle contient ?

– Embrasse-moi.

– Et tu me diras ce qu'il y a dedans ?

Il passe les mains autour de ma taille.

– Je te montrerai. Maintenant, dis-moi bonjour comme il faut.

Je lève les yeux au ciel comme si ce n'était pas quelque chose que j'avais envie de faire chaque fois que je pose les yeux sur son visage ridiculement beau. Je pose chastement mes lèvres sur les siennes. Mais avant que je puisse reculer, il passe la main dans mes cheveux et m'embrasse correctement.

– Je n'aurais jamais cru que tu étais une fouineuse, murmure-t-il contre ma bouche.

Je rejette un peu la tête en arrière pour le regarder bien en face.

– Ce n'est pas mon genre, effectivement. Mais je n'arrive pas à te cerner.

– Comment ça ?

– Films de guerre ou comédies débiles ? Les gens ne sont pas les deux à la fois normalement.

Graham a l'air amusé.

– Moi j'aime les deux.

– Et le Nesquik ? À la fraise en plus.

– J'aime ça.

– J'avais compris.

– Et Blackie aussi.

– Tu en donnes à ton chien ?

– Oui.

– Tu vois, c'est ça le truc. Mister Big Connard ne peut pas avoir un chien trop choupy, et encore moins partager son lait fraise avec lui.

– Je ne suis peut-être tout simplement pas un connard, réplique-t-il en plaçant ma main sur son entrejambe. Ce n'est pas parce que la nature a été généreuse que ça fait de moi un gros con.

– Comment s'appelle ta secrétaire ?

– Elaine.

– Eliza. Elle te l'a répété devant moi ce matin.

– Je suis un homme très occupé. J'ai du mal à trouver une assistante qui veuille bien rester plus de quelques jours.

– Parce que tu es un gros con.

– Peut-être. Mais pas avec toi, pas vrai ?

Je soupire.

– Qu'est-ce qu'il y a dans cette pochette, alors ?

– Et si je te disais que c'est une corde parce que je meurs d'envie de t'attacher ?

J'y réfléchis un instant.

– Ça me plairait bien.

Il pousse un soupir frustré.

– Merde. J'aurais dû acheter une corde.

– Pour ça, il faudrait que tu ailles à la quincaillerie. J'ai comme dans l'idée que tu n'es pas vraiment le genre de mec à bricoler. Sais-tu où se trouve le magasin de bricolage le plus proche ?

– Et un bâillon avec une boule pour t'empêcher de parler ? Si je te disais que c'est ce que contient la pochette, espèce de grande gueule ?

– Un gag ball ?

– Tu vois bien de quoi je parle, dis donc.

Je me penche vers lui pour lui murmurer à l'oreille.

– Dans ma dévédéthèque j'ai moi aussi *Le Golf en folie, Happy Gilmore* et *Présentateur vedette : La légende de Ron Burgundy.* Mais au lieu de films de guerre ennuyeux, je possède un *autre genre* de films.

– Est-ce que tu es en train de m'avouer que tu mates des films pornos ?

– Peut-être bien.

– Tu es la perfection incarnée.

– Je croyais que tu n'aimais pas mes sarcasmes.

– Ils me font bander et me donnent envie de baiser ta bouche. Tu as raison, je ne sais foutre pas où est la quincaillerie, mais je suis un homme plein de ressources et je suis sûr que je peux trouver un moyen de t'attacher pendant que tu me suces.

Ce ne sont que des paroles mais elles m'excitent et mon désir se lit sur mon visage.

– Merde, Soraya.

– Oui. S'il te plaît.

C'est le feu vert qu'il attendait. Je ne découvre le contenu de la pochette – la lingerie qu'il a achetée chez Bergdorf en même temps que la robe verte – que bien plus tard. Je ne la porte pas cette nuit-là mais Graham me promet que le tiroir contiendra d'autres choses intéressantes pour la prochaine fois que j'aurai une envie de fouiner.

Le lendemain matin je suis réveillée par une caresse sur la joue. Graham se tient à côté du lit, déjà habillé. J'ouvre grand les yeux.

– Bonjour. J'ai dormi trop tard ?

– Non. Je me suis levé tôt. Une longue journée m'attend.

Je m'étire. Le drap glisse, dévoilant mes seins nus. Sous l'effet du froid, mes tétons se dressent immédiatement.

– Ne fais pas ça. Je ne vais jamais partir, dit Graham en faisant courir deux doigts sur mon sein.

– Mmmm...

– Soraya...

Son ton contient une nuance d'avertissement.

– Quoi ? C'est bon. Si tu ne veux pas que je réagisse, ne me touche pas.

Il secoue la tête.

– Tu veux bien venir dormir ici ce soir ? Je vais rentrer tard mais je serai ravi de trouver cette vision enchanteresse dans mon lit en revenant chez moi.

– Tu comptes bosser tard ? demandé-je en jetant un coup d'œil par la fenêtre. Il ne fait pas encore jour et tu as déjà prévu de travailler tard ?

– Non. Je vais à la veillée funèbre ce soir. Elle a lieu entre 19 heures et 21 heures. J'irai directement en sortant du bureau.

– Oh.

– Tu m'attendras ici ?

– Et si je venais avec toi ? À la veillée ? Tu ne devrais pas y aller seul. Ça ne va pas être agréable : c'était ton ancien ami, tu essayais de lui racheter sa compagnie et sa veuve éplorée est ton ex. Je pense que ma présence peut te faire du bien.

– Tu ferais ça pour moi ?

– Bien sûr. Je me spécialise, tiens. Rencard et funérarium.

Graham rit puis m'embrasse tendrement.

– Je viendrai te chercher à 18 heures 30. Merci.

Je reste un bon moment au lit en songeant que... *cette soirée risque d'être fort intéressante.*

Chapitre 14

Graham

Je devrais bosser au lieu de glander. Mon bureau croule sous les dossiers, une centaine de mails attendent que j'y réponde et je ne trouve rien de mieux à faire que d'écrire à une chroniqueuse de soixante balais.

Chère Ida,

La femme avec qui je sors depuis peu a exprimé un vif intérêt à l'idée d'être attachée. Comme je suis novice en la matière, pourriez-vous me donner des conseils ? Est-ce une bonne idée d'investir dans une corde ? Ou vaudrait-il mieux opter pour des menottes en fourrure ? Voire des liens en soie, histoire de ne pas laisser de marques sur ses poignets ? Je devrais préciser que je prévois de

passer beaucoup de temps à lécher son sexe et qu'elle va tirer sur ses liens en jouissant comme une folle.

– Cinquante nuances de Morgan, Manhattan

La réponse me parvient vingt minutes plus tard. Je m'attendais à un long mail plein de sarcasmes. Je devrais pourtant savoir à présent que Soraya Venedetta est une femme imprévisible.

Cher Cinquante nuances,

Puis-je vous suggérer de jeter un coup d'œil dans le tiroir de la table de nuit de votre partenaire ? Comme elle a exprimé un vif intérêt pour la pratique, il se peut qu'elle ait profité de l'heure du déjeuner pour faire quelques emplettes.

Cette femme aura ma peau.

Une heure plus tard, l'intercom se met à bourdonner.

– Monsieur Morgan ? demande ma secrétaire. Vous avez un appel sur la 3.

– Ne vous ai-je pas demandé de ne pas me déranger ?

– Si. Mais il paraît que c'est urgent.

– C'est qui ?

– Je n'ai pas demandé.

– Écoutez...

Comment s'appelle-t-elle, déjà ? Ellen ? *Putain de merde.*

– L'essentiel de votre job consiste à filtrer les coups de fil, n'est-ce pas ?

– Oui.

– Or, vous me dérangez sans même savoir qui appelle. Est-ce que vous pensez que vous faites bien votre travail ?

– Je...

Ma patience s'effrite dangereusement.

– Demandez-lui son nom et la raison de son appel.

Une minute plus tard, l'intercom bourdonne de nouveau.

– Quoi ?

– C'est une certaine Madame Moreau. La raison de son appel urgent est que son mari est mort.

Je décroche.

– Genevieve.

– Graham. J'ai besoin de ton aide.

– Je travaille dessus. Je te l'ai dit hier.

– J'ai besoin de plus que ça.

J'enlève mes lunettes et je les balance sur le bureau. Je me frotte le visage en inspirant profondément. Ça fait des années que je n'ai pas eu une conversation courtoise avec cette femme, mais contrairement à la croyance populaire, je ne suis pas un gros connard. Elle vient de perdre son mari, seulement âgé de trente et un ans, d'une crise cardiaque.

Je me redresse dans mon fauteuil, choisissant de chasser mon amertume et de faire preuve de compassion :

– Qu'est-ce que je peux faire pour toi, Genevieve ?

– Je ne veux pas diriger la société toute seule.

J'en suis incapable.

– Bien sûr que si. Et si c'est trop, embauche quelqu'un.

– J'ai confiance en *toi*, Graham.

Moi aussi, j'avais confiance en toi. Je me mords la langue. Ça fait mal.

– Tu n'es pas en état de parler affaires en ce moment.

– Je suis toujours en état de parler affaires. Exactement comme toi. C'est l'un de nos points communs. Nos émotions passent au second plan.

– Je pense que tu as tort et que le chagrin t'aveugle. Que voudrais-tu que je fasse au juste ?

– Je veux fusionner avec Morgan Financial Holdings.

– Tu veux que je rachète Gainesworth Investments ? Que je prenne le contrôle total ?

– Non. Gainesworth Investments et Morgan Financial Holdings combinés formeraient une société puissante. Que je veux diriger avec toi.

– Pardon ?

– Tu m'as très bien entendue. Je veux fusionner. Faire de nouveau équipe avec toi.

– Genevieve, je ne veux pas me montrer trop direct mais... Tu viens juste de perdre ton mari. Ce n'est pas un peu tôt pour chercher un nouveau partenaire ? Fais ton deuil d'abord, non ? Tu n'as pas les idées claires.

Elle soupire.

– Liam et moi étions séparés.

– Je l'ignorais.

– Je l'ai surpris au lit avec mon assistante de vingt-trois ans.

– Je suis désolé.

– Non, tu ne l'es pas. Tu te dis que c'est un prêté pour un rendu. Je penserais la même chose à ta place, tu sais.

Étonnamment, ce n'est pas le cas.

– Tu es quand même sous le choc. Ta fille a besoin de toi. Laisse-moi terminer de geler le rachat des actions. On reparlera affaires plus tard.

– Ça, c'est la réponse Grahamesque pour dire « on aura une conversation une fois que j'aurai tout décidé tout seul ».

– Genevieve, occupe-toi de ta famille. Les affaires peuvent attendre.

– D'accord. Mais jette un coup d'œil sur ton agenda. Tu as rendez-vous vendredi prochain avec une certaine Madame More – recommandée par Bob Baxter. C'est faux. Madame More, c'est moi. More – Moreau. J'ai pris ce rendez-vous il y a deux semaines. J'avais déjà prévu tout ça, tu vois.

– Je te verrai à la veillée ce soir, Genevieve.

Une fois le téléphone raccroché, je vérifie mon planning. J'ai effectivement rendez-vous avec une nouvelle cliente, Madame More, recommandée par Bob Baxter. Je dois lui reconnaître un certain talent. D'habitude, quand un nouveau client m'est adressé comme ça, je passe un coup de fil à la personne qui me l'envoie. Mais Genevieve sait pertinemment que je n'appellerai jamais Bob Baxter. Impossible de lui parler brièvement. Avec lui, le moindre appel dure trois heures et est invariablement suivi d'une invitation à dîner qu'on ne peut pas décliner.

Comme je suis incapable de me concentrer, je décide d'aller à la salle de sport. Courir et soulever de la fonte m'aident à y voir plus clair. Mais après cinq kilomètres sur le tapis, mon esprit est toujours aussi embrouillé. Des images de ma vie se succèdent sans ordre.

Soraya qui ouvre les yeux dans mon lit ce matin. Et qui me sourit.

Genevieve et moi en train de sabrer le champagne dans mon bureau le soir où notre portefeuille d'investissement a atteint le milliard de dollars pour la première fois.

Soraya agenouillée, qui me regarde tandis que sa langue percée me lèche le gland.

Moi qui entre dans le bureau de Genevieve après un voyage d'affaires dont je suis rentré plus tôt que prévu et qui la surprend en train de sucer Liam.

Je cours de plus en plus vite. Mais plus j'accélère, plus les images défilent rapidement.

L'aiguille de Tig qui perce ma peau et l'encre qui saigne sur le nom de Genevieve.

Liam et moi, bras dessus bras dessous, contemplant le nom de notre société, trois semaines après avoir terminé nos études.

Ma mère. *Ma mère.* Frêle sur son lit d'hôpital prétendant qu'elle allait bien.

C'est quoi ce bordel ?

Je cours de plus en plus vite.

La plume tatouée de Soraya.

Genevieve assise sur un coin de mon bureau.

Liam courant sur le tapis à côté du mien.

Je jette un coup d'œil sur ma gauche. Ce con de Liam court à côté de moi. La vision est si nette que pendant une demi-seconde, j'ai vraiment l'impression qu'il est là.

Lorsque je finis par m'arrêter, il me faut cinq bonnes minutes pour reprendre mon souffle. Penché en avant, les mains sur les genoux, en nage, je ferme les yeux. *Putain. De bordel. De merde.* Pourquoi est-ce que les choses se compliquent juste au moment où elles étaient enfin devenues simples ?

Je ne le sais pas encore, mais ce n'est qu'un avant-goût de ce qui m'attend.

* * *

Je ne bois pas beaucoup et je ne me suis jamais drogué. Mon seul vice, c'est le sexe. Et quand je suis stressé, j'en ai encore plus besoin que d'habitude. Comme un obsédé.

Je sais bien que je n'aurais pas dû penser à ça sur le chemin du funérarium mais je n'ai qu'une envie, baiser Soraya. Elle est sublime dans sa petite robe noire. Elle a relevé ses cheveux alors que je sais qu'elle n'aime pas ça. Je suppose que c'est pour cacher les pointes colorées. Elle a l'air nerveux. Et cette vulnérabilité, si rare chez elle, me donne encore plus envie de lui sauter dessus. La vitre qui nous sépare du chauffeur est fermée, ce qui ne m'aide pas. La tentation de l'asseoir sur mes genoux est de plus en plus forte.

Elle lit sûrement dans mes pensées puisqu'elle dit :

– Tu me regardes comme si tu t'apprêtais à me dévorer, Morgan.

– Est-ce que tu perdrais tout respect pour moi si je te disais que malgré notre destination, je ne pense qu'à une chose : ôter ta culotte et te faire jouir sur mon visage ?

– Je sais depuis le début que tu es un sale pervers, donc ça ne me surprend pas. Mais quand même, plaisante-t-elle.

– C'est quelque chose que tu ne sais pas encore sur moi. Plus je suis stressé, plus je suis excité. Le sexe m'empêcher de penser. C'est la seule chose qui marche vraiment.

– Je vois. Voudriez-vous que je vous soulage, Monsieur Morgan ?

– Ne m'appelle pas comme ça, à moins de vouloir jouer les soumises, auquel cas je serai ravi de t'administrer une fessée séance tenante. On peut jouer à ça si tu veux.

Je contemple ses lèvres entrouvertes.

– Bon sang, j'ai envie que tu me suces.

Elle gigote un peu.

– Vraiment ?

– Oui. Tout en te léchant. On pourrait dire que c'est comme manger quand on stresse.

Elle éclate de rire.

– Content que tu trouves ça drôle parce que je suis à deux doigts d'enfouir la tête sous ta robe.

– On ne peut pas. On arrive dans quelques minutes.

Je glisse la main sous le tissu pour lui caresser la cuisse.

– Pas si on décide d'être en retard, dis-je d'une voix que le désir rend rauque.

– Tu es sérieux ?

Au lieu de lui répondre, je décroche le téléphone pour m'adresser au chauffeur.

– Louis, nous ne sommes pas prêts à nous rendre au funérarium. Nous aimerions que vous rouliez encore un peu. Faites un tour d'une demi-heure.

– Très bien, Monsieur Morgan.

Elle se mord la lèvre, interloquée et je sens mon excitation monter d'un cran. Je ne peux pas me pointer à une veillée funèbre avec une érection. Il y a donc urgence.

Je remonte la robe de Soraya, m'agenouille devant elle et écarte ses cuisses. J'ôte lentement son string en dentelles avec les dents : il est humide.

Elle est trempée.

Je fais courir la langue sur sa chatte. Je n'utilise pas uniquement le bout mais toute sa surface pour la dévorer tout entière, m'interrompant uniquement pour titiller son clitoris. Elle n'a jamais été aussi mouillée. *Jamais.*

Elle passe ses ongles longs dans mes cheveux et attire mon visage plus étroitement contre son sexe. Je décide soudain que ça suffit. J'enfonce un doigt en elle et lève les yeux vers elle.

– J'ai vraiment besoin de te baiser.

– Oui. S'il te plaît..., murmure-t-elle.

Je pourrais très vite m'habituer aux supplications de Soraya Venedetta.

Je défais mon pantalon, le baisse à mi-cuisses et m'assieds sur la banquette afin que Soraya puisse me chevaucher. Le cuir est froid sous mes fesses. Soraya s'empale sur moi et je rejette la tête en arrière sous l'effet du plaisir.

Sa robe est remontée jusqu'à la taille, exposant son cul tandis qu'elle me chevauche en me regardant droit dans les yeux. Être en elle est aussi bon que ce que j'imaginais. Je ne peux pas m'empêcher de retirer les épingles qui retiennent ses cheveux et je regarde ses boucles cascader pendant qu'on baise. Comme le soir du gala, elle ne proteste pas : de toute façon, je sais qu'elle n'aime pas porter de chignon.

Les autres fois où nous avons baisé semblent tendres en comparaison de cette expérience dans la voiture. C'est plus brutal, plus charnel, de la baise pure et dure.

Quand elle laisse échapper un gémissement étouffé, je jouis avec une violence inouïe, telle que je n'en ai jamais connue auparavant. Relâcher la tension qui s'est accumulée toute la journée me fait un bien fou. Rien – pas même ma séance exténuante d'exercice physique – ne m'a fait un tel effet. Sans compter que la mort de Liam est un rappel douloureux de ma propre mortalité et des choses qui ont de l'importance dans la vie. L'existence est trop courte pour ne pas baiser comme ça tout le temps.

– On est tout débraillés, dit-elle en se dégageant.

– Je te jure que je ne t'ai jamais trouvée plus belle, Soraya.

C'est la vérité. Elle est écarlate et ses cheveux sont en bataille. Elle incarne la joie absolue face à la mort. Je lui suis infiniment reconnaissant de ne pas m'avoir laissé affronter cette soirée tout seul. Et je suis reconnaissant d'être en vie.

Elle sort un miroir de son sac à main.

– Je suis passée de Grace Kelly à Roseanne[2].

Je ne peux pas m'empêcher de rire.

– Et j'ai adoré ça.

Je demande à Louis de faire un arrêt chez Macy's afin que Soraya puisse utiliser les toilettes pour se recoiffer et acheter un string. On est définitivement en retard.

Quand la berline se gare devant le funérarium, ma nervosité a de nouveau atteint des sommets. Soraya, qui a remplacé son chignon par une queue-de-cheval basse, me frotte le dos.

– Ça va aller, dit-elle.

Heureusement qu'elle est là.

Non seulement je vais me trouver confronté à la dépouille de Liam, mais en plus c'est la première fois depuis une éternité que je vais voir Genevieve.

2. ***Roseanne*** est le titre d'une sitcom américaine diffusée entre 1988 et 1997 sur ABC et dont le personnage féminin s'appelle Roseanne.

Mais le pire dans tout ça, c'est certainement que ça me rappelle que la dernière fois que j'ai mis les pieds dans ce genre d'endroit, c'était pour l'enterrement de ma mère.

Les gens font la queue dehors, une assemblée de polyester noir collet monté. Les riches new-yorkais discutent de leurs investissements au lieu de se la fermer poliment. Je ne vois pas au-delà des gens qui sont devant moi. Non pas que ça me chagrine. Je veux rentrer chez moi, dans l'endroit où je me sens en sécurité, c'est-à-dire en Soraya.

J'ai soudain besoin d'aller pisser.

– Ne bouge pas, murmuré-je à l'oreille de Soraya, je vais aux toilettes.

– D'accord.

Elle a l'air un peu inquiet à l'idée de rester seule. Je quitte la queue et suis le tapis persan jusqu'aux chiottes. Après m'être délesté de l'équivalent des chutes du Niagara, je ressors et j'aperçois la mère de Liam, Phyllis, en train de consoler une petite fille dans le couloir. L'enfant pleure et ça me brise le cœur.

Elle me tourne le dos. Je lui donne environ quatre ans. Je suppose que c'est la fille de Liam et de Genevieve. Je ne l'ai jamais vue. Je sais juste que Genevieve est tombée enceinte très rapidement après m'avoir quitté. À cette époque, ça n'avait fait que rendre les choses encore plus difficiles pour moi. Mais là je ressens une profonde compassion pour cette enfant qui vient de perdre son père. Je ne connais que trop bien ce sentiment.

Phyllis a l'air stupéfaite de me voir, mais je ne peux pas ne pas lui présenter mes condoléances.

J'ai la nausée en disant :

– Bonsoir Phyllis. Je suis désolé pour Liam.

Désemparée, elle se contente de hocher la tête en serrant plus fort la petite fille contre elle avant de s'éloigner. Je leur emboîte le pas. C'est alors que je remarque qu'un pompon noir est tombé des cheveux de l'enfant.

Je m'éclaircis la voix et presse le pas pour les rattraper.

– Excusez-moi. Elle a perdu ça.

La petite fille pivote dans ma direction et je vois son visage pour la première fois. Je m'agenouille pour être à sa hauteur et je lui tends le pompon sans savoir que dire. Je suis sous le choc. Je ne trouve pas les mots... Je suis dans un état de sidération et d'incrédulité total. Cette enfant ressemble trait pour trait à ma mère.

Chapitre 15

Soraya

Pourquoi met-il si longtemps à revenir ? La queue avance plus vite que prévu et Graham n'est toujours pas là.

J'aperçois à présent le cercueil ouvert. Voir un homme aussi jeune et aussi beau étendu là, mort, me bouleverse. Je sais qu'il a fait beaucoup de mal à Graham mais il ne méritait pas un sort pareil. Je devine des cheveux blonds et des traits harmonieux. Il a l'air en paix. J'espère vraiment qu'il se trouve dans un endroit meilleur.

De très nombreux bouquets entourent le cercueil, avec des banderoles sur lesquelles est écrit *Fils, Ami, Mari*. De grandes bougies blanches sont allumées. C'est magnifique. Cela respire la fortune.

Je jette un regard en arrière. Toujours aucun signe de Graham.

Mes yeux se posent sur elle.

Elle est assise près du cercueil, stoïque.

Genevieve.

Je me raidis, envahie par une bouffée de possessivité inattendue. Elle est blonde, comme Liam. Mon petit ami s'est fait baiser par Barbie et Ken. Quant à moi, je ressemble plus à une poupée Bratz.

Mon petit ami. C'est ce qu'il est, non ?

Quoi qu'il en soit, physiquement, Genevieve est mon exact opposé : elle est menue avec un corps de ballerine. Elle est magnifique. Je n'en attendais pas moins, mais j'espérais quand même au fond de moi qu'elle serait banale. Ce n'est pas le cas.

Mais ce n'est pas son apparence qui me tord le ventre. C'est de me retrouver face à une femme à qui Graham a donné son cœur. Il l'a aimée. Je ne suis pas certaine qu'il n'éprouve jamais des sentiments aussi intenses pour moi. Et je me rends compte soudain que j'en ai désespérément besoin.

Elle répond aux condoléances des gens. Je regarde ses yeux. Ils ont plongé dans ceux de Graham. J'observe sa bouche. Elle a embrassé la sienne, l'a sucé. Puis je baisse les yeux sur sa petite poitrine dissimulée par sa robe noire. Mes seins sont beaucoup plus gros. Je me sens mieux pendant une microseconde, jusqu'à ce que mon regard se pose sur ses jambes. Qu'elle a nouées autour de sa taille.

Bon sang, Soraya, arrête de te torturer. Voilà donc à quoi ressemble la jalousie.

Je regarde de nouveau par-dessus mon épaule et la femme qui est juste derrière moi m'adresse la parole.

– Comment connaissiez-vous Liam ?

– Euh... Je ne le connaissais pas. J'accompagne Graham Morgan.

– L'ex-fiancé de Genevieve ?

Je ravale la boule qui s'est formée dans ma gorge.

– Fiancé ?

– Si c'est le Morgan de la Morgan Financial Holdings, oui. Ils étaient fiancés avant que Genevieve n'épouse finalement Liam.

Mon estomac fait un looping. *Il l'a demandée en mariage ?*

– C'est ça. Bien sûr. Oui. J'accompagne ce Graham Morgan-là. Et vous êtes ?

– Helen Frost. Leur voisine. Je garde parfois Chloe.

– Leur fille ?

– Oui. Elle a quatre ans. Une enfant magnifique, une brunette, contrairement à ses parents.

– Ça arrive, réponds-je en haussant les épaules.

J'aperçois soudain Graham, qui fend la foule dans ma direction. Il regarde droit devant lui, l'air complètement sonné. Cette soirée est encore pire que ce que j'imaginais.

– Ça va ?

Il acquiesce en silence mais quelque chose me dit qu'il s'est passé un truc terrible.

Notre tour arrive enfin de rendre un dernier hommage à Liam. Je joins les mains, ferme les yeux et récite un Notre Père et un Je vous salue Marie. Lorsque j'entends les mots que prononce Graham, mon cœur se serre.

– Espèce de salopard, murmure-t-il entre ses dents.

Il a les yeux humides mais il ne pleure pas. Sa lèvre inférieure tremble. Je le dévisage, interloquée par sa colère soudaine. On pivote comme un seul homme vers la veuve-pas-si-éplorée que ça. Genevieve a l'air d'aller curieusement bien pour une femme qui vient de perdre son mari.

Son regard s'illumine en voyant Graham. Elle passe les bras autour de son cou pour l'attirer à lui. Je le vois se raidir.

Garce.

– Merci infiniment d'être venu, Graham.

Il se contente de la regarder fixement.

Il a perdu la parole à cause du choc ?

– Ça me fait plus plaisir que tu ne peux l'imaginer. On se verra vendredi comme prévu.

Comme prévu ?

Elle va le voir ?

On retarde la queue et il ne m'a toujours pas présentée. Elle finit par détourner les yeux assez longtemps de lui pour les poser sur moi.

– Et vous êtes ? demande-t-elle avec un sourire forcé.

– Soraya. La... euh...

Je ne sais pas comment me présenter. Graham retrouve enfin l'usage de sa langue.

– Petite amie, affirme-t-il en passant son bras autour de ma taille.

– Petite amie, répète-t-elle.

L'étreinte de Graham se resserre.

– Oui, dit-il.

– Avery m'a dit que tu sortais avec quelqu'un mais je n'avais pas compris que c'était sérieux.

– Ça l'est. C'est *très* sérieux.

D'accord. C'est bon à savoir.

– Je suis ravie de vous rencontrer, Soraya.

– De même. Toutes mes condoléances.

Et je parle de Graham, pas de Liam.

Graham lui lance un regard meurtrier.

Mais que se passe-t-il, enfin ? Pourquoi cette fureur ?

Il avance brusquement vers la personne suivante pour présenter ses condoléances. On serre machinalement toutes les mains tendues.

– Eh ben, c'était très pénible, dis-je avec un soupir de soulagement une fois qu'on en a terminé avec ces formalités. Qu'est-ce qu'on fait maintenant ?

On dirait qu'il veut dire quelque chose mais que les mots lui échappent.

– Soraya...

– Quoi ? Graham, que se passe-t-il ? Explique-moi.

– Je ne peux pas. Sinon, je vais frapper quelqu'un. Et ce n'est ni le lieu ni le moment.

Il ne me faut pas longtemps pour avoir la réponse à ma question quand tous les regards se tournent vers une magnifique petite fille aux cheveux sombres qui se tient devant le cercueil de Liam. *Chloe.* Je ne l'ai pas vue de la soirée. J'ai cru qu'elle était intentionnellement tenue à l'écart de la veillée. Je ne pensais pas qu'elle serait là.

La foule se fige devant la vision déchirante de cette enfant qui pleure devant la dépouille de son père. Je me sens coupable : mon père est toujours en vie et je refuse de le voir. Le sien est mort et elle ne le verra jamais plus.

– C'est tellement triste, dis-je à mi-voix.

Graham prend une profonde inspiration puis exhale lentement.

Au même moment, Chloe pivote et je vois son visage pour la première fois. Je pousse une exclamation. Les rouages se mettent à tourner dans ma tête. Je tourne la tête vers Graham, qui la regarde fixement, incrédule.

– C'est la première fois que tu la vois ?

Il secoue la tête sans la quitter des yeux.

– Oui, se contente-t-il de répondre.

L'étrange comportement de Graham prend soudain tout son sens. Parce que cette petite fille est le portrait craché de son père.

Son père, Graham.

Cela ne fait aucun doute dans mon esprit. Graham est le père biologique de Chloe. Mon cerveau turbine à toute allure. Comment est-ce possible ? Pourquoi le lui ont-ils caché ? Est-ce que ça pourrait être une coïncidence ? Qu'elle soit la fille de Liam et ressemble à Graham ? Au fond de moi, j'ai la réponse. Et soudain, je ne sais pas si j'ai envie de pleurer ou de frapper quelqu'un.

Il m'attrape par le bras.

– Partons avant que je fasse quelque chose que je regretterais.

Je lance un coup d'œil à Genevieve. Inconsciente de l'état de nerfs de Graham, elle bavarde et sourit de toutes ses dents parfaites aux gens qui se succèdent.

– D'accord. D'accord, allons-y.

Une fois dans la berline, Graham regarde en silence par la vitre pendant les dix premières minutes du trajet. Je suppose qu'il est toujours sous le choc de sa découverte et qu'il n'est pas prêt à en parler. Pas question de le pousser.

Il finit par se tourner vers moi.

– Dis-moi que je ne me fais pas de film.

– Non. Cette enfant est ton portrait craché.

Il cligne plusieurs fois des yeux pour essayer de digérer l'information.

– Si c'est ma fille, pourquoi Genevieve me l'a-t-elle caché ?

– J'aimerais avoir une réponse, mais ce n'est pas le cas. Je suppose que tu vas devoir le lui demander.

Il se frotte les tempes.

– Il faut que je réfléchisse à tout ça.

– Je comprendrais si tu veux rester seul cette nuit.

– Non ! s'écrie-t-il. J'ai besoin de toi.

– D'accord.

Ce soir-là, on ne baise pas. Au lieu de ça, Graham me serre contre lui. Son angoisse emplit toutes ses inspirations et ses expirations. Il reste éveillé quasiment toute la nuit.

J'ai l'impression que notre relation insouciante et sans prise de tête se termine brutalement ce soir-là.

Les choses vont changer radicalement. Et même si je veux le soutenir, une partie de moi enfile en secret une armure imaginaire pour me protéger.

* * *

Graham décide de ne pas demander de compte à Genevieve avant leur rendez-vous de vendredi. Il veut lui donner le temps d'enterrer Liam avant de passer à l'attaque concernant Chloe. Je pense qu'il lui faut aussi du temps pour se préparer à affronter la vérité et pour savoir quels sont ses droits légaux. Il est aussi submergé de travail : il essaie toujours de mettre en place une stratégie concernant la compagnie de Liam.

De mon côté, j'ai décidé que passer quelques nuits l'un sans l'autre était une bonne idée au vu des circonstances. À son grand désarroi, j'ai prévu de sortir deux soirs d'affilée avec Tig et Delia et de dormir chez moi.

En vérité, on a juste prévu de traîner au salon de tatouage. J'ai besoin de leur avis sur la situation.

Ils n'en croient pas leurs oreilles.

– On dirait un épisode de *General Hospital*, commente Delia tout en rangeant son matériel.

Je me retiens de dire quoi que ce soit. Aucune ironie dans sa remarque. Elle ne sait pas que Graham aime cette série.

Tig, les pieds sur le bureau, allume une cigarette.

– Ça ressemble plus à *La force du destin*[3], fait-il en riant.

– Merci beaucoup, dis-je en levant les yeux au ciel.

– Ce que je ne comprends pas, c'est pourquoi il n'a jamais envisagé que la gamine puisse être de lui, poursuit-il.

– Il ne l'avait jamais vue.

– Mais il avait entendu dire qu'elle était enceinte, non ? Il ne pouvait pas additionner deux et deux ? Il ne s'est pas dit que ça pouvait être possible ?

Je ressens le besoin de défendre Graham.

– Ils ne se parlaient plus. Il ne savait pas exactement quand elle était tombée enceinte. Il a supposé que l'enfant était de Liam, c'est tout.

Tig allume une autre cigarette.

– C'est une histoire de dingue. Tu te réveilles un matin et paf… t'as une famille.

Ses paroles me font frissonner. Tig vient de verbaliser ma peur la plus absolue.

Delia sait que je suis bouleversée. Elle se tourne vers son mari.

– Ne dis pas ça. Il n'est pas avec cette nana. Ce n'est pas sa famille.

– Crois-moi, j'ai pensé exactement la même chose, dis-je. Il a été amoureux de cette femme, Liam n'est plus dans le paysage et c'est la mère de sa fille. Quelle est ma place dans tout ça ?

---

3. ***La Force du destin*, *All my Children*** en anglais, est une autre série télévisée de ABC diffusée entre 1970 et 2011. Elle raconte la vie tourmentée de plusieurs familles d'une petite ville près de Philadelphie.

Delia fait de son mieux pour me rassurer.

– Tu grilles les étapes. Je ne vois pas pourquoi il se remettrait avec elle, surtout maintenant qu'il sait qu'elle lui a menti pendant des années.

Je pousse un soupir.

– Cette femme est belle et rusée. Je te parie qu'elle essaie déjà de trouver un moyen de retourner la situation à son avantage. Elle a pris rendez-vous avec lui pour parler affaires avant même qu'il découvre la vérité à propos de Chloe. Elle veut fusionner la compagnie de Liam avec celle de Graham.

– Il n'y a pas que les compagnies qu'elle veut fusionner, plaisante Tig.

Delia lui donne un petit coup sur la tête.

– Tu as fini ? demande-t-elle avant de se tourner vers moi. Graham a l'air de tenir à toi. J'ai beaucoup de mal à croire qu'il va tomber dans le panneau.

– Et moi j'ai beaucoup de mal à croire que Soraya va se transformer en Mary Poppins pour cette gamine, intervient Tig. Il faut examiner la situation dans son ensemble. Même si Mister Big Connard ne se remet pas avec la mère de sa môme, Soraya devra élever l'enfant d'une autre si elle reste avec lui. Ce n'est pas une chose à prendre à la légère.

Il a raison. Ce problème présente de multiples facettes.

– Soraya ferait une excellente belle-mère. On pourrait teindre les pointes de Chloe et lui percer les oreilles, réplique Delia.

Tig exhale en énorme nuage de fumée.

– Tu sais ce que je pense ? Que tu devrais dire adieu à Papa Warbucks et sa petite Annie l'orpheline. Ce n'est que mon avis.

Cette nuit-là, je teins enfin mes pointes, qui étaient vertes depuis le gala de charité. Une seule couleur me semble appropriée à la situation.

Code rouge.

Chapitre 16

Graham

J'ai l'impression que Soraya m'échappe. L'excuse qu'elle m'a donnée pour passer la soirée avec ses amis est un ramassis de conneries. Le pire, c'est que je ne peux pas lui en vouloir. Imaginons que la situation soit inversée. Comment aurais-je réagi en apprenant qu'elle avait déjà eu un enfant avec un autre homme ? Cette idée me donne la nausée. Je me sens tellement possessif envers elle que je ne parviens même pas à imaginer une chose pareille.

Cette semaine est un cauchemar dont je ne parviens pas à me réveiller. Je voudrais que les choses redeviennent comme avant la veillée funèbre. Tout était tellement simple alors.

J'ai du travail par-dessus la tête mais je ne peux m'empêcher de penser sans arrêt aux deux femmes qui m'obsèdent : Soraya et Chloe.

Si c'est vraiment ma fille, je dois faire quelque chose. Elle n'y est pour rien.

Ne t'emballe pas.

Il faut que je fasse un test de paternité. Une partie de moi ne le croira jamais sans preuve. Je ne peux pas m'investir émotionnellement tant que je ne suis pas sûr à 100 % qu'elle est bien de moi.

La voix de ma secrétaire interrompt le cours de mes pensées.

– Madame More est arrivée.

Je joue avec le bracelet de ma montre, prends une profonde inspiration et dit :

– Faites-la entrer.

La porte s'ouvre et Genevieve pénètre dans mon bureau comme s'il lui appartenait. Fut un temps où c'était presque le cas. Liam, elle et moi avons passé des centaines d'heures dans ce même bureau à mettre en place des stratégies jusqu'à l'aube. Elle m'a sucé un nombre incalculable de fois sous ce bureau devant lequel elle s'assied, jambes croisées. J'ai l'impression que c'était hier, sauf que l'amour que j'éprouvais pour elle s'est transformé en quelque chose qui ressemble fort à de la haine.

Elle pose une boîte en carton sur le bureau.

– Je t'ai apporté ton cupcake préféré de chez Magnolia. Au beurre de cacahuète. Je me rappelle à quel point tu...

– Je me contrefous de ce putain de cupcake ! Est-ce que c'est ma fille ?

Tant pis pour l'entrée en matière en douceur.

– Quoi ? répond-elle, stupéfaite.

– Tu m'as très bien entendu. Chloe. C'est ma fille ?

Elle a l'air totalement choquée. Ses oreilles rougissent. Comment a-t-elle pu penser que je ne dirais rien ?

Comme elle reste muette, je poursuis.

– Pourquoi es-tu si surprise ? Tu croyais vraiment qu'après l'avoir vue à la veillée, je ne te poserais aucune question ?

– Je ne sais pas, Graham.

– Comment ça, tu ne sais pas ?

– Je redoute ce moment depuis cinq ans. Je ne sais pas comment t'expliquer mon raisonnement.

– J'ai toute la journée devant moi. Trouve un moyen.

Elle garde le silence.

– OK, je vais commencer. Tu couchais avec Liam et avec moi en même temps, n'est-ce pas ?

– Oui.

– Combien de temps après notre rupture as-tu découvert que tu étais enceinte ?

– Un mois.

– Tu étais enceinte de combien ?

– Deux mois.

Je balance un stylo à travers la pièce, furieux.

– Comment as-tu pu faire ça, putain ? m'écrié-je en postillonnant.

Ses yeux se remplissent de larmes.

– Est-ce que je peux m'expliquer ?

– Il me tarde vraiment de te voir essayer de te dépatouiller de tout ça.

Elle ferme les yeux pendant un instant.

– J'étais amoureuse de vous deux à la fois, Graham. Pour de *vrai.* C'était égoïste de ma part, mais c'était comme ça. J'aurais voulu que ça dure éternellement. Être avec vous deux, c'était avoir le meilleur de deux mondes. Mais je savais que dès que tu le découvrirais, ce serait terminé. J'avais dit à Liam que toi et moi n'avions plus de relations sexuelles. Il ne savait pas que je couchais avec vous deux. Tu ne l'as jamais détrompé.

– Je ne vous ai plus parlé après vous avoir surpris.

– Je sais. Ça me brise le cœur encore maintenant.

Elle regarde par la fenêtre pendant de longues minutes pour rassembler ses pensées avant de reprendre.

– Quand Chloe est née, elle avait la peau plus pâle et pas de cheveux. L'absence de ressemblance avec Liam ou avec moi ne sautait pas aux yeux. Au fur et à mesure que Chloe a grandi, il était évident que Liam se doutait de quelque chose. Mais il a choisi de ne rien dire. Moi aussi. Ça allait très mal entre nous trois à l'époque, et Liam aimait Chloe plus que tout au monde. Il ne pouvait pas envisager l'idée qu'elle ne soit pas sa fille.

– Et moi dans tout ça ? Tu ne t'es jamais dit que j'allais le découvrir ?

– Au fond de moi, j'ai toujours su que c'était ta fille. Et, pour te dire la vérité, j'en étais heureuse. Les choses se sont rapidement envenimées entre Liam et moi. Je me suis rendu compte que j'avais fait une grosse erreur. Je t'aimais toujours et je m'en voudrai toute ma vie de t'avoir blessé.

– Encore une fois, je ne comprends pas comment tu as pu me cacher ça.

– Je n'ai aucune excuse. Mais je ne voulais pas perturber la vie de Chloe. Et une partie de moi ne pouvait pas faire ça à Liam. Rester avec lui était la moins catastrophique des options parce que je savais que tu ne reviendrais jamais avec moi. Alors, je n'ai rien fait. Je voulais juste maintenir cet équilibre.

Des larmes coulent sur ses joues.

– Je veux faire un test de paternité tout de suite.

– Je ne m'opposerai à rien, Graham. Je suis prête à te donner tout ce que tu veux. Du temps avec elle. Le test. La seule chose que je te demande si le test est positif, c'est d'attendre qu'elle soit plus grande pour le lui dire, afin qu'elle comprenne. Elle vient de perdre le seul père qu'elle ait jamais connu. Elle est dévastée.

– Je ne lui ferai jamais de mal. Si c'est mieux pour elle, je suis prêt à ne pas le lui révéler tout de suite.

– Je tiens à toi. Je n'ai jamais voulu te blesser. Crois-moi, s'il te plaît.

– Je veux faire ce test dans la semaine. Je vais prendre mes dispositions pour qu'il n'y ait pas de doutes sur le résultat.

La panique se lit soudain sur son visage.

– Tu ne vas pas me l'enlever ?

– Je n'enlèverai jamais une enfant à sa mère.

Genevieve renifle.

– Merci.

– S'il s'avère que c'est bien ma fille, je veux récupérer toutes les photos que tu as d'elle depuis sa naissance. Compris ?

– Bien sûr, répond-elle sans hésiter.

* * *

Cette nuit-là, tout ce que je veux, c'est rejoindre Soraya. La sentir. Dormir à ses côtés. Mon corps réagit comme s'il était privé d'une drogue puissante. Ça ne fait que quelques jours que je ne l'ai pas vue, mais j'ai l'impression qu'il s'est écoulé une éternité. Ce n'est pas uniquement physique. Son humour, ses sarcasmes et son rire me manquent aussi.

Il est tard. Je rentre de l'hôpital où j'ai rendu visite à ma grand-mère et je ne suis pas sûr que Soraya soit toujours debout. J'ai donné congé à Louis, mon chauffeur. Sans réfléchir, j'enfile ma veste et je descends au garage.

Je ne l'appelle pas ni ne lui envoie de texto. Aller chez elle représente donc un risque. Mais je ne veux pas qu'elle me dise de ne pas venir.

Il est impossible de se garer près de chez elle et je franchis trois cents mètres sous la pluie battante. Je finis par arriver à son immeuble et je sonne à l'interphone.

– Allô ?

Elle a l'air ensommeillé.

Je ferme les yeux. Sa voix m'a tant manqué.

– C'est moi, ma chérie.

– Graham... Il est tard.

Je pose le front contre le mur.

– Je sais.

Elle actionne la porte à distance sans rien ajouter. Soulagé, je monte l'escalier quatre à quatre.

Mes cheveux et ma veste sont trempés. Je dois ressembler à un rat noyé. Quand elle ouvre la porte, elle ne me fait pas entrer tout de suite. Je ne sais pas si elle va me renvoyer d'où je viens ou me donner la permission d'entrer. C'est à elle de décider. Je n'ai pas le droit de lui mettre la pression après le bordel dans lequel je l'ai fourrée. Je la contemple. Elle est complètement nature, seulement vêtue d'une fine chemise de nuit blanche. Ses tétons me saluent. Au moins, eux sont contents de me voir. Elle est magnifique, même si ses cheveux sont totalement emmêlés.

Ses pointes sont rouges.

Je suis en train de la perdre.

– Tu es trempé. Entre.

Merci la putain de pluie. Je suis prêt à accepter un peu de compassion.

Elle referme la porte derrière moi et disparaît un instant avant de revenir avec une serviette.

– Tiens. Donne-moi ta veste.

Je l'enlève. Ma chemise est sèche en dessous. J'aurais dû rester plus longtemps sous l'averse.

– Qu'est-ce qui se passe ? Tout va bien ?

– Non. Rien ne va.

– J'en déduis que ton rendez-vous avec Genevieve ne s'est pas bien passé ?

– Elle a admis ne pas être certaine que Liam soit le père de Chloe. Elle couchait avec nous deux à la fois et n'a découvert sa grossesse qu'après notre rupture. Elle a accepté que je fasse un test de paternité la semaine prochaine.

– Je ne sais pas quoi dire.

Je la regarde droit dans les yeux.

– Dis que tu ne vas pas me quitter.

Elle détourne les yeux.

– Graham... Tout est tellement incertain. Je suis perdue.

– Moi aussi. Mon cerveau carbure non-stop et il n'y a qu'une chose dont je sois absolument sûr. Tu sais de quoi il s'agit, Soraya ?

Elle regarde le sol mais lève les yeux et me dévisage entre ses cils sombres.

– Non. De quoi ?

– Je te veux. Je veux être avec toi. Je suis raide fou de toi et je dois être certain que tu ne me largueras pas.

Un faible sourire étire ses lèvres.

– On dit raide dingue.

– Je m'en fous.

Je passe les mains autour de sa taille.

– Dis-moi que tu ne vas pas rompre à cause de tout ça.

– On ne sait pas ce qui va se passer.

– Je sais ce que je veux.

– Graham... Les choses peuvent changer.

– J'ai besoin de toi, Soraya. Je n'ai jamais dit ça à aucune femme, dis-je en posant mon front contre le sien. J'ai *besoin* de toi, murmuré-je.

Elle hoche la tête.

– D'accord.

Je prends son visage entre les mains et je plonge mon regard dans le sien.

– Et les conneries pour m'éviter, c'est fini.

– J'avais une soirée avec Tig et Delia.

Je lui lance un regard qui signifie que je ne la crois pas.

– C'est bon, fait-elle en levant les yeux au ciel. Je t'évitais.

Je l'embrasse. Pour la première fois depuis la veillée funèbre, le monde s'arrête de tourner pendant un instant.

– Tu veux passer la nuit ici ?

– Essaie de m'en empêcher pour voir.

Cette nuit-là, pressé contre le corps de Soraya, je goûte enfin le sommeil qui m'a échappé ces derniers jours. Je dors même tard et c'est la sonnerie de mon téléphone portable qui me réveille.

Chapitre 17

Soraya

Je sais qui c'est au son de sa voix. Heureusement, je lui tourne le dos : je peux suivre toute la conversation sans avoir besoin de feindre l'indifférence. C'est déjà bien assez dur qu'une femme lui téléphone à 7 heures du matin alors qu'il est dans mon lit, mais quand en plus c'est *la mère de sa fille*, c'est pire.

Ça va se passer comme ça ? Graham n'est pas le genre d'homme à ignorer l'appel de la femme qui a la garde de son enfant. Cette salope qui l'a privée de sa fille pendant des années peut maintenant interrompre sa vie quand bon lui chante. Je n'ai aucun doute sur le fait qu'elle compte bien s'en servir à son avantage.

– Je vais prendre des dispositions pour qu'un laboratoire privé vienne chez toi lundi.

Il écoute sa réponse. J'entends le son de sa voix, mais je ne comprends pas ce qu'elle dit. Encore quelques échanges secs, puis, juste avant de raccrocher, la voix de Graham se radoucit.

– Comment va-t-elle ?

J'ai mal pour lui.

Je garde le silence pendant quelques minutes pour lui permettre de se ressaisir. Puis je finis par prendre la parole, le dos toujours tourné.

– Ça va ?

Il m'étreint et m'embrasse sur l'épaule.

– Oui. Désolé. Elle appelait pour organiser le test.

Je me tourne vers lui.

– Elle est toujours amoureuse de toi.

– Je ne suis pas sûr que Genevieve soit capable d'aimer.

– Elle est belle.

– Elle ne t'arrive pas à la cheville.

– Elle est intelligente.

– Je préfère les femmes malines.

Je souris. Jusqu'à ce que je me rappelle qu'elle me bat dans d'autres domaines.

– Elle a été ta fiancée.

– Sans engagement réel, ce n'est qu'un bijou.

Je ne sais pas d'où ça sort, du côté obscur de mon masochisme, je suppose.

– Est-ce que tu t'es mis à genoux pour la demander en mariage ?

– Soraya...

– J'ai besoin de savoir.

– Pourquoi ?

– Aucune idée. C'est comme ça.

– Non. C'était plus un contrat d'affaires qu'une demande romantique. Je l'ai amenée chez Tiffany et elle a choisi une bague.

– Oh.

– Quand on s'est séparés, ma grand-mère n'a pas été surprise. Un jour, alors qu'on déjeunait ensemble, elle m'a demandé pourquoi je n'avais pas donné à Genevieve sa bague de fiançailles. L'idée ne m'avait même pas effleuré, pour être honnête. Moune m'a transmis sa bague quand j'ai eu vingt et un ans en me disant qu'elle appartenait à celle à qui je donnerais mon cœur. L'anneau de fiançailles de ma grand-mère est modeste et simple. Ce n'est qu'une fois notre relation terminée et cette histoire de bague de nouveau sur le tapis que j'ai compris ce qui s'était passé. Dans mon esprit, il n'y avait aucun doute possible : entre le petit bijou de ma grand-mère et un gros caillou, Genevieve choisirait le deuxième. Et il n'était pas question de lui donner la bague de Moune. Mais je n'ai pas songé que ça en disait long sur Genevieve.

– Eh bien. Elle a tout de la vraie garce.

Graham éclate de rire et ça me fait plaisir à entendre.

– C'est ça que j'aime chez toi, Soraya. Tu appelles un chat un chat. La première fois que tu as fait ça avec moi, j'étais furieux, c'est vrai, mais aussi super excité.

Je passe les mains autour de son cou et lui adresse un sourire coquin.

– Tu es un Costard Coincé incapable de retenir le prénom de ta secrétaire.

Graham plisse les yeux et comprend immédiatement mon manège. Il pose les lèvres sur mon cou.

– Continue.

– La plupart du temps, tu ne fais pas attention aux gens qui t'entourent.

– Vraiment ?

Sa voix devient rauque et sa bouche se fraie un chemin jusqu'à mon oreille.

– Tu crois que les femmes doivent écarter les jambes pour toi parce que tu es beau gosse.

Sa main me caresse et finit sur ma cuisse nue. Il pousse sur mon genou.

– Écarte les jambes pour moi, Soraya, murmure-t-il directement dans le creux de mon oreille.

J'essaie de ne pas obéir. Vraiment. Mais cette voix...

– Écarte-les pour moi, Soraya. Je veux t'entendre gémir mon nom.

– Tu es tellement arrogant que...

Il descend sur le lit et pose le visage entre mes cuisses. Je mouille déjà et son souffle à cet endroit précis m'embrase tout entière. J'écarte les jambes sans plus me faire prier.

***

Dans l'après-midi, toute l'assurance que la matinée a insufflée en moi commence à se dissiper.

Ida me fait faire des courses dès le déjeuner expédié. À la banque, l'homme devant moi est avec sa fille. Elle a probablement le même âge que Chloe. Dans le métro qui me conduit chez l'imprimeur, je suis assise en face d'un couple. Leur fille se tient à la barre centrale verticale autour de laquelle elle tourne sans s'arrêter. Pour eux, c'est certainement un moment comme les autres, mais moi, je vois *une famille heureuse*. Où que je pose les yeux, tout me rappelle la situation.

Une fois mes tâches effectuées, j'attends le métro 7 en direction du sud sur le quai. C'est le métro 7 en direction du nord qui entre en gare. Soudain, à côté du chiffre, le mot *Queens* encerclé attire mon attention. Je saute dans la rame sans réfléchir, juste au moment où les portes se referment.

Qu'est-ce que je fous ? Je ne l'ai pas vu depuis huit ans. Si ça se trouve, il ne vit même plus dans le Queens. Quand je sors à la station de Sixty-First Street, un métro qui va vers le nord entre en gare. Je me demande si je ne ferais pas mieux de rebrousser chemin. Je pèse le pour et le contre pendant si longtemps que les gens disparaissent et que le métro repart.

Sa maison est tout près du métro. Mon téléphone vibre à mi-chemin et le nom de Graham s'affiche sur l'écran. Mon doigt hésite sur le bouton « refuser » mais je me souviens soudain de ce que je lui ai dit hier. *Je serai là pour le soutenir.* Je ne l'éviterai plus.

– Salut.

– Salut, beauté. Tu as passé une bonne journée ?

J'attends que le feu passe au rouge pour traverser.

– Bien remplie. Ida m'a envoyée faire tout un tas de courses aux quatre coins de la ville.

Le feu passe au rouge et je descends du trottoir. Un taxi surgit de nulle part et me frôle, manquant me rouler dessus. Je frappe violemment sur le capot jaune.

– Espèce de connard ! Regarde où tu vas !

– Soraya ?

– Oui. Désolée. Un taxi a failli me rouler sur les pieds.

– Tu es toujours à Manhattan ?

– Non.

– Oh. Très bien. Je viens juste de terminer une réunion à Brooklyn. Où es-tu ? Je peux passer te prendre et on va dîner ?

Je ne réponds pas tout de suite.

– Je ne suis pas à Brooklyn.

– Où es-tu ?

– Dans le Queens.

– Oh. Je croyais que tu avais fini de bosser.

– Oui, dis-je en déglutissant péniblement. Je vais voir mon père.

Graham ne me demande pas pourquoi : la raison est assez évidente. On discute jusqu'à ce que j'arrive à destination et je lui promets de lui envoyer un texto quand j'aurai terminé pour qu'on puisse dîner ensemble. Je raccroche et je m'arrête net : la maison de mon père est à deux pas. *Pourquoi suis-je là ?*

Je ne sais pas exactement combien de temps s'est écoulé, mais à mon avis j'ai passé une bonne demi-heure à regarder fixement sa maison. Mes émotions sont incontrôlables, je n'ai aucune idée de ce que je vais lui dire, mais je suis certaine en revanche que je dois absolument le faire. *Et merde.* Je m'avance vers le perron, prends une profonde inspiration et frappe. J'attends, le cœur battant à tout rompre. Personne ne répond et le soulagement m'envahit. Je suis sur le point de tourner les talons et de m'éloigner lorsque la porte s'ouvre.

– Je peux vous aider ?

Theresa me regarde, les yeux plissés, puis la surprise se peint sur son visage.

– Ça alors, Soraya. Désolée, je ne t'avais pas reconnue.

– Papa est là ? demandé-je avec un sourire forcé.

Je suis paniquée et je n'ai qu'une envie, fuir en courant. *Dis-moi que non. Dis-moi que non.*

– Oui. Il est à l'étage, en train de se battre avec la porte du placard qui est sortie de ses gonds. Je pense qu'il est en train de perdre.

Elle me sourit chaleureusement et s'efface.

– Entre. Je vais le chercher. Il va être super content de te voir.

Je reste dans l'entrée, comme si j'avais pénétré dans la maison d'un parfait étranger. C'est ce qu'il est. Un étranger. Les murs disparaissent sous les photos de famille. La *nouvelle* famille de mon père. Sur chaque cliché, ils ont l'air heureux. Pas une seule photo de ma sœur ni de moi. *Je n'aurais pas dû venir.* Une voix que je n'ai pas entendue depuis des années interrompt mon débat intérieur.

– Soraya, dit mon père depuis l'escalier. Tout va bien ?

Je hoche la tête.

– Ta mère aussi ?

Ça, ça me rend furieuse.

– Oui.

Frank Venedetta avance vers moi, mettant à mal mon assurance déjà branlante. J'ai l'impression pendant une fraction de seconde qu'il va me serrer contre lui. Je croise les bras et il comprend l'allusion.

– C'est une agréable surprise. Ça fait trop longtemps. Comme tu as changé ! Tu ressembles à ma sœur Annette. Tu es magnifique.

– Je ressemble à ma mère.

Génétiquement, rien de bon ne vient de son côté à lui.

Il acquiesce.

– C'est vrai, tu as raison.

Les huit ans qui viennent de s'écouler ont été cléments avec lui. Il a plus de cinquante ans à présent. Quelques fils argentés parsèment sa chevelure sombre mais sa peau mate n'est guère ridée. Il est très en forme. La course à pied était son échappatoire quand nous étions enfants, et on dirait bien qu'il a gardé cette habitude.

– Entre. Asseyons-nous.

Je le suis, réticente, dans la cuisine.

– Un café ?

– Oui.

Il nous en sert une tasse chacun et me donne un biscotti. Ma mère refusait toujours de nous laisser boire du café quand nous étions petites, mais la famille de mon père venait tout juste d'immigrer de Sicile : ils pensaient que si on était assez grandes pour tenir la tasse, on l'était assez pour boire du café. Pareil pour le vin. Les meilleurs souvenirs que j'ai de mon père sont ceux où nous buvons un café dans la cuisine après que ma mère est partie travailler. On discutait en mangeant des biscotti jusqu'à l'heure de l'école. L'été, je me levais tôt exprès pour prendre un café avec lui. Après son départ, j'évitais de rentrer dans la cuisine le matin parce que je ne pouvais pas m'empêcher de me demander s'il partageait un café avec Brianna – sa nouvelle fille.

– Bon. Comment vas-tu ?

– Bien.

Il acquiesce. Je me suis pointée chez lui et pourtant je décourage toute tentative de conversation.

Il essaie de nouveau.

– Tu vis toujours à Brooklyn ?

– Oui.

Nouveaux hochements de tête. Quelques minutes plus tard :

– Que fais-tu dans la vie ?

– Je travaille pour une chroniqueuse.

– Ça a l'air intéressant.

– Non.

Quelques minutes s'écoulent de nouveau.

– Tu as un copain ?

Graham l'a bien dit l'autre soir, mais je n'ai jamais prononcé le mot à haute voix.

– Oui, j'en ai un.

– C'est sérieux ?

Je réfléchis à la question. Oui, c'est sérieux. On ne se connaît que depuis un mois mais je n'ai jamais eu de relation aussi importante avant.

– Oui.

Mon père sourit.

– Il vient de découvrir qu'il a une fille dont il ignorait l'existence.

Le sourire de mon père vacille. Il ferme les yeux un instant puis les rouvre en hochant la tête comme s'il comprenait enfin ce que je fais ici.

Il prend une profonde inspiration et exhale bruyamment.

– J'ai fait un tas de conneries dans ma vie, Soraya. Je n'en suis pas fier.

– Comme tromper maman.

– Oui. Comme tromper ta mère.

– Tu nous as abandonnées. Comment peut-on faire ça à ses enfants ?

– Je te l'ai dit. Je ne suis pas fier de moi.

– Tu regrettes ?

– Je regrette de t'avoir fait du mal, oui.

– Ce n'est pas ce que je t'ai demandé. Est-ce que tu regrettes d'avoir fait ce choix ? D'avoir préféré une femme à tes propres filles ? D'avoir pris en charge une famille qui n'était pas la tienne sans un regard en arrière ?

– Ce n'est pas ce qui s'est passé, Soraya.

Je hausse la voix.

– Réponds à la question. Est-ce que tu aurais préféré avoir fait un autre choix ?

Il baisse les yeux, honteux.

– Non, répond-il sincèrement.

J'ai l'impression d'avoir reçu un uppercut à l'estomac.

– Est-ce que tu as aimé ma mère ?

– Oui. Beaucoup.

– Et si Theresa ne t'avait pas aimé en retour ?

– Qu'est-ce que tu veux savoir ?

– Est-ce que tu serais resté avec maman si Theresa n'était pas tombée amoureuse de toi ?

– Je ne sais pas.

– Est-ce que maman et toi étiez heureux ?

– Oui. Pendant un temps.

– Jusqu'à ce que Theresa arrive.

– Tu es injuste. C'est plus compliqué que ça.

– Je n'aurais pas dû venir, dis-je en me levant. C'était une erreur.

Mon père se lève à son tour.

– C'est moi qui ai commis des erreurs, Soraya.

Il me regarde droit dans les yeux.

– Je t'aime.

Tout ce qui s'est passé ces derniers jours bouillonne sous la surface. J'ai l'impression qu'un tsunami est en approche et qu'il va m'engloutir tout entière si je ne m'enfuis pas en courant. Alors c'est ce que je fais. Je me précipite hors de la pièce de toutes mes forces. Ce n'est pas le moment le plus glorieux de mon existence, mais il est hors de question que cet homme me voie pleurer. Je passe devant les photos de famille, j'ouvre la porte d'entrée à la volée et je descends les six marches du perron deux à deux. J'ai les yeux qui brûlent, la gorge nouée et la poitrine oppressée. Je suis tellement focalisée sur ma fuite que je ne sais même pas où je vais. C'est pour ça que je ne vois l'homme sur le trottoir que lorsqu'il me prend dans ses bras.

Chapitre 18

Graham

J'ordonne à mon chauffeur de se diriger vers le Queens avant même d'avoir trouvé l'adresse de son père. Heureusement pour moi, il y a un seul Venedetta dans tout le quartier, sinon j'aurais dû faire du porte-à-porte. Mon instinct me dit que sa visite va mal se passer. Une fois sur Catalpa Avenue, je me demande si elle est encore chez lui. Du coup, je m'adosse à la banquette et j'attends. Quelques minutes à peine s'écoulent avant que la porte ne s'ouvre brusquement et que Soraya ne sorte en courant. J'ai juste le temps de descendre de la voiture pour l'arrêter : elle ne m'avait pas vu. Elle a l'air tellement dévastée que je ne suis pas sûre qu'elle soit en état d'apercevoir quoi que ce soit.

Elle se débat.

– C'est moi, Soraya.

Son regard devient moins vague, ses yeux se remplissent de larmes et elle se blottit tout contre moi. Je l'enlace plus étroitement.

– Je suis là, ma chérie, je suis là.

Elle pousse un son déchirant, son corps se met à trembler et des larmes coulent sur son visage magnifique. Ça me fait un mal de chien. Quand je la vois comme ça, quand j'entends sa douleur, j'ai l'impression qu'on m'a ouvert la poitrine pour m'arracher le cœur.

Je la serre le plus fort possible contre moi pendant de longues minutes. Quand je lève les yeux, j'aperçois un homme sur le perron. Ça ne peut être que Frank Venedetta. Il est temps de partir.

– Viens. Monte dans la voiture.

Soraya ne jette pas un regard en arrière. Moi si. Son père m'adresse un geste de la tête au moment où la voiture démarre.

Le trajet se déroule en silence. Quand elle finit par arrêter de pleurer, elle garde la tête sur mon épaule, les yeux fermés. Tout ça est de ma faute et je m'en veux terriblement. J'ai tout gâché. Non seulement l'histoire avec Genevieve a compliqué notre relation, mais elle a aussi fait ressurgir les vieux démons de Soraya. Elle me compare à un homme qui l'a déçue toute sa vie.

Je finis par briser le silence.

– Je suis désolé. C'est entièrement ma faute.

– Je ne sais pas pourquoi je suis allée le voir. Je m'attendais à quoi ?

– Ta réaction est normale. Tu essaies de comprendre pourquoi il a agi comme ça à cause de ce qui se passe en ce moment.

– Peut-être...

– Je sais que tu es sortie de chez lui bouleversée, mais est-ce qu'il t'a dit quelque chose qui t'a aidée ?

– Non. Il dit qu'il ne sait pas s'il serait resté avec ma mère s'il n'avait pas rencontré Theresa.

Merde. Je me tourne pour lui faire face.

– Que Chloe soit ma fille ou non et même si je ne t'avais pas rencontrée, jamais, tu entends, jamais je ne me remettrai avec Genevieve.

– Mais tu l'as aimée, dit-elle en baissant les yeux.

– Soraya, regarde-moi.

Elle obéit et plonge son regard dans le mien.

– Cette femme m'a trompée avec mon meilleur ami et ne m'a pas dit que j'étais probablement le père de sa fille. *Pendant quatre ans.* La confiance et la loyauté sont des choses importantes pour moi. Je ne peux pas embaucher quelqu'un en qui je n'ai pas confiance, et encore moins bâtir une vie avec. On ne se remettra *jamais* ensemble, quoi qu'il arrive.

Je choisis et prononce les paroles suivantes avec le plus grand soin.

– Ton père aurait très bien pu continuer à s'occuper de toi tout en étant marié à une autre femme que ta mère. Les gens font ça tout le temps. Il a fait ses choix. Et ils étaient mauvais, si tu veux mon avis.

Je ne suis pas comme lui.

C'est à ce moment-là que Louis nous interrompt.

– Monsieur Morgan ? On va à Manhattan ou à Brooklyn ? La sortie pour Belt Parkway approche.

– Chez moi ou chez toi ? demandé-je à Soraya.

Je suis soulagé de voir la femme que j'aime refaire surface.

– Ta question est bien présomptueuse.

– Je suis un parfait gentleman. Tu as eu une rude journée. Je connais le remède parfait pour que tu te sentes mieux.

– Évidemment.

– C'est mon devoir et je le prends très au sérieux.

– Tu sais ce qui me ferait vraiment du bien ?

– Non.

– Que tu ne sois pas un gentleman.

Je souris et je sens monter l'excitation.

– Chez moi, Louis, dis-je sans la quitter des yeux. Puis je murmure au creux de son oreille : Et dire que je m'apprêtais à te faire l'amour gentiment. Tu ne cesses jamais de m'étonner, Soraya. Je laisserai le gentleman à la porte avec plaisir pour te baiser comme une bête.

***

Les jours suivants, les choses reprennent leur cours normal entre Soraya et moi. Son angoisse à la perspective que je sois peut-être père semble diminuer. Je me noie dans le boulot pendant la journée, et la nuit je bosse dur également, mais cette fois-ci pour faire jouir Soraya. Si elle réfléchit à l'idée de me larguer, il faut que je lui rende la tâche la plus compliquée possible. Et la combler au lit est la partie de mon plan que je préfère.

Le lundi matin, le laboratoire vient faire le prélèvement à mon bureau à 7 heures. Ils doivent passer chez Genevieve un peu plus tard pour faire la même chose à Chloe. J'ai payé une véritable fortune pour accélérer les résultats et d'ici mercredi, je saurai si je suis ou non son père.

Père.

Comme je n'en ai pas eu, cette idée est toute nouvelle pour moi. Si le résultat est positif, il ne fait aucun doute dans mon esprit que je veux faire partie de sa vie. Mais je ne sais absolument pas comment m'y prendre. Que fait un adulte avec une enfant de quatre ans qui est devenue la sienne en un clin d'œil ?

Lundi soir, je quitte la ville pour me rendre à Boston, où j'ai un rendez-vous le mardi matin tôt. Mon vol est retardé et je lis le journal, assis dans la salle d'embarquement. Avant de rencontrer Soraya, je lisais toujours la section économie d'abord. Mais depuis quelque temps, je commence par la rubrique *Demandez à Ida.* Entre les soap operas et ce courrier du cœur que je lis tous les jours, je suis en train de me ramollir gravement.

Chère Ida,

Ma mère vient de se remarier. Mon beau-père, Bill, a un fils de dix-neuf ans que j'ai rencontré

pour la première fois il y a trois semaines. Alec était à la fac et il est revenu pour les vacances. Le problème c'est qu'il m'attire beaucoup. Je suis certaine que le sentiment est réciproque parce que la tension sexuelle entre nous est palpable. Est-ce que c'est mal de coucher avec le fils de son beau-père ?

– Gretchen, Manhattan

Chère Gretchen,

Même si techniquement vous n'êtes pas du même sang, il y a un lien familial entre vous et bien des gens vous reprocheront cette relation. Si vous m'écrivez, c'est que vous savez que ce n'est pas moral et vous cherchez quelqu'un qui vous dédouane. Agissez selon votre conscience et tout s'arrangera.

J'envoie un texto à Soraya :

Graham : Je coucherais avec toi même si tu étais la fille de mon beau-père.

Soraya : LOL. Tu as lu le courrier ?

Graham : Oui. J'aime deviner quels sont ceux auxquels tu as répondu.

Soraya : Et comment le sais-tu ?

Graham : Je sais, c'est tout.

Soraya : Est-ce que c'est moi qui ai écrit la réponse aujourd'hui ?

Graham : Est-ce que je gagne quelque chose si je réponds correctement ?

Soraya : Je pense que tu as reçu ton prix hier soir.

Merde. C'est vrai. Hier soir, pendant qu'elle me suçait, j'ai envisagé de me faire percer la langue juste pour qu'elle puisse sentir la boule métallique contre son clitoris. Mon équipe croirait certainement que j'ai perdu la boule si je me pointais à la réunion du lundi matin avec la langue gonflée, incapable de prononcer trois mots. Déjà que ce matin je me suis surpris à sourire comme un con parce que je pensais à autre chose...

Comme je ne réponds pas tout de suite, Soraya comprend ce qui se passe.

Soraya : Tu repenses à hier soir, pas vrai ?

Graham : Oui. Du coup, j'ai envie de me barrer de l'aéroport et d'annuler mon rendez-vous à Boston pour une pipe.

Soraya : Obsédé. Alors... j'ai répondu à la pauvre Gretchen ?

Graham : Pas un mot.

Soraya : Très bien. Et hier ? La femme qui volait la monnaie dans les bocaux de son oncle ?

Graham : Les prisons sont pleines de gens qui ont commencé par de menus larcins.

Soraya : Ça alors ! Comment as-tu su ? C'est la seule phrase qu'elle a gardée de ma réponse.

Graham : Je te connais.

Soraya : C'est un peu flippant.

À qui le dis-tu ? Je suis tout le temps flippé en ce moment.

On a juste commencé à embarquer quand mon portable vibre. Je pense qu'il s'agit d'un texto de

Soraya. Mon sourire se fige quand je constate que c'est un appel de Genevieve. J'envisage de ne pas répondre, mais je me dis que ça concerne peut-être Chloe.

– Genevieve.

– Graham. Comment vas-tu ?

– Débordé. Chloe va bien ?

– Oui.

– Qu'est-ce que tu veux, alors ?

Elle pousse un soupir bruyant.

– Il va falloir que tu apprennes à t'adresser à moi de manière courtoise. Je ne veux pas que notre fille t'entende m'aboyer dessus.

– Notre fille ? Tu t'avances un peu, non ? On n'aura les résultats du test que mercredi.

– C'est juste une formalité. Je sais dans mon cœur que c'est ta fille.

– C'est génial pour toi, dis donc. Tu aurais peut-être pu partager cette information un peu plus tôt. Je ne sais pas... voyons... *il y a quatre ans* ?

– Arrête de me crier dessus.

– Arrête de m'appeler.

Un autre soupir d'agacement. Si je ne la connaissais pas par cœur, je dirais que cette femme a des couilles. Des couilles géantes, plus grosses que sa tête.

– Écoute. Je suis sur le point d'embarquer dans un avion. Je dois raccrocher.

– Où vas-tu ?

– Ça ne te regarde pas. Au revoir, Genevieve.

– Attends. J'appelais pour te dire quelque chose. Je veux être là quand tu auras les résultats.

– Non.

– Comment ça, non ?

– C'est le contraire de oui. Un mot que tu aurais pu essayer de prononcer il y a cinq ans quand mon meilleur ami t'a demandé d'écarter les jambes.

– Graham...

– Non. On n'est pas une famille heureuse qui attend les résultats du test de grossesse. J'attends de savoir si tu m'as volé les quatre premières années de ma fille. Quoi qu'il en soit, ça ne va pas être un moment tendre et il est hors de question de le partager avec toi.

– Je serai à ton bureau mercredi.

– Tu n'as pas intérêt.

Les bruits assourdis de circulation que j'entendais en arrière-plan cessent soudain.

– Genevieve ?

Cette garce m'a raccroché au nez.

Chapitre 19

Soraya

Graham est censé avoir les résultats du test ce matin. Même s'il ne m'a pas demandé d'être avec lui, j'ai décidé de lui faire la surprise. Comme il a dit que le coursier doit passer avant midi, j'ai pris ma matinée.

Pour lui montrer que je suis solidaire, je me suis aussi résolue à me débarrasser de mes pointes rouges. Je les ai teintes en bleu, ce qui veut dire, et Graham le sait, que tout va bien dans ma vie. Que j'en sois persuadée ou non, je sais que Graham sera apaisé par ce geste.

En chemin vers la Morgan Financial Holdings, je m'arrête chez Anil pour prendre deux bagels et deux jus d'orange.

Je franchis les portes vitrées sans me préoccuper de la réceptionniste. Je dépasse l'accueil et emprunte le couloir vers le bureau de Graham comme si j'étais chez moi.

Je l'entends me courir après.

– Mademoiselle Venedetta ?

Je pivote.

– Tout va bien. Je pensais que Graham vous avait expliqué que nous sortons ensemble. Vous n'avez plus besoin de m'annoncer.

– Ce n'est pas pour ça que je vous ai arrêtée, répond-elle.

– Ah. Qu'y a-t-il ?

– Eh bien... Nous... Plusieurs employés... On voulait vous remercier.

– Me remercier ? dis-je, surprise. Mais de quoi ?

– Depuis qu'il a commencé à vous fréquenter, il est différent. Plus gentil. Plus facile à vivre. Je ne sais pas si vous avez un truc magique ou quoi... Mais quoi que vous fassiez, continuez. Vous nous avez rendu la vie beaucoup plus simple.

Certains des employés assis à leurs bureaux autour de nous ont entendu la conversation. L'un d'entre eux se met à applaudir et les autres l'imitent. Debout, mon sac en papier huileux en main, je fais l'objet d'un feu nourri d'applaudissements.

Je suis censée saluer ?

Graham ouvre la porte de son bureau, alerté par le bruit.

– Qu'est-ce que...

Il cesse de froncer les sourcils en me voyant.

– Soraya, dit-il en souriant. J'ai manqué quelque chose ? Pourquoi ces acclamations ?

Je jette un coup d'œil à ses employés et leur fais un clin d'œil.

– Je leur ai raconté une blague.

– Je vois. Et si tu venais faire ton show dans mon bureau ?

Il ferme la porte derrière nous et m'embrasse.

– Tout le monde est dingue de toi... Exactement comme moi. Je suis super content de te voir.

– Je ne voulais pas que tu affrontes ça tout seul.

Il pose son front contre le mien.

– Tu sais... Je voulais vraiment que tu sois là. Mais en même temps, j'avais peur que ça te gêne. Je n'ai pas voulu te mettre la pression, mais je suis très heureux de te voir.

– J'ai le sentiment qu'il va falloir que j'apprenne à gérer les situations inconfortables.

Il pose les mains sur mon visage.

– Un jour après l'autre. Tu peux faire ça pour moi ?

Je hoche la tête.

– Je vais essayer.

Durant la demi-heure qui suit, on mange nos bagels. Graham pose les pieds sur son bureau, plus détendu que ce à quoi je m'attendais. Le soleil brille par les fenêtres et se reflète dans ses yeux brillants posés sur moi. Il a l'air d'aller très bien.

– Tu as l'air zen. Tu n'es pas angoissé ?

– Tu sais quoi ? J'avais la nausée avant que tu arrives. Maintenant que je sais que tu me soutiendras quoi qu'il advienne, tout a changé.

– Je suis ravie de pouvoir arranger un peu les choses.

– Tu as tout arrangé dans ma vie, ma chérie. Absolument tout.

Il se penche sur le bureau pour s'emparer de ma main, sur laquelle il pose les lèvres. Le bruit de l'intercom nous interrompt.

– Monsieur Morgan ? Madame Moreau est ici. Elle n'a pas de rendez-vous mais elle insiste pour que je vous prévienne de son arrivée. Elle dit que vous savez de quoi il s'agit.

Mon ventre se noue et je retire ma main.

– Genevieve est là ?

Il ferme les yeux et se masse les tempes, agacé.

– Putain. Je lui ai dit que je ne voulais pas qu'elle vienne. J'aurais dû me douter qu'elle ne m'écouterait pas.

– Tu ne peux pas refuser de la recevoir.

– Bien sûr que si.

– Crois-moi, ça me ferait vraiment plaisir, mais ça n'arrangera pas les choses si tu es vraiment le père de Chloe. Tu vas devoir composer avec elle que tu le veuilles ou non. Plus tôt tu y parviendras, mieux ce sera.

Il réfléchit un instant puis hoche la tête.

– Tu as raison. Faites-la entrer, ajoute-t-il en pressant le bouton de l'intercom.

Notre petit déjeuner en tête à tête est terminé.

Je jette les emballages pour éviter de stresser davantage.

La porte s'ouvre et Genevieve entre. Elle referme la porte derrière elle sans bruit. Elle est habillée de manière classique : une jupe crayon grise et un chemisier ivoire sans manches qui met en valeur ses bras musclés. Son parfum m'est familier – N°5 de Chanel. Je trouve soudain qu'elle ressemble beaucoup à la présentatrice télé, Kelly Ripa – comme elle, elle est menue et mince.

Graham ne lui jette même pas un regard. Il garde le silence et fait cliqueter le bracelet de sa montre, un tic qu'il avait presque perdu.

Genevieve s'adresse à moi en premier.

– Soreena, je ne savais pas que vous seriez là.

– C'est Soraya. Oui, je suis là pour soutenir Graham.

Elle prend un siège.

– Donc... vous êtes au courant de tout.

– Oui. On ne se cache rien.

– C'est gentil de votre part d'être venue.

– Je pensais avoir été très clair quant au fait que je ne voulais pas que *tu* sois là, dit Graham.

– Je devais venir, Graham. Je suis certaine que tu as dressé un portrait bien noir de moi à Syreeta mais je voulais te soutenir moi aussi.

– C'est Soraya, dit Graham sur un ton sec. Pas Soreena. Ni Syreeta. SO-RA-YA. C'est si compliqué que ça ?

– Soraya... Soraya... Désolée... Je suis nerveuse, d'accord ? Je ne suis pas venue pour causer des ennuis. Je veux juste être là pour toi. Cette situation est entièrement de ma faute. Je ne le nie pas, mais je ne peux pas changer le passé. J'essaie juste de me comporter correctement. Si je dois passer le reste de ma vie à me faire pardonner, je le ferai.

Elle est au bord des larmes. Soit elle est vraiment bouleversée, soit elle mérite un Oscar. Graham est complètement indifférent à sa mini-crise de nerfs.

Plusieurs minutes d'un silence embarrassant, uniquement troublé par le cliquetis de la montre de Graham et le bruit d'un stylo qu'il fait tourner entre ses doigts, suivent.

Il finit par le balancer à travers la pièce.

– Pourquoi c'est si long ?

Genevieve fait de son mieux pour alléger l'atmosphère. Elle pose les yeux sur mes pieds.

– J'aime vos chaussures. C'est quelle marque ?

– Michael Kors. Ce ne sont pas des Louboutin mais je les aime. Elles sont confortables pour des compensées.

– Elles me plaisent, fait-elle en souriant.

Graham fait reculer son siège à roulettes et se lève. Il commence à faire les cent pas. Je le sens sur le point d'exploser et j'essaie de le calmer.

– Ils ont dit avant midi, n'est-ce pas ? Il reste encore du temps.

Il sort son portable.

– J'appelle le labo.

Il met le combiné sur haut-parleur.

– Laboratoire Culver, répond une voix de femme.

– Graham Morgan à l'appareil. J'étais censé recevoir avant midi un coup de fil m'annonçant les résultats d'un test de paternité qui a été effectué lundi. Il est midi moins trois. J'aimerais avoir le résultat tout de suite. Arnold Schwartz m'a affirmé qu'il s'assurerait personnellement que les résultats me parviennent ce matin. J'ai un numéro de dossier si vous voulez.

– Oui, s'il vous plaît. Ce serait utile.

Pendant que Graham lui communique les chiffres, je fais une prière silencieuse pour que, par je ne sais quel miracle, il ne soit pas le père de cette enfant. Je ne sais pas si ça fait de moi une mauvaise personne. Jusqu'à ce qu'on ait le résultat du test, il y a toujours un espoir. Et s'il y avait un troisième homme ? Un homme à la peau mate et qui ressemblerait un peu à Graham ? Tout est possible, pas vrai ?

On entend le cliquetis d'un clavier à l'autre bout du fil.

– Je vais vous demander de bien vouloir patienter, Monsieur Morgan. Les résultats sont bien arrivés mais quand on vous a dit qu'on vous téléphonerait avant midi, il s'agissait de l'heure de Los Angeles. Il faut juste que je voie si nous avons sous la main quelqu'un d'assermenté pour vous communiquer le résultat.

– Ce n'est pas vrai, bon sang, marmonne-t-il entre ses dents.

Ces gens de la côte ouest n'ont aucune idée des conséquences de ce test. S'ils savaient, ils se hâteraient davantage.

Genevieve pousse un soupir et se tourne vers moi.

– Tout ça est éprouvant.

Je ne comprends pas pourquoi elle essaie de me faire la conversation. De toute façon, je suis trop stressée pour répondre. Je reporte mon attention sur Graham. Sa décontraction n'est plus qu'un lointain souvenir. Il a l'air très inquiet. Je pense qu'une partie de lui veut que Chloe soit sa fille tandis qu'une autre est terrifiée par l'éventualité qu'elle ne le soit pas, et qu'une enfant qu'il a brièvement cru être la sienne se retrouve sans père.

J'ai l'estomac noué et je me demande si c'est ce qui arrive quand on est amoureux de quelqu'un : on ressent physiquement sa peur. Cette dernière est devenue mienne. Sa douleur aussi. Sa vie a fusionné avec mon existence. Je ne lui ai pas dit que je l'aimais, mais alors que je suis assise ici avec l'impression que ma vie tout entière dépend des prochaines minutes, je parviens à la conclusion que c'est pour de bon.

Je suis amoureuse de Graham J. Morgan. Mister Big Connard. Costard Coincé. Chaste de Manhattan. Cinquante nuances de Morgan. Je les aime tous. J'aime le fait qu'il apprécie toutes mes bizarreries. Qu'il me protège. Qu'il me fasse sentir, pour la première fois de ma vie, que je suis la personne la plus importante du monde – pour lui. Mais en fonction des résultats, tout ça va changer. Sa fille va passer au premier plan et c'est normal. C'est comme ça. C'est ce que Frank Venedetta n'a jamais compris.

Une voix d'homme se fait entendre dans le haut-parleur.

– Monsieur Morgan ? Merci d'avoir patienté. Je m'appelle Brad, je suis l'un des directeurs du laboratoire. Excusez-nous pour l'attente. J'ai vos résultats.

Graham déglutit.

– Je vous écoute...

– Il y a une probabilité de 99,9 % que vous soyez le père. Ces résultats sont concluants.

Graham porte la main à sa bouche et exhale lentement.

– Nous vous postons les résultats écrits par FedEx. Vous les aurez demain. Encore désolé pour l'attente.

Genevieve enfouit le visage entre ses mains et se met à pleurer.

– Merci, répond Graham avant de raccrocher.

Puis il me regarde droit dans les yeux.

J'essaie de rester calme et je me contente de hocher la tête pour me convaincre que tout va bien se passer.

– Ça va aller, dis-je silencieusement.

Mais au fond de moi, je n'en suis pas si sûre. Je sais que je l'aime. C'est tout. Et j'espère que ça suffira.

Chapitre 20

Graham

La maison en briques brunes à deux étages de Genevieve est à moins de deux kilomètres de mon appartement dans l'Upper West Side.

Je traîne un peu devant la façade avant d'entrer. Une fois que je serai officiellement présenté à Chloe, je ne pourrai plus faire machine arrière.

Je suis père. C'est un concept qui m'est encore étranger.

Genevieve et moi avons décidé d'un commun accord que cette première rencontre se ferait autour d'un dîner décontracté. Elle me présentera comme un ami de la famille. On improvisera à partir de là et quand le moment sera venu, on expliquera à Chloe qu'elle a deux papas, un au ciel et un sur terre. Plus tard, quand Chloe se sera habituée à l'idée, on mettra en place un système de garde équitable. Genevieve a bien fait de décider de se montrer conciliante avec moi. Sinon, elle se serait retrouvée face à une sacrée bataille juridique.

J'aurais vraiment voulu que Soraya vienne avec moi ce soir, mais je trouve plus raisonnable d'apprendre à connaître ma fille avant de lui présenter d'autres personnes. Chloe vient juste de perdre le seul père qu'elle ait jamais connu. Elle est très vulnérable.

Une couronne de branchages et de baies est accrochée à la porte. Je sonne puis je prends une profonde inspiration en attendant qu'on m'ouvre.

C'est Genevieve qui m'accueille en souriant.

– Entre, Graham, fait-elle avec un geste de la tête.

À l'intérieur, tout est blanc, argenté ou gris. La décoration ressemble beaucoup à la mienne, élégante et moderne. Ça me rappelle à quel point mes goûts ont changé. Dernièrement, j'ai développé une attirance pour la couleur. Particulièrement les teintes vives et lumineuses.

Une odeur d'épices flotte dans l'air.

– Ça sent quoi ?

– Tu te rappelles le pad thai que tu adorais que je prépare pour toi ? J'ai cuisiné ça pour ce soir.

Je me mords la langue pour ne pas lui dire que j'ai oublié tout ce qui s'est passé avant que je la surprenne à genoux devant Liam. Ce n'est pas le moment de me montrer cinglant.

– Merci. C'est gentil de ta part.

– Je veux juste que tu te sentes à l'aise ici.

La seule chose qui me met mal à l'aise, c'est de voir Genevieve jouer les femmes d'intérieur heureuses.

– Où est-elle ?

– Elle joue dans sa chambre. Je me suis dit qu'il valait mieux qu'elle se rende compte que tu es là comme ça plutôt que de te présenter formellement. Je ne veux pas éveiller ses soupçons.

Tu ne veux pas qu'elle soupçonne que sa mère est une salope qui m'a trompé et lui a caché pendant quatre ans qui était son vrai père ?

– Tu sais ce qui est bien pour elle. Tu la connais mieux que moi. Non pas que ce soit ma faute, bien sûr.

– Je sais, répond Genevieve en s'éclaircissant la voix et en se dirigeant vers la cuisine. Fais comme chez toi. Tu veux boire quelque chose ?

– De l'eau pour accompagner le dîner et rien maintenant, merci.

Je m'installe dans le salon, qui est à côté de la cuisine.

– Tu es sûr ? J'ai du cognac... du Merlot...

– Je ne veux pas boire ce soir, dis-je en levant la main.

– D'accord... Fais-moi signe si tu changes d'avis.

– Je te connais, fait alors une petite voix.

Je pivote. Chloe est là. Sa longue chevelure brune lui couvre la moitié du visage. Elle porte un adorable pyjama avec des pieds roses et tient un ours en peluche dans les bras.

Je me lève en souriant.
– Tu me connais ?
– Tu as trouvé ma barrette... à la fête de papa.
C'est vrai. J'ai ramassé son pompon à la veillée funèbre de Liam.
Je m'agenouille devant elle.
– Tu es maline à croquer.
– Tu t'appelles comment ?
– Graham ?
– Comme les crackers ?
– Oui.
– Toi aussi tu es à croquer, alors.
Je me mets à rire.
– Tu es très drôle, Chloe.
Chloe, intervient Genevieve, Graham est un ami de papa et maman. Il va dîner avec nous.
– Tu savais que mon papa était mort ?
– Oui. Je suis désolé pour toi. Je sais qu'il t'aimait beaucoup.
Elle se dirige vers la table basse et attrape un cadre qu'elle me tend. Sur le cliché, Liam la regarde avec amour tandis que les feuilles d'automne tourbillonnent autour d'eux. Il ne fait aucun doute qu'il l'adorait. Je voudrais ressentir de l'amertume mais le sourire qu'elle arbore sur la photo m'en empêche.
– C'est une super photo de vous deux.
– Merci.
Je cherche comment poursuivre la conversation.
– Tu te mets toujours en pyjama aussi tôt ?
– Parfois.

– Il a l'air très confortable. C'est dommage qu'il n'en n'existe pas à ma taille.

Elle fronce son petit nez.

– Tu aurais l'air idiot.

– Je suppose.

Elle me tend son ours en peluche.

– Regarde ! Teddy Grahams... Il est à croquer lui aussi !

Et elle pique un fou rire.

Je l'imite, uniquement parce qu'*elle* rit.

– Malin.

– À table ! s'écrie Genevieve depuis la cuisine.

Elle a dressé le couvert dans la salle à manger. Un grand plat rectangulaire est rempli de nouilles sautées aux légumes. Une assiette de nuggets de poulet est posée devant ce que je suppose être la place de Chloe. Le set de table Dora l'exploratrice est un gros indice.

– Graham, tu m'as bien dit que tu voulais boire de l'eau ?

– Oui.

– Chloe, tu veux ton lait à la fraise comme d'habitude ?

Lait à la fraise ?

Non ?

Je me tourne vers la petite.

– Du lait à la fraise ? J'adore ça.

– C'est mon préféré.

– Quelle marque ?

– Nesquik.

Je n'ai jamais bu de Nesquik devant Genevieve.

Elle ne peut pas savoir à quel point la coïncidence est frappante.

– C'est fou, ça. C'est ma boisson préférée du monde entier. Je peux changer et avoir du lait à la fraise moi aussi ? demandé-je à Genevieve.

– Bien sûr, répond-elle, amusée.

En présence de ma fille, je vais pour la première fois de ma vie boire du lait à la fraise en public sans honte. J'ai fait mon *coming out* de Nesquik.

– Il faut lui donner une paille, dit Chloe à sa mère.

– Je ne crois pas qu'il en veuille une.

Pour faire plaisir à Chloe, je regarde Genevieve comme si elle était folle de penser une chose pareille.

– Bien sûr que j'en veux une !

Genevieve secoue la tête et pose une longue paille rose en forme de tourbillon devant moi. Chloe est ravie de me voir boire avec.

– Tu vois Chloe, je ne m'étais jamais rendu compte que le lait est bien meilleur si on le boit à la paille.

– Je sais ! piaille-t-elle.

La joie que je lis dans ses yeux est palpable. Je me sens super bien en constatant qu'un gros nounours dans mon genre peut la faire sourire en se comportant comme un môme. Cette petite fille vient de subir une perte tragique, mais elle est équilibrée et aimée par sa mère. Je dois au moins reconnaître ça à Genevieve. Elle a l'air d'être une bonne mère.

Pendant le dîner, Chloe rit de me voir gober bruyamment mes nouilles. Je le ferais en louchant rien que pour la faire rire encore et encore. Genevieve reste silencieuse mais ne perd pas une miette du spectacle, le menton dans la main. Elle s'efface pour nous permettre de faire connaissance.

Une fois le repas terminé, Genevieve ordonne à Chloe d'aller se laver les mains et les dents. Je ne sais pas ce que me réserve le reste de la soirée, jusqu'à ce que Chloe surgisse derrière moi.

– Est-ce que tu dors ici ? demande-t-elle.

– Non. Mais je vais rester encore un peu. Qu'y a-t-il de prévu sur l'agenda ?

– Le quoi ?

Il faut que j'apprenne à m'exprimer pour être compris par une enfant de quatre ans.

– Tu joues à quoi après le dîner ?

– Je me déguise.

– Ah bon ?

– Oui.

– Qu'est-ce ça entraîne ?

– Pas de traîne. Des robes.

Je ris.

– Des robes ?

– Oui.

Puis elle sort de la pièce en courant, je suppose pour aller chercher quelque chose.

Je regarde Genevieve pour qu'elle traduise.

– Des robes ?

– Chloe a un coffre plein de robes de princesses et d'autres déguisements dans sa chambre. Elle aime en enfiler une sur son pyjama le soir et elle en change jusqu'à ce qu'elle soit fatiguée. C'est une espèce de rituel du soir.

Chloe revient aussi vite qu'elle était partie. Elle porte une robe rose bouffante et une couronne en plastique. Avant que j'aie eu le temps de dire ouf, elle passe un boa en plumes blanches autour de mon cou.

– Chloe, Graham n'a pas peut-être pas envie de s'habiller comme une femme.

– Au contraire. J'ai envie de me connecter à mon côté féminin. Ça fait partie de ma liste de choses à faire.

Chloe s'empare de mon téléphone et me le tend.

– Prends une photo de nous deux !

Je m'exécute et l'envoie immédiatement à Soraya. Comme je ne sais pas quelle est son humeur, je me demande si j'ai bien fait, mais il est trop tard.

– Je reviens, fait Chloe en récupérant le boa.

Elle repart dans sa chambre, nous laissant seuls, Genevieve et moi. Quelques plumes sont tombées sur le tapis derrière elle.

– Tu es super avec elle, Graham.

– C'est plus... naturel... que ce que je croyais.

– Bien sûr. Puisque c'est ta fille.

Avant que je puisse répondre, Chloe nous rejoint de nouveau. Cette fois-ci, elle porte une robe de Noël bordée de fourrure blanche. Elle tient un chapeau haut de forme.

– Tu es la princesse des neiges ?

– Non, je suis une princesse de Noël.

Elle pose le chapeau sur ma tête.

– Et toi, tu es Scrooge[4].

– Plein de gens seraient d'accord avec toi, Chloe. Tu m'as bien cerné.

– Quoi ?

– Rien, dis-je en souriant.

Il faut que je me rappelle que je discute avec une enfant de quatre ans. Les déguisements vont bon train pendant une heure, puis Genevieve annonce à sa fille qu'il est temps d'aller au lit.

– Tu devrais être couchée depuis une demi-heure. Dis bonsoir à Graham.

Ma fille se dirige vers moi. *Ma fille.* Il faut que je m'y fasse. Elle s'arrête devant moi. Elle ressemble énormément à ma mère, qui l'aurait adorée. Ça me rappelle que je dois annoncer la nouvelle à ma grand-mère.

Je ne peux pas m'empêcher de prendre le visage de Chloe dans mes mains. Je ne veux pas l'effrayer mais j'ai eu envie de faire ça toute la soirée et c'est ma dernière chance.

– Bonne nuit, ma puce.

– Tu reviendras ?

– Je te le promets.

Je n'ai jamais été aussi sincère. Je lui souhaite bon courage si elle veut se débarrasser de moi.

* * *

---

4. Ebenezer Scrooge est un personnage d'une nouvelle de Charles Dickens, ***A Christmas Carol***. C'est un vieillard grognon et misanthrope qui déteste Noël.

La soirée s'est nettement mieux passée que ce que je craignais.

De retour dans la berline, la joie que je ressens est rapidement remplacée par de l'inquiétude quand je constate que Soraya n'a pas répondu à mon texto. Ça ne lui arrive jamais.

Je suis un idiot.

Un putain de connard.

Je n'aurais jamais dû envoyer cette photo.

Mon cœur se met à battre la chamade. Est-ce que je ferais mieux de la laisser seule ce soir ou de la rejoindre à Brooklyn ?

– Garez-vous devant chez moi, Louis. Je ne sais pas encore où je vais.

À ce moment-là, mon portable vibre pour m'annoncer qu'un SMS est arrivé.

Soraya : Désolée. Je viens juste d'avoir ton texto. J'avais mis mon téléphone à charger dans une autre pièce. Tu es adorable avec un boa. Je suis contente que tout se soit bien passé. Je vais me coucher tôt, je suis un peu patraque. On se parle demain. Bisous.

Je soupire de soulagement et pose ma nuque sur l'appui-tête avant de relire son message. Je ne sais pas si je dois aller à Brooklyn ou pas. Elle dit qu'elle ne se sent pas très bien. Je l'appelle, mais je finis par tomber sur la messagerie. Est-ce qu'elle ignore mon appel ou est-ce qu'elle est déjà couchée ? Elle a peut-être mis son portable sur silencieux. Quand le bip m'annonce que je peux laisser un message, je commence à parler sans pouvoir m'arrêter :

– Salut, beauté. Je suis désolé que tu ne te sentes pas bien. Je voulais juste entendre ta voix avant d'aller me coucher. Tu es probablement déjà au lit. La soirée s'est bien passée. J'aimerais bien que tu la rencontres quand tu te sentiras prête. Mais, Soraya, il y a quelque chose que je veux que tu saches. Je pense que sans toi, je n'aurais jamais été prêt. L'homme que j'étais il y a quelques années n'est plus le même que celui que je suis devenu. J'étais malheureux. Liam a été un meilleur père que je n'aurais pu l'être. J'en suis convaincu. Mais grâce à toi, je serai un bon père. Parce que tu m'as appris à reconnaître ce qui est important dans la vie.

Un silence.

Merde.

Dis-le lui.

– Soraya, je...

BIP.

Cette putain de machine m'a coupé la parole.

Chapitre 21

Soraya

Je ne remarque la berline noire garée en bas de mon immeuble que lorsque la vitre se baisse et qu'une voix sexy attire mon attention.

– Vous montez, beauté ?

J'approche lentement.

– Ça dépend ce que vous entendez par là, Mister Big Connard.

Graham ouvre sa portière et, me prenant par surprise, m'attrape par le bras et m'attire dans la voiture et sur ses genoux dans un seul geste. Son entrain me fait rire même si je n'ai pas encore bu mon deuxième café. *C'est rarissime pour moi.*

Je glousse comme une collégienne, mais c'est plus fort que moi.

– Qu'est-ce que tu fais là ?

– Je suis venu t'accompagner au boulot, femme.

– Femme ? Tu t'exprimes comme un homme des cavernes.

Et j'adore ça.

Il enfouit le visage dans mon cou et inspire profondément. Quand il exhale, je sens la tension quitter son corps.

– Tu m'as manqué hier soir. Tu ne te sentais pas bien. Ça va mieux ?

– Oui. J'ai pensé que j'avais chopé un truc mais une bonne nuit de sommeil a tout arrangé.

– Tu sais ce qui pourrait te faire beaucoup de bien aussi ?

De la main droite, il me maintient sur ses genoux tandis que sa main gauche remonte le long de ma cuisse. Je porte une jupe, ce qui lui facilite la tâche.

– Laisse-moi réfléchir. Ton pénis ? Ton pénis pourrait me faire du bien ?

– Maintenant que tu en parles, je suis certain que oui. Mais ce n'est pas ce à quoi je pensais.

– Vraiment ?

Il secoue lentement la tête.

– En réalité, je fantasme sur le fait que tu es belle quand tu as un orgasme et que j'aimerais avoir la chance de pouvoir t'admirer de plus près. Je me disais que je pourrais te faire jouir avec mes doigts sur le trajet. Quand je suis en toi, je suis trop absorbé pour observer ton visage.

– Tu veux observer mon visage...

Je fais tourner un doigt dans le voisinage de mon bas-ventre.

– ...Pendant que tu me...

– Pénètres avec mes doigts, oui.

Je le regarde droit dans les yeux. Il est sérieux comme un pape. Je m'adresse au chauffeur sans le quitter des yeux.

– Louis, 71e et York, s'il vous plaît.

Les pupilles de Graham se dilatent tandis qu'il appuie sur le bouton qui commande la vitre intérieure qui nous sépare de l'avant. Son sourire est un délicieux mélange de perversion et de ravissement. Il porte son habituel costume sur mesure de riche homme d'affaires. Mais en ce moment, je suis la seule affaire qui l'intéresse. Son apparence m'excite. Quand il écarte mes jambes sans me faire descendre de ses genoux, je suis déjà mouillée. Il n'a pas besoin de donner beaucoup de sa personne pour obtenir ce qu'il veut. De manière tout à fait inattendue, sentir ses yeux posés sur moi ne me gêne pas. Ça accentue mon plaisir, parce que je sais qu'il prend son pied en me regardant.

Je jouis avant qu'on atteigne le pont de Brooklyn. Repue, je soupire de contentement et pose la tête contre sa poitrine.

– C'est tellement mieux que le métro.

Il éclate de rire.

– J'espère que tu fais allusion à mes services et pas au mode de transport.

– Évidemment.

Il me serre contre lui et m'embrasse sur le front.

Je reste silencieuse un instant – lui aussi. Une fois entrés dans Manhattan, je sais qu'il nous reste peu de temps avant d'arriver à mon bureau et je me sens coupable de ne pas lui avoir posé de question sur le dîner de la veille.

– J'ai adoré la photo de Chloe et de toi que tu m'as envoyée. On dirait que ta première visite s'est très bien passée.

– Elle est extraordinaire.

Je me redresse pour le regarder. Ses yeux se mettent à briller quand il parle d'elle.

– Elle est drôle et intelligente. Et sarcastique. Et belle.

Il me caresse la joue.

– Elle te ressemble beaucoup, en fait.

– Sa mère est intelligente et belle.

– Est-ce que c'est complètement tordu de ma part d'avoir pensé que j'aurais aimé qu'elle soit ta fille ?

– Oui, dit-je, puis je fais une pause avant d'ajouter : mais c'est aussi sincère et mignon.

– Il me tarde que tu la rencontres.

Cette idée me terrifie.

– Je ne suis pas certaine d'être prête pour ça.

Graham hoche la tête mais je vois qu'il est blessé.

– Mais je veux que tu me parles d'elle. Je pense qu'il vaut mieux qu'on prenne notre temps. Je suis nulle en mômes et on ne sait toujours pas où on va tous les deux.

Je le sens se raidir.

– Je sais très bien où on va.

– Je ne voulais pas...
– Ne t'inquiète pas. Je comprends, Soraya.

* * *

Chère Ida,
Je sors avec un garçon depuis un peu plus de quatre mois. Je l'aime et il dit que lui aussi. Mon problème, c'est qu'il ne fait rien pour que je me sente spéciale, ni désirée. Il n'a jamais vraiment envie de me voir et sexuellement, c'est toujours moi qui prends l'initiative. J'ai essayé de lui parler mais ça n'a rien changé. Est-ce que je suis bête de vouloir plus ?
– Krista, Jersey City

Je trie le courrier du jour et je mets de côté les lettres intéressantes.

Chère Ida,
Mon petit ami, Brad, et moi avons emménagé ensemble il y a six mois. Une semaine après avoir signé le bail, il a perdu son emploi...

Chère Ida,
Mon mari semble avoir perdu sa libido...

Chère Ida,
Je sors avec un homme attentionné et doux mais très sale...

Chère Ida,

J'ai peur d'avoir laissé filer l'amour de ma vie il y a quelques années. Tous les hommes que je rencontre me paraissent bien fades en comparaison...

Quand j'ai terminé, j'ai envie de me frapper la tête contre le bureau. Je me sens super mal à cause de la conversation de ce matin avec Graham. En prenant connaissance de tous ces problèmes sentimentaux, je me rends compte que je suis vraiment ingrate. Graham fait tout le trajet jusqu'à Brooklyn pour venir me chercher, il me dit sincèrement que je lui ai manqué – sans parler de l'orgasme spectaculaire qu'il m'a donné sans rien attendre en retour – et comment l'ai-je remercié ? En le blessant. *Bravo, Soraya.*

Le truc, c'est que j'ai besoin de lui plus que je croyais possible d'avoir besoin d'un autre être humain. Et ça me fiche une peur bleue. Encore plus maintenant qu'il y a un enfant dans l'équation. Je me laisse aller sur mon siège en essayant d'imaginer à quoi ressemblerait ma vie sans Graham. Il ne me faut pas longtemps pour comprendre que je suis foutue. Parce que je ne peux plus vivre sans lui. Et je me rends compte par la même occasion que je suis une très mauvaise petite amie.

Je prends une profonde inspiration et attrape mon téléphone.

Soraya : Je suis désolée pour ce matin. Je veux vraiment rencontrer Chloe.

Les petits points se mettent immédiatement à danser. Je me demande s'il a du mal à se concentrer à cause de ce matin, lui aussi.

Graham : Tu en es sûre ?

Soraya : Elle est une extension de toi et je veux tout savoir de toi.

Mon portable reste silencieux pendant quelques minutes. J'attends sa réponse avec impatience.

Graham : Merci, Soraya.

Soraya : Non. Merci à toi.

Graham : Pour ce matin ?

Soraya : Pour être l'homme que tu es.

Après cet échange, je retrouve mon calme. Enfin, pour deux jours. Jusqu'au samedi, où nous allons déjeuner avec Genevieve et Chloe.

* * *

– Tu as prévenu Genevieve que je venais, n'est-ce pas ?

– Oui.

– Et elle n'a pas protesté.

Graham serre les dents sans rien dire. Ce n'est pas la peine.

– Elle ne veut pas que je sois là, je constate en soupirant.

– Ce qu'elle veut n'a aucune importance.

– Bien sûr que si. C'est la mère de Chloe.

Nous sommes à l'arrière de la voiture de Graham, la circulation est fluide et nous avons une demi-heure d'avance. Mes nerfs sont au bord de lâcher et cette nouvelle information – savoir que Genevieve a refusé de m'inviter – me donne la migraine.

– Si elle avait une inquiétude tangible concernant le bien-être de Chloe, j'aurais accepté de te présenter plus tard. Mais elle n'en avait pas et c'est important pour moi, dit-il en me pressant la main.

– C'était quoi son inquiétude alors ?

Il serre de nouveau les dents.

– Aucune importance.

Même si j'ai envie de savoir, je laisse courir. On vient d'arriver sur la 3e rue et Louis nous interrompt.

– La 60e est fermée. Il y a une espèce de grue dans la rue et ils ont tout bloqué.

– Pas de problème. On descend ici, fait Graham.

Une fois sur le trottoir, Graham regarde sa montre avant de me tendre la main pour m'aider à sortir de la voiture et il ne me lâche plus.

– Tu veux aller au restau tout de suite ?

– Il fait beau. Si on marchait un peu ?

Je me dis que rester assise à attendre va faire flamber mon stress. À mi-chemin de notre balade, on passe devant un studio de danse, *West Side Steps*.

– C'est là qu'est Chloe ?

Genevieve a dit à Graham que la petite prenait des cours de danse dans un studio non loin du *Serendipity 3*.

– Je ne sais pas.

On ralentit le pas mais la vitrine est sans tain et on ne peut pas voir l'intérieur. On continue à avancer et une voix de femme se fait soudain entendre.

– Graham.

On pivote pour se retrouver nez à nez avec Genevieve, qui tient la porte du studio de danse.

– Genevieve, répond Graham avec un hochement de tête. Tu connais Soraya.

Elle m'adresse un sourire éclatant et artificiel.

– Oui. Ravie de vous revoir.

Mais bien sûr.

– Le cours se termine dans vingt minutes. Vous pouvez y assister depuis la salle d'attente. Il y a un miroir sans tain pour qu'elle ne puisse pas nous voir.

Graham me lance un regard interrogateur et j'acquiesce.

La pièce est remplie de parents. La plupart discutent entre eux sans regarder ce qui se passe dans la pièce à côté. Graham nous conduit vers le miroir, un peu hésitant. Le studio de danse est rempli de petites filles de quatre ou cinq ans en tutu. Je cherche Chloe dans cette marée rose. Je n'aurais pas pu la rater même si elle n'avait pas été la plus adorable de toutes les petites filles : contrairement aux autres, son justaucorps est vert fluo.

– Elle refuse de faire comme les autres et de porter un tutu rose. J'espère que ça va lui passer.

– J'espère bien que non, répond Graham, qui contemple sa fille, fasciné.

Genevieve me regarde fixement. Elle porte un pantalon blanc avec un caraco bleu marine en soie : sa tenue est féminine, chère et élégante mais très banale. Je suis certaine que la moitié des femmes de l'Upper West Side ont la même dans leur garde-robe.

– C'est un nouveau cours pour elle. Avant, elle venait le jeudi soir tandis que son père... Elle se rend compte de ce qu'elle vient de dire et se reprend aussitôt.

– ...Tandis que Liam allait à la salle de sport de l'autre côté de la rue. J'ai trouvé préférable de changer d'horaire pour qu'elle oublie l'ancienne routine.

Graham opine.

Une femme enceinte s'approche de nous.

– Vous êtes la mère de Chloe, n'est-ce pas ?

– Oui.

Elle décroise les mains de son ventre énorme pour en tendre une à Genevieve.

– Je m'appelle Catherine. Je suis la mère d'Anna. Ma fille m'a beaucoup parlé de Chloe après le cours de la semaine dernière. Je me disais qu'on pourrait organiser quelque chose.

– Bien sûr. Chloe sera ravie.

Graham n'a pas quitté la vitre des yeux, fasciné par sa fille, mais il se retourne pour regarder Catherine.

– Vous devez être le père de Chloe, dit-elle en souriant. Elle vous ressemble comme deux gouttes d'eau.

Graham se fige et regarde Genevieve.

Cette dernière le présente sans se mouiller.

– Catherine, voici Graham Morgan.

La femme lui serre la main puis se tourne vers moi.

– Vous êtes la nounou ?

Cette remarque ramène Graham à nous. Il passe son bras autour de ma taille, possessif.

– C'est Soraya, ma compagne.

Graham ne s'en rend pas compte mais Genevieve me dévisage, une lueur d'amusement au fond des yeux. *Quelle garce.*

On s'éclipse avant la fin du cours, histoire que Chloe ne nous trouve pas là, en disant à Genevieve qu'on les attendra au restaurant.

L'air frais me fait du bien. Je respire mieux.

– Cette femme me déteste.

– Elle est jalouse. Elle a toujours manqué d'assurance physiquement.

– Elle ? Mais elle est magnifique.

Graham s'arrête.

– Elle est séduisante, c'est vrai. Mais elle est banale. Contrairement à toi, dit-il en prenant mon visage entre ses mains. Tu es extraordinaire.

Il est sérieux et sous son regard, tous mes doutes disparaissent.

Chloé entre en sautillant au *Serendipity 3* un quart d'heure plus tard. Elle n'a pas ôté son tutu et on ne peut pas la regarder sans sourire. Une fois que sa mère lui a montré où nous sommes installés, elle trottine jusqu'à nous. Graham se lève.

– Chloe, dit-il en souriant.

– Cracker, répond-elle en levant la main pour que Graham frappe dedans.

Elle le prend par surprise et il a du mal à taper sa menotte. Je trouve ça comique. Faire des *high five* n'est tellement pas... *Grahamesque.*

Quand il a fini, je murmure :
– Cracker ?
– Comme les crackers Graham. Apparemment, j'ai un surnom.
– Comment tu t'appelles ? me demande la fillette en s'agenouillant sur sa chaise.
Elle s'est installée juste en face de moi.
– Soraya. Je suis ravie de te rencontrer, Chloe.
– Soraya ?
– C'est ça.
Du premier coup.
– J'adore tes cheveux. Maman, je veux faire ça, moi aussi.
– Hors de question, répond Genevieve en attrapant le menu.
– Tu es la femme de Graham ?
– Non.
– Tu es sa...
Genevieve l'interrompt :
– Soraya est l'amie de Graham, ma chérie. Et si tu t'asseyais correctement sur ta chaise ?
La petite hausse les épaules.
– J'aime me mettre comme ça. Je peux attraper les choses plus facilement.
– Assieds-toi. Si tu ne parviens pas à atteindre quelque chose, je le ferai pour toi.
Chloe fait la moue mais obtempère.
– Tu te rappelles quand on est venus ici après avoir obtenu le compte Donovan ? demande Genevieve.
– Non, répond Graham aussi sec.

Je suis certaine qu'il sait très bien de quoi elle parle mais qu'il veut détourner la conversation.

Genevieve baisse les yeux sur le menu, un grand sourire aux lèvres.

– Dommage. Mais je suis sûre que tu n'as pas oublié le reste de la soirée.

– Cracker, tu prends quoi ?

– Je ne sais pas encore, Chloe. Et toi ?

Tout son visage se fronce et elle pose le doigt sur son nez, pensive.

– Le Iced Hot Chocolate.

– Ce n'est pas la première fois que tu viens, je suppose.

– Je venais ici toutes les semaines avec papa après la danse.

Le chagrin se lit sur son visage. Elle se tourne vers moi.

– Tu connaissais mon papa, toi aussi, Soraya ?

– Euh...

Graham pose la main sur mon genou sous la table et répond à ma place.

– Non, elle n'a jamais rencontré ton papa, Chloe.

– Tu sais ce que prenait mon père à chaque fois ?

– Non.

Elle plisse le nez comme si quelque chose sentait mauvais.

– Un café.

Graham repose le menu. Il ne l'a même pas ouvert.

– Je vais prendre la même chose que toi, Chloe.

Elle lui adresse un sourire si éclatant que je pourrais presque compter toutes ses dents. Quand le serveur vient prendre la commande, je demande un Iced Hot chocolate moi aussi. Genevieve prend un café. Le serveur pose devant Chloe des coloriages et des crayons de couleur. Elle se met tout de suite au travail.

– C'est quoi ta couleur préférée, Cracker ?

– Le bleu, répond Graham en jetant un coup d'œil vers mes pointes. Et toi ?

– Le vert. Je voulais repeindre ma chambre en vert mais maman dit que ce n'est pas abordable pour une chambre de petite fille.

– Convenable, intervient Genevieve. J'ai dit convenable.

Chloe hausse les épaules et retourne à son dessin.

– Alors, Soraya, vous faites quoi dans la vie ? me demande Genevieve.

– Je bosse pour *Demandez à Ida.*

– Le courrier du cœur ?

– Oui.

Elle m'adresse un sourire contraint.

– J'y penserai la prochaine fois que j'ai besoin d'un conseil.

Je hoche la tête.

– Vous vous êtes rencontrés comment ?

– Graham a écrit pour demander des conseils il y a quelques années.

– Non ? demande Genevieve, stupéfaite.

Même si sa réaction m'amuse beaucoup, je me dis qu'il vaut mieux ne pas trop la chercher.

– Je vous taquine. On s'est rencontrés dans le métro. Enfin... en quelque sorte. Graham a fait tomber son téléphone et je l'ai ramassé.

– *Graham* a pris le métro ?

– Ce jour-là, oui.

Il me presse le genou.

– Maman ne prend jamais le métro. Papa et moi on le prenait ensemble ! réplique Chloe.

Parler de Liam ne semble pas la bouleverser autant que je l'aurais cru. Elle poursuit son coloriage, l'index sur le nez. Je suppose que c'est sa position favorite pour réfléchir et je trouve ça adorable.

– Tu viendras à mon anniversaire ?

Les traits de Graham s'assombrissent. *Il ne connaît pas la date de naissance de sa fille.* Il a tant de choses à rattraper.

C'est moi qui réponds.

– C'est quand ?

– Le 29 mai.

– Tu fais une fête ?

– Une fête de princesse. Tu viendras ?

Je me tourne vers Genevieve pour chercher de l'aide.

– La fête aura lieu dans notre résidence secondaire des Hamptons.

– Elle est très grande, intervient Chloe. Tu peux dormir chez nous.

– Je m'apprêtais à demander à *Graham* s'il souhaite se joindre à nous, Chloe.

Il est clair que je ne fais pas partie de l'invitation.

Graham a l'air de s'en soucier comme d'une guigne.

– *Soraya* et moi serions ravis de venir à ton anniversaire, Chloe. On va voir si on peut se libérer. Merci pour l'invitation.

Quand il est temps de partir, je devine que Graham n'a pas envie de quitter sa fille. *Sa fille.* C'est toujours irréel. Devant le restaurant, Chloe me dit au revoir puis elle pivote vers Graham. Il s'agenouille pour être à sa hauteur.

– Tu veux quelque chose de spécial pour ton anniversaire, ma puce ?

Elle pose le doigt sur son nez et lève les yeux vers le ciel. Puis elle plonge son regard dans celui de Graham :

– Je veux mon papa.

Elle ne peut évidemment pas savoir à quel point sa réponse est ironique.

Chapitre 22

Graham

En quelques semaines, Genevieve passe du statut de lointain souvenir à celui de celle qui m'appelle régulièrement et fait irruption dans mon bureau sans prendre rendez-vous.

J'enlève mes lunettes et me frotte le visage avant d'appuyer sur le bouton de l'intercom.

– Faites-la entrer.

Elle pénètre dans la pièce, altière, et s'assied dans le fauteuil de l'autre côté du bureau.

– Il faut qu'on parle.

– Chloe va bien ?

– Oui.

– Qu'est-ce que tu fais là alors ?

– Je te l'ai dit, il faut qu'on parle.

Je remets mes lunettes et me replonge dans mes dossiers.

– Je suis occupé, dis-je sans lever les yeux vers elle. Prends un rendez-vous.

Elle soupire mais ne bouge pas.

– L'anniversaire de Chloe est un événement *familial.*

– Et...

– Tu dois y assister.

– Je t'ai dit au téléphone, l'autre soir, que je serai là.

– *Elle* ne fait pas partie de la famille.

– Pas encore, non.

Genevieve a l'air sidéré.

– Tu n'es pas sérieux ? Dire une chose pareille ? Vous vous connaissez depuis combien de temps ? Tu as une fille, maintenant. En tant que figure paternelle, tu ne peux pas lui présenter quelqu'un que tu connais à peine. Chloe pourrait s'attacher.

– J'en suis tout à fait conscient.

– Qui est-elle ? Ça fait quoi... Un mois ? Deux mois ?

– Je la connais bien mieux que toi.

– On a passé trois ans ensemble.

– Et pourtant je n'ai jamais réellement su qui tu étais. Les choses dont tu étais capable.

– Tu es injuste.

– Au contraire. Je pense que j'ai été beaucoup trop juste avec toi. Beaucoup plus que tu ne le mérites. Tu as couché avec mon meilleur ami, tu m'as privé de ma fille pendant plus de quatre ans, et maintenant tu arrives dans mon bureau pour insulter quelqu'un qui compte beaucoup pour moi.

– Elle n'est pas faite pour toi.

– Laisse-moi deviner... Contrairement à toi ?

– Oui. Nous sommes à égalité, Graham.

– Je ne pense pas, non. Je n'aurais jamais couché avec Avery.

Elle accuse le coup mais se ressaisit rapidement.

– Elle a un piercing dans la langue, dit-elle en se redressant. Je l'ai aperçu l'autre jour quand elle parlait.

– Oui. Et sur ma queue, c'est génial.

– Ça ne durera pas, réplique-t-elle.

– Va-t'en, Genevieve, j'ai du travail.

– J'essaie juste de protéger ma fille.

– *Notre* fille.

– C'est ce que j'ai dit.

– Dehors.

Je tends le doigt vers la porte.

– Comme tu voudras, dit-elle en se levant. Mais tu ne pourras pas dire que je ne t'ai pas prévenu.

Ce soir-là, j'emmène Soraya dîner dehors. Maintenant que j'ai réglé le problème avec Genevieve, il faut que je convainque Soraya de m'accompagner. Elle n'est pas très chaude. Je n'aborde pas le sujet pendant le repas : il vaut mieux que je l'amadoue d'abord avec de la nourriture et du vin.

Après avoir passé une heure à la faire jouir, d'abord avec ma langue puis en la prenant par-derrière, blotti contre son dos, je l'entends pousser un soupir de satisfaction repue et je décide qu'il est temps de passer à l'attaque. J'embrasse son épaule et me serre contre elle.

– Ça me ferait très plaisir si tu venais avec moi ce week-end.

– Je ne sais pas, Graham.

Je me serre plus étroitement contre elle.

– J'ai besoin que tu sois là.

– Tu as besoin de passer du temps avec ta fille. Et nous savons tous les deux que Genevieve ne peut pas me blairer.

– C'est important pour moi. Je sais que tu hésites. Je voudrais que tu te rendes compte que ça peut toujours marcher entre nous, même si les choses ont changé.

– Graham...

– S'il te plaît ? demandé-je à mi-voix.

– D'accord.

Elle a un air défait mais je m'en fiche. Je suis suffisamment égoïste pour penser que tous les moyens sont bons.

– Merci. Je te le revaudrai pendant le week-end. Je te le promets.

***

J'y songe depuis un bout de temps. Et avec tous les bouleversements survenus dans ma vie récemment, il n'y a pas de meilleur moment pour prendre les choses en main.

Quand Louis me dépose devant le salon de tatouage de Tig sur la 8e avenue, je suis remonté à bloc.

Une clochette retentit lorsque je pousse la porte. La boutique sent l'encens à la cannelle et le tabac. La voix de Bob Marley se déverse des enceintes. Tout ça me rappelle la fac.

Tig ôte la cigarette de sa bouche pour me saluer.

– Mister Big Connard ! Quand j'ai vu ton nom sur la liste des rendez-vous, j'ai failli en chier une brique. Qu'est-ce que tu fous là ? Elle a fini par te faire perdre la tête ?

– Tu n'as pas dit à Soraya que je venais, j'espère ?

– Non, intervient Delia. Quand tu as appelé pour prendre rendez-vous, tu m'as dit que c'était une surprise, alors on tiendra notre langue. Pas vrai, Tig ?

Ce dernier me conduit vers le siège dans le coin.

– Tu as une idée de ce que tu veux ?

– Oui. Je sais exactement ce que je veux. J'ai même essayé de te le dessiner.

Je sors une feuille de ma poche.

– Je ne suis pas aussi doué que toi, mais ça te donnera une idée.

Tig allume une cigarette et examine mon dessin.

– Je reconnais ça, fait-il en rigolant. Très bien. Je pense que je peux même l'améliorer. Allonge-toi.

Je le regarde préparer ses aiguilles.

– Elle t'a raconté ce qu'il se passe ?

Il exhale un nuage de fumée.

– Tu veux dire le drama bébé ?

– Bon. Tu as l'air au courant. J'ai découvert récemment que j'avais une fille.

– Même si elle m'en a parlé, mec, je t'en dirai pas un mot.

– Je comprends.

Merde. Je ne vais pas pouvoir lui tirer les vers du nez.

La pointe de l'aiguille me brûle la poitrine. Si on m'avait dit il y a quelques années que je me ferais tatouer une deuxième fois, je ne l'aurais pas cru. Mais c'est étrangement naturel. Je fais plus que marquer mon corps. C'est de l'art, et donc une expression d'amour. Grâce à Soraya, je vois les choses différemment à présent.

Je regarde Tig bosser plusieurs minutes en silence avant de dire soudainement :

– Je suis amoureux d'elle, Tig.

Il arrête l'aiguille et lève les mains.

– Ouah... ouah... Pourquoi tu me dis ça à moi ?

– Parce que tu es son ami. Elle n'en a pas des masses.

– Est-ce que tu le lui as dit ?

– Non. L'occasion ne s'est pas présentée. Mais je vais le faire. J'ai aussi l'impression que tu ne me fais pas confiance et je voudrais que tu comprennes que malgré les récents rebondissements, c'est pour la vie avec elle.

– Ecoute, je ne vais pas te raconter de salades. Je n'ai pas confiance en toi, c'est vrai. Mais Soraya a l'air tellement attachée que je suis bien obligé de te prendre au sérieux. Si elle tient à toi, alors je l'accepte et je fais confiance à son jugement.

– J'apprécie ton honnêteté.

– Mais souviens-toi de ce que je t'ai dit. Ne lui brise pas le cœur, comme ça je n'aurai pas à casser ta jolie gueule.

Je ravale ma colère pour le bien de Soraya.

– J'avais bien compris les menaces la première fois, Tig.

Si ce mec n'était pas le meilleur ami de Soraya, je ne me serais jamais laissé traiter de cette façon, mais je n'ai pas besoin qu'il me descende auprès d'elle.

Une fois le tatouage terminé, Tig le recouvre de plastique transparent. Il me tarde de le montrer à Soraya.

Delia fait son apparition.

– Puisque tu as l'air d'humeur audacieuse, MBC, je serais ravie de te percer quelque chose.

– MBC ?

– Mister Big Connard.

– Oh, bien sûr.

Je lève les yeux au ciel et laisse sur le comptoir une liasse de billets équivalente à trois fois la prestation.

Elle prend l'argent et le range dans la caisse.

– Alors ? Je te perce le gland ? Qu'est-ce que t'en dis ?

Un frisson me parcourt le sexe tout entier. *Ouch.*

– Une chose après l'autre, Delia.

– Comme tu veux, fait-elle en haussant les épaules. Tu pourras pas dire que je n'ai pas essayé.

* * *

Le lendemain soir, j'ai du mal à contenir mon excitation tandis que je me dirige vers l'appartement de Soraya pour lui faire une surprise. Je peux enlever mon bandage et lui montrer mon tatouage.

Comme l'anniversaire de Chloe a lieu ce week-end, je pense que c'est une bonne idée de le lui révéler ce soir. Histoire de lui rappeler à quel point elle compte pour moi.

J'ai travaillé tard et je décide de passer chez elle sans la prévenir avec un dîner acheté chez le traiteur mexicain qu'elle adore.

Soraya me laisse entrer dans l'immeuble mais quand elle ouvre la porte de chez elle, je comprends tout de suite que quelque chose ne va pas.

– Graham... Je ne m'attendais pas à te voir. Entre.

Je l'attire à moi, fais glisser la main le long de son dos et lui caresse les fesses.

– Tu n'es pas contente de me voir ?

– Non, ce n'est pas ça.

Je pose le sac de nourriture sur la table.

– J'ai une surprise pour toi. Il me tardait de pouvoir te la montrer.

– C'est quoi ?

– Mangeons d'abord, dis-je en ôtant ma veste.

Je suis passé chez *No Way Jose* pour prendre tes enchiladas préférées.

Soraya est silencieuse pendant tout le repas. Quelque chose ne va pas, j'en suis certain. Je me demande si elle est juste angoissée à l'idée d'aller passer le week-end dans les Hamptons.

Je débarrasse son assiette.

– Tu veux me parler de ce qui te préoccupe ?

– Pas vraiment. Ta surprise d'abord.

Ça me fait bizarre de lui montrer mon tatouage alors qu'elle est d'humeur aussi morose. Ce n'est pas exactement comme ça que j'ai imaginé cet instant, mais de toute façon, je ne pourrai pas le lui cacher bien longtemps puisque j'ai bien l'intention de la baiser pour lui remonter le moral. Elle sera bien obligée de voir ma poitrine d'une manière ou d'une autre.

– Bon... C'est quelque chose que j'avais envie de faire depuis longtemps. J'ai fini par me décider et j'ai sauté le pas. J'espère que ça va te plaire.

Soraya se mord la lèvre pendant que je déboutonne lentement ma chemise. Mon cœur bat à tout rompre. Et si elle trouve ça flippant ? Merde. C'est trop tard. Elle me regarde ôter le plastique transparent.

– C'est encore un peu rouge, dis-je, étrangement nerveux.

Elle pose la main sur sa bouche.

– Oh mon dieu, Graham... C'est...

– Tu aimes ?

Ses yeux brillent.

– C'est merveilleux.

Elle baisse les yeux sur son pied.

– C'est exactement la même que moi.

– Bien sûr. Tig l'a fait exprès.

Elle dessine les contours de mon tatouage du bout du doigt. Il est placé stratégiquement au-dessus de mon cœur. C'est le prénom de Soraya en lettres manuscrites. Et dessous, Tig a dessiné une version plus petite de la plume que Soraya a sur le pied.

– Je trouve que la plume est parfaitement assortie à ton prénom. Notre histoire n'aurait pas été la même si je ne t'avais pas identifiée grâce à ce tatouage. J'aime cette plume. Tu sais, ce n'est pas une coïncidence si l'autre tatouage était loin de mon cœur. Tu es la seule femme qui l'a jamais possédé.

Elle le contemple toujours, émerveillée.

Dis-lui que tu l'aimes.

Pourquoi c'est si difficile à prononcer ?

Parce que tu as peur qu'elle ne t'aime pas.

Ses doigts effleurent encore le tatouage. Je pose la main sur la sienne pour attirer son attention.

– Soraya, je t'...

– Graham, j'ai du retard.

Du retard ?

– Quoi ?

– J'ai du retard.

– Du retard ? Comment ça ? Du retard pour quoi ?

– Mes règles. J'ai du retard. J'ai peur.

Je cille à plusieurs reprises.

– Tu penses que tu es enceinte ?

– Je prends la pilule. Il y a peu de risques, mais je n'ai jamais de retard. Du coup, je suis inquiète. Je m'en suis rendu compte aujourd'hui en regardant le calendrier.

Je comprends mieux son humeur à présent.

– Il peut y avoir d'autres raisons qui expliquent ce retard ?

– J'ai lu quelque part que le stress pouvait perturber les règles. J'espère que ce n'est que ça. C'est bien la dernière chose dont tu aies besoin en ce moment.

– Tu te fais du souci pour *moi* ?

– Oui. Évidemment ! Tu essaies de t'habituer à l'idée d'avoir un enfant. Ce serait trop, poursuit-elle en enfouissant le visage dans ses mains. Beaucoup trop.

J'écarte ses doigts et je l'attire à moi.

– Soraya, je suis d'accord que le timing ne serait pas vraiment idéal, mais il y a une chose dont tu peux être sûre : l'idée que tu portes mon enfant me remplit de joie et de rien d'autre. Je ne pense pas que tu sois prête... mais si ça arrivait, je prendrais ça comme une bénédiction.

Elle lève les yeux sur moi.

– Vraiment ?

– Oui... vraiment. Je prends son visage entre mes mains, souris et répète : vraiment.

– Merci de me dire ça. J'ai tellement peur que j'ai du mal à en parler.

– N'aie pas peur. Tu n'auras plus jamais rien à affronter toute seule.

J'ai besoin de savoir.

– Tu peux faire un test ?

– Je ne sais pas si je suis prête. Et je ne veux pas le faire trop tôt pour ne pas fausser les résultats. J'attendrai lundi. Cette fête sera derrière nous. Je le ferai à ce moment-là.

– Comme tu veux.

Je devine à son expression qu'elle prie pour ne pas être enceinte.

Suis-je fou de souhaiter le contraire ?

Chapitre 23

Soraya

Les deux heures de trajet vers les Hamptons ce samedi matin sont étonnamment fluides : il y a peu de circulation. Comme c'est le week-end du Memorial Day[5], on s'attendait à pire. On est encore tôt dans la saison et le temps est frais : peut-être que les New-Yorkais attendent un peu avant de passer leurs week-ends hors de la ville.

Graham a donné deux jours de congé à Louis, préférant conduire lui-même. Il a baissé toutes les vitres et mes cheveux volent au vent. On porte des lunettes de soleil. La vie est belle. J'ai décidé de ne laisser ni mon retard ni la perspective de voir Genevieve me gâcher cette escapade.

5. Il s'agit d'un jour férié aux États-Unis qui rend hommage à tous les membres des Forces armées morts au combat, toute guerres confondues. Il a toujours lieu le dernier lundi du mois de mai.

Graham a réservé une chambre dans un Bed & Breakfast non loin de chez Genevieve. Mais on se rendra directement à la fête : il ne veut pas prendre le risque d'être en retard. La banquette arrière croule sous les cadeaux enveloppés dans du papier pastel. Graham semble avoir décidé de rattraper tous les anniversaires qu'il a manqués. Il a ordonné à sa secrétaire de faire une razzia au rayon filles de Toys R Us.

Pendant tout le trajet, Graham se montre particulièrement attentif à mes besoins. Il me demande sans arrêt si je vais bien, si je veux de l'eau, si j'ai froid. Je sais que la faible probabilité que je sois enceinte occupe son esprit. Le mien aussi.

Je n'ai pas été vraiment surprise qu'il le prenne aussi bien. Graham sera un père merveilleux : il le prouve déjà. Il est prêt. Moi, de mon côté, je ne suis pas certaine de vouloir des enfants, et la perspective d'une grossesse, qui s'ajouterait à ce qui se passe avec Chloe, me terrifie. On n'est pas du tout sur la même longueur d'ondes.

Graham se tourne vers moi.

– Tu es déjà allée dans les Hamptons ?

– Non, jamais. On passait nos vacances à Rockaway et Coney Island. J'ai toujours eu envie d'y aller mais je n'en ai jamais eu l'occasion ni les moyens.

– Tu vas adorer. Il y a plein de galeries d'art et de boutiques. On ira se balader demain.

– Je suis contente de quitter un peu New York. On n'est pas obligé de faire quoi que ce soit.

– J'aimerais bien t'emmener en vacances bientôt. Je devrais avoir moins de boulot dans les deux mois qui viennent. Réfléchis à une destination. St Bart, Hawaï, l'Europe. Il y a tellement de choix. Je réserverai un jet privé.

– D'accord, Monsieur Pété de Thunes. Mais tu peux choisir vu que je ne suis jamais allée nulle part. Ça n'a aucune importance : je veux juste être avec toi.

Il me presse la main.

– Tu es la première que je crois quand elle dit ça.

C'est facile d'oublier à quel point Graham est riche parce qu'il est très détendu avec moi. Il affirme qu'il préfère manger à même le carton assis par terre plutôt que d'aller dans un restau huppé. Je me demande souvent si c'est vrai ou s'il le fait exprès pour se faire passer pour plus terre à terre qu'il ne l'est. Je n'ai besoin ni de jet privé ni de vacances de rêves. Je préfère les choses simples.

Quand on sort de l'autoroute, je commence à sentir le stress monter. Le trajet en voiture est une oasis dont il va falloir sortir.

Après vingt minutes de conduite sur de petites routes venteuses, on se gare devant la maison de Genevieve. La demeure tentaculaire en bardeaux est partiellement dissimulée par des haies verdoyantes et luxuriantes.

Au-delà du portail en acier noir, je devine une maison gigantesque avec des moulures, des fenêtres voûtées et une véranda qui court tout autour.

Si elle pouvait parler, elle dirait : « *Je suis trop bien pour toi, connasse de Brooklyn.* »

Graham décide de laisser les cadeaux dans la voiture pour l'instant. Une femme en uniforme gris nous accueille avec des mimosas. J'en prends un avant de me rappeler que je suis peut-être enceinte. Merde. J'aurais vraiment eu besoin de boire aujourd'hui.

– Allez directement à la maison par les portes-fenêtres qui donnent sur le jardin, nous dit-elle.

Graham, qui devine ma nervosité, pose la main au creux de mes reins tandis que nous entrons ensemble.

Le hall d'entrée a littéralement vomi des hortensias violets. On passe dans la grande cuisine blanche dans laquelle Genevieve est en train d'arranger encore d'autres bouquets.

– Graham ! Tu es là ! s'exclame-t-elle en souriant.

Elle s'essuie les mains et contourne l'îlot en granit pour nous saluer. Elle est sur le point d'étreindre Graham mais elle se fige, sentant sa réserve. Sans compter qu'il n'a pas lâché ma taille.

Elle ne regarde que Graham.

– Chloe est dans le jardin avec ses amis. Les adultes se sont éparpillés un peu partout. Tu n'as pas oublié Bret Allandale. Il est ici avec sa femme, Laura. Il y a aussi Jim et Leslie Steinhouse.

Puisqu'elle a délibérément choisi de m'ignorer, je m'éclaircis la voix :

– Votre maison est magnifique.

– Merci. C'est Graham qui l'a choisie.

Perplexe, je me tourne vers lui en quête d'une explication mais il garde le silence. Il se contente de raffermir sa prise sur ma taille.

– C'était notre maison de vacances, poursuit Genevieve. Avant que les choses changent.

– La maison était à nos deux noms, finit par expliquer Graham, jusqu'à ce que je... vende mes parts à Liam avec plaisir.

Il regarde en direction de la porte qui donne sur le patio.

– Allons retrouver Chloe.

Et il me guide dehors sans un mot de plus pour Genevieve.

Une piscine occupe le milieu du grand jardin. À sa gauche, un court de tennis. À sa droite, une vaste pelouse où une dizaine de petites filles en robes à fleurs courent en tous sens. Un grand château gonflable est dressé près d'un distributeur mobile de barbe à papa. J'aperçois aussi un salon de beauté où les fillettes peuvent se faire coiffer comme des princesses. Genevieve n'a pas lésiné.

Graham cherche Chloe parmi les enfants.

– Donc, c'était ta maison ?

– Oui... Pendant très peu de temps. On l'avait achetée tous les deux juste après nos fiançailles. Quand j'ai découvert ce qu'il se passait, je n'en ai plus voulu. Genevieve y avait imprimé sa marque partout. C'était plus facile de vendre ma part à Liam et de m'en débarrasser.

– Mais c'est toi qui l'avais choisie. Ça a dû être difficile de la vendre.

– Oui. J'adorais sa proximité de l'eau. Et son architecture a beaucoup de charme.

– C'est vrai. Tu as bon goût.

Il se penche vers moi et frotte son nez contre mon oreille.

– Je trouve aussi.

Je dois admettre que maintenant que je sais que cette maison a été un nid d'amour pour Genevieve et lui, je me sens encore plus mal à l'aise.

Je jette un coup d'œil autour de moi : tout le monde est vêtu de manière très classique. Dans son polo blanc, Graham est parfaitement à sa place. Comme à mon habitude, je détonne avec ma robe bustier bleue et mes pointes assorties. J'ai envie de changer de teinte mais je ne l'ai pas fait de peur que Graham pense que je déraille.

Lorsque Chloe aperçoit Graham, elle fonce droit sur lui.

– Graham Cracker !

Il s'agenouille, bras écartés, et fait semblant de tomber à la renverse quand elle se jette sur lui.

– Bon anniversaire, ma chérie.

Quand elle se redresse, elle se tourne vers moi.

– Bonjour, Soraya.

– Bonjour, Chloe. Je peux avoir un câlin moi aussi ? dis-je en me penchant.

Elle s'exécute et me fait la bise. Elle a la bouche collante à cause de la barbe à papa.

Elle passe de nouveau ses petits bras autour du cou de Graham.

– Tu viens jouer avec nous ?

– Bien sûr ! Tu es la reine de la journée. Je ferai tout ce que tu veux. Rejoins tes amies, j'arrive, d'accord ?

Chloe hoche la tête avec enthousiasme et court retrouver les autres fillettes.

Il se relève.

– Ça ne t'ennuie pas si je te laisse avec les loups pendant un moment ?

– Pas du tout. On est venus pour Chloe. Je peux gérer les autres.

– Je me rattraperai d'une manière grandiose plus tard. Je te le promets, murmure-t-il au creux de mon oreille, ce qui me fait frissonner.

Graham rejoint Chloe en courant et je le regarde, amusée, obéir à ses ordres. Il se met à poursuivre les autres enfants en courant en cercles. Il se penche vers elles, menaçant. Il fait semblant d'être un monstre. Je glousse en le voyant se laisser tomber à terre et subir leurs assauts. On dirait qu'il est attaqué par une explosion de mousseline rose.

Je ne peux pas m'empêcher de penser que porter l'enfant de cet homme n'est pas si terrible. Plus je l'observe, plus j'ai envie de passer ma vie avec lui. Mais ce ne sera jamais simple : Genevieve fait partie de son existence pour toujours.

Une conversation qui se déroule dans mon dos détourne momentanément mon attention de Graham.

– C'est Graham Morgan là-bas.

– Oui. Tu es au courant ? C'est lui le père biologique de Chloe.

– C'est le secret le moins bien gardé au monde, si tu veux mon avis.

– Apparemment, tout le monde le savait, sauf lui.

– C'est dingue.

– Imagine. Une femme et deux beaux hommes comme ça.

– On dirait l'un de tes bouquins, Elise.

– Carrément.

– Je suppose que Morgan a touché le fond après que Genevieve l'a quitté pour Liam. Il a coupé les ponts avec beaucoup de monde. Il était très amoureux d'elle. On m'a dit qu'il avait le cœur tellement brisé après avoir découvert qu'elle le trompait qu'il est venu ici et qu'il a fracassé la moitié des vitres.

– Tu plaisantes.

– Non.

– Ouah ! Je vais prendre un amant juste pour voir si Stanley m'aime aussi passionnément.

– Gen a payé pour ses mauvais choix, la pauvre. Se retrouver veuve à son âge. On fait tous des erreurs de jeunesse. Elle ne méritait pas cette épreuve.

– Ça fait plaisir de le voir avec sa fille.

– Je me demande s'ils vont se remettre ensemble pour elle. Ils auraient des enfants magnifiques.

– Ce serait la fin heureuse d'une histoire tragique, n'est-ce pas ?

La seule fin heureuse qu'il connaîtra sera avec moi, garce.

Je suis tellement préoccupée par cette conversation que je ne remarque pas que Graham s'est approché subrepticement de moi par-derrière. Il m'embrasse sur la nuque. Les commères s'en sont évidemment rendu compte. Les yeux leur sortent presque de la tête. Leur petit fantasme est mis à mal par les démonstrations d'affection de Graham pour une femme qu'elles avaient certainement prise pour une employée de maison.

Je ne peux pas m'empêcher de me tourner vers elles en souriant.

– Surprise.

Graham a l'air perplexe mais il ne me pose aucune question.

– Tu tiens le coup ? demande-t-il en m'observant attentivement.

Je plaque mon plus beau sourire sur mes lèvres.

– Ça va.

– Chloe veut ouvrir ses cadeaux. Je vais les chercher.

– Je t'accompagne.

Il nous faut trois voyages pour tout transporter. Quand on regagne le jardin, Genevieve vient d'apporter un immense gâteau en forme de robe à volants. Toutes les petites filles se sont massées autour comme des mouches.

Genevieve a embauché un photographe professionnel. Quand Chloe souffle ses bougies, elle appelle Graham pour qu'il figure sur le cliché.

Le photographe fait poser plusieurs fois Genevieve, Graham et Chloe ensemble. Mon ventre se noue parce que je ne peux pas m'empêcher de songer à la conversation entre les deux femmes. Ce n'est pas que je ne veux pas qu'il se fasse prendre en photo avec sa fille, mais le voir si près de Genevieve me perturbe. Le photographe suppose certainement qu'ils sont mariés. En les voyant tous les trois, je ne peux pas m'empêcher de me demander ce qui se passerait si je n'étais pas dans le paysage. Cette scène ressemble à un aperçu de ce qui aurait pu se produire. Est-ce que Graham envisagerait de se remettre avec elle si je n'étais pas là ? Il m'a assurée du contraire, mais les choses seraient peut-être différentes si on ne s'était pas rencontrés. Je suis peut-être l'obstacle qui empêche cette enfant de vivre avec ses deux parents. Ma propre enfance me revient en mémoire.

Suis-je la Theresa de Chloe ?

Mes pensées se tournent vers Graham qui se dirige vers moi, deux assiettes en porcelaine à la main. Apparemment, cette fête d'anniversaire est trop chic pour les assiettes en carton.

– Il est au chocolat, dit-il en me faisant un clin d'œil. Ton préféré.

Je n'ai pas le cœur de lui dire que j'ai perdu l'appétit ; même le chocolat ne peut rien faire contre l'angoisse qui m'a saisie à l'idée que je suis une potentielle briseuse de ménage. Je me force à avaler le gâteau en regardant Chloe ouvrir ses cadeaux.

Une heure et des tas et des tas de papier cadeau plus tard, j'ai vraiment besoin d'aller aux toilettes.

Je bois déca sur verre d'eau puisque l'alcool n'est plus au programme. Graham est en train de monter un jouet pour Chloe et je m'éclipse sans qu'il s'en rende compte.

La fenêtre de la salle de bains de l'étage m'offre une vue imprenable sur Graham qui est en train de montrer à Chloe comment faire du bâton sauteur. Je me sens déchirée en voyant le visage radieux de la fillette, qui n'est que le reflet de celui de son père. Est-ce que je suis en train d'empêcher une enfant de vivre un conte de fées en habitant sous le même toit que ses deux parents ?

Puis je l'observe de nouveau. L'homme que j'aime et qui ne le sait même pas. Je le veux pour moi. Et ça me remplit de culpabilité. Je ne veux que lui comme père pour mes enfants, j'en suis sûre.

Je détourne les yeux de la fenêtre et je m'assieds sur les toilettes. Mon regard tombe sur ma culotte et je les vois tout de suite. Des taches rouges. J'ai mes règles. Mon cœur se serre.

Je m'attendais à être soulagée mais au lieu de ça, je ressens une profonde déception. Ça révèle une vérité dont je n'avais pas entièrement eu conscience jusqu'à présent : une partie de moi voulait un enfant avec lui, même si je ne suis pas tout à fait prête. Parce que je l'aime. Et ce sang symbolise la perte de quelque chose que je ne savais pas vouloir.

Heureusement, ma robe est sombre et j'ai une culotte de rechange et des tampons dans mon sac, justement au cas où. Je sors des toilettes un peu plus désespérée que je n'y suis entrée : il va falloir que j'annonce la nouvelle à Graham ce soir.

En remontant le couloir, je m'arrête devant la photo de mariage de Liam et Genevieve. Je regarde Liam dans les yeux en murmurant :

– Tu as laissé un sacré merdier derrière toi. J'espère que tu es mieux où tu es.

Si je pensais que ma journée était pourrie, je comprends rapidement que le pire est à venir en voyant qui m'attend en bas de l'escalier.

– Genevieve.

– Je peux vous dire un mot, Soraya ?

Elle me fait signe de la suivre et s'éloigne vers la porte-fenêtre sans attendre de réponse.

Comme je suis encore bouleversée par ce qui s'est passé dans la salle de bains, je n'ai aucune envie de lui parler. Mais je la suis comme un chiot. Elle ferme la porte derrière nous.

– Asseyez-vous.

Elle fait un geste en direction d'un canapé en cuir marron. Contrairement au reste de la maison, qui est lumineux et aéré, cette pièce est sombre et masculine. Des bibliothèques sur mesure couvrent les murs et un bureau massif en cerisier occupe un côté de la pièce. Genevieve le contourne et ouvre un placard. Elle en sort une carafe en cristal taillé et deux verres dans lesquels elle verse un liquide ambré.

– Non, merci.

– Prenez-le. Vous allez en avoir besoin.

Son sourire pincé contient plus de mépris que de gentillesse.

Oh et puis merde. Je n'ai plus aucune raison de m'abstenir.

Je prends le verre qu'elle me tend et j'en avale la moitié d'un coup. L'alcool trace un trajet brûlant de ma gorge à mon estomac.

– Je pense qu'il est temps que nous ayons une petite conversation en tête-à-tête.

– Et comme vous m'avez acculée dans cette pièce, j'en déduis que vous ne voulez pas que Graham entende ce que vous avez à me dire.

– Exact. Certaines choses ne concernent que les femmes.

– Allez-y, Genevieve.

Je m'adosse plus confortablement au dossier du canapé.

– Balancez la saloperie que vous avez sur le cœur, histoire qu'on passe à autre chose.

– Très bien. Je ne tournerai donc pas autour du pot, dit-elle en buvant une gorgée. Je veux que vous arrêtiez de coucher avec le père de ma fille.

– Pardon ?

– Qu'est-ce que vous n'avez pas compris ?

– Vous n'avez aucun droit de me donner des ordres.

– Vous vous trompez. Vos actes ont un impact direct sur ma fille. Elle mérite une famille.

– La relation que j'entretiens avec Graham n'a rien à voir avec Chloe.

– Bien sûr que si. Vous êtes égoïste.

– Moi ? Vous avez couché avec le meilleur ami de Graham et vous vous êtes bien gardée de lui dire qu'il était le père de Chloe pendant quatre ans parce que vous aviez trop peur que Liam vous quitte. Et c'est moi l'égoïste ?

– On n'est pas là pour parler de moi.

– C'est ça. Vous voulez vous débarrasser de moi pour essayer de lui remettre le grappin dessus. Tout ça n'a rien à voir avec le bien-être de votre fille.

Elle pousse un soupir théâtral.

– Vous ne pouvez pas comprendre, Soraya. Vous n'avez pas d'enfant.

Je le sens soudain. Un bouillonnement d'émotions qui se fraie un chemin vers la surface. Les toilettes et maintenant sa remarque perfide.

– Non. Je n'ai pas d'enfant, c'est vrai.

– C'est la chance pour Chloe d'avoir une famille. Graham et moi avons beaucoup de points communs. Nous partageons le même business, nous fréquentons le même cercle et nous avons un enfant ensemble.

– Il ne vous aime pas.

Genevieve éclate de rire.

– Vous n'êtes pas naïve à ce point ? Vous croyez vraiment que l'amour conquiert tout ?

– Non, mais...

– Nous sommes compatibles et je suis la mère de sa fille. Si vous disparaissiez, après quelques semaines je le sucerai sous son bureau et il oubliera jusqu'à votre existence.

Je vacille. Vu mon état de nerfs, l'imaginer en train de tailler une pipe à Graham me fait l'effet d'un coup de poing. Elle sourit comme un loup qui a repéré un agneau estropié. Puis elle me porte le coup de grâce.

– Nous avons baisé sur le canapé sur lequel vous êtes assise. C'était son bureau après tout. C'est la seule pièce à laquelle je n'ai pas touché. Elle me rappelle Graham.

Elle hausse les épaules et termine son verre.

– Si vous pensez vraiment que Graham pourrait se remettre avec vous après ce que vous lui avez fait, vous ne le connaissez pas du tout.

– Dites-moi, Soraya, quelle est la femme la plus importante dans la vie de Graham ?

– Sa grand-mère.

– Et il pleure toujours sa mère, qui est morte il y a plus de dix ans. Vous pouvez vraiment croire que la *famille* n'a pas d'importance pour cet homme ?

Elle se lève.

– Il se remettra de vous. Il ne se remettra jamais de ne pas se réveiller tous les matins dans la même maison que sa fille.

Chapitre 24

Graham

– Tu vas bien ?

Je me suis retrouvé obligé de parler boutique avec Bret Allandale pendant trois quarts d'heure. Je finis par rejoindre Soraya dans le jardin. Elle contemple le coucher du soleil sur l'eau. Je reste derrière elle et l'enlace.

– Oui.

Sans réfléchir, je caresse son ventre plat. Des gens se baladent non loin, aussi je baisse la voix.

– L'idée que mon enfant est peut-être en train de grandir en toi, dans ce corps magnifique, est absolument incroyable.

– Graham…

– Je sais. Tu penses que tu n'es pas prête. Mais je suis certain que tu feras une mère géniale. Tu serais furieuse si tu savais qu'une partie de moi espère que tu es vraiment enceinte ? Comme ça, tu serais obligée de me supporter à vie.

Je repousse ses cheveux et embrasse sa nuque.

– Je peux te demander quelque chose ?

– Tout ce que tu veux.

– Si j'étais enceinte, tu voudrais qu'on élève cet enfant ensemble ?

– Évidemment. Pourquoi cette question ?

– Pour rien. Je ne suis pas dans mon assiette et je suis fatiguée. La journée a été longue.

– Partons vite alors. Tu devrais te reposer.

Une fois le soleil couché, j'estime qu'il est temps pour nous de dire au revoir. J'ai surpris Chloe en train de bâiller à deux reprises et je pense qu'elle ne va pas tarder à s'endormir. Assise à une table pour enfant, elle fait de la pâte à modeler avec une autre fillette. Je tire une petite chaise pour Soraya avec un clin d'œil et on s'assied tous les deux.

– Qu'est-ce que tu fabriques ?

– Un bonhomme de neige.

– Rose ?

Elle cesse de pétrir la pâte et me regarde comme si ma question était ridicule.

– C'est une fille bonhomme de neige.

– Tu t'es bien amusée, Chloe ? demande Soraya.

– Oui. Mais la fête n'est pas finie. Elle dure tout le week-end.

Soraya glousse.

– Je n'en doute pas.

Chloe hoche la tête plusieurs fois à toute allure.

– Demain matin, au petit déjeuner, on aura des pancakes au chocolat et du lait à la fraise.

– Je suis désolé de rater ça. Ça a l'air délicieux, dis-je.

– Pourquoi tu vas rater le petit déjeuner ? Tu fais la grasse matinée ?

– Non. Mais on ne dort pas ici, ma chérie.

– Tu ne veux pas prendre le petit déjeuner avec moi ?

– Bien sûr que si.

– Qui va monter mes jouets demain matin ? Maman a dit que tu t'occuperais de ma voiture et de ma maison de poupée.

– Elle a dit ça, hein ?

– S'il te plaîîîîît.

Je jette un coup d'œil à Soraya. Je ne sais pas comment dire non à ma fille. Je n'ai pas beaucoup d'expérience avec les enfants et l'idée de la décevoir alors qu'on se connaît à peine me déplaît. Soraya pose la main sur la mienne et la presse.

– Qu'est-ce que tu penses de ça, Chloe ? Graham et moi viendrons prendre le petit déjeuner avec toi demain matin. Comme ça, on pourra finir d'assembler tes cadeaux.

– Vraiment ?

Soraya m'adresse un signe de tête rassurant avant de se tourner en souriant vers Chloe.

– Vraiment, ma puce.

On dit rapidement au revoir à tout le monde et Genevieve nous raccompagne à la porte.

– Chloe est très excitée à l'idée que tu reviennes demain matin. Dommage que tu ne restes pas dormir. Il y a plein de chambres.

Elle semble alors reporter son attention sur Soraya.

– Je sais qu'elle adorerait se réveiller sous le même toit que son père, même si elle ne sait pas encore qui tu es.

– À quelle heure est le petit déjeuner ?

– Avery nous rejoint vers 9 heures. Disons 9 heures 30 ?

– D'accord. À demain matin.

– J'ai hâte, Graham.

Genevieve pose la main sur mon bras et baisse la voix :

– Chloe a de la chance de t'avoir. Je sais que j'ai fait de terribles erreurs mais j'espère que tu pourras me pardonner pour elle. Je voudrais vraiment qu'elle connaisse son père... et qu'elle ait une vraie famille.

* * *

Soraya est inhabituellement silencieuse pendant le trajet jusqu'au Bed & Breakfast, et même une fois qu'on a pris la chambre, elle ne se déride pas. Une fois couchés, je l'attire à moi et j'essaie de l'amadouer pour qu'elle m'explique ce qui se passe dans sa tête magnifique.

– Parle-moi. Tu n'es pas toi-même ce soir.

Elle a posé la tête sur ma poitrine juste au niveau de mon cœur et je caresse ses cheveux soyeux.

La liste de ce qui peut la tracasser est sans fin ces derniers temps. On passe le week-end dans une maison qui a été la mienne, avec ma fille que je viens de rencontrer... tandis que mon ex ne perd pas une occasion de froisser ma petite amie peut-être enceinte. Pourquoi est-ce que je lui demande ce qui ne va pas ? Je ferais mieux de lui demander ce qui va. Sauf que la réponse va de soi. Ce qui va, c'est *elle*. Malgré le chaos qui m'entoure, je ne me souviens pas d'un autre moment dans ma vie où les choses m'ont paru si évidentes. *Nous* sommes évidents.

– Je suis fatiguée, c'est tout.

– Ça n'a donc rien à voir avec le fait que tu passes du temps avec ma salope d'ex, ni celui que j'ai découvert récemment que j'avais une fille de quatre ans, ni la possibilité que tu sois enceinte. J'ai oublié quelque chose ?

Elle pouffe puis soupire.

– Le petit déjeuner avec Avery. Ça va être l'apogée.

– Ah oui. C'est vrai. Rien de tel que deux garces au petit déjeuner.

Soraya redevient silencieuse après ça. Ça m'ennuie de m'endormir sans avoir allégé l'atmosphère, mais la journée a été longue et elle a besoin de repos. Au bout de dix minutes, sa respiration se fait plus lente et plus profonde et je sais qu'elle dort. Je contemple l'obscurité en la tenant étroitement enlacée et je songe soudain qu'on n'a pas besoin de rediscuter de cette journée. Parfois, les mots qu'on n'a pas dits sont ceux qu'il faut prononcer.

– *Je t'aime, Soraya,* dis-je à ma belle au bois dormant. *Je t'aime.*

* * *

– Il est quelle heure ?

Elle s'étire et le drap glisse, dévoilant ses tétons dressés sous son débardeur blanc côtelé. Depuis 5 heures du matin, je travaille, assis au bureau de l'autre côté de la pièce, mais je ne peux pas m'empêcher de regagner le lit, incapable de résister à l'envie de poser les lèvres sur sa peau.

Je baisse le drap et remonte son débardeur. Je dépose un sillage de baisers sur son ventre.

– Presque 8 heures 30. Tu étais vraiment crevée.

Je m'aventure plus haut et je lèche le creux sous l'un de ses seins.

– Mmmm...

Ce bruit m'excite.

– Le petit déjeuner est à quelle heure déjà ? demande-t-elle.

– Je vais prendre le mien tout de suite.

Je repousse complètement son débardeur et je suce son téton. Brutalement. Elle passe les doigts dans mes cheveux.

– Graham...

– Mmmm...

Je passe à l'autre sein que je lèche à son tour, tout en levant les yeux vers elle.

– Qu'est-ce que je peux faire pour toi, beauté ?

Tu veux que je te lèche ou tu veux jouer à cache-cache avec ma queue ?

Je mordille son téton et elle ferme les yeux. Quand elle gémit, je manque jouir comme un adolescent. *Ressaisis-toi, Graham.*

Je remonte le long de son corps et je pose ma bouche tout près de la sienne.

– Qu'est-ce que tu veux ? J'ai envie de te prendre, Soraya. À toi de décider si c'est ma langue ou ma queue.

Je l'embrasse de la bouche à l'oreille et inversement avant de conclure que si elle ne répond pas, je vais commencer sous la ceinture et la travailler au corps. Je lève la tête pour le lui dire et ce que je vois est comme un coup de pied dans le ventre. Des larmes roulent sur ses joues.

– Soraya ? Qu'est-ce que...

– J'ai mes règles.

– Oh, ma chérie.

Je ferme les yeux et pose le front sur le sien.

– Ce n'est pas grave. Je... je ne voulais pas être enceinte de toute façon.

Elle s'essuie les yeux.

– C'est juste que je me suis projetée. En te voyant avec ta fille, je me suis rendu compte que tu ferais un père merveilleux et j'aurais aimé faire partie de tout ça.

– Il n'y a rien que je veuille davantage. Peut-être pas aujourd'hui ni demain. Mais un jour, nous aurons ça.

– Comment peux-tu en être sûr ?

– Quand il est question de toi, je suis sûr de tout.

– Bon sang, Graham. Pourquoi c'est si douloureux ? J'ai l'impression d'avoir perdu quelque chose que je n'ai jamais possédé.

Je la prends dans mes bras et elle pleure pendant un bon moment. Une fois les vannes ouvertes, tout se déverse. La souffrance que je ressens à la voir dans cet état est presque insupportable. Je dois ravaler mes larmes plus d'une fois. Quand elle finit par se calmer je n'ai qu'une envie, lui avouer que je l'aime, mais j'ai peur qu'elle pense que je dis ça uniquement pour la consoler.

– Et si tu restais ici pendant que je vais prendre le petit déjeuner avec Chloe ? La dernière chose dont tu as besoin en ce moment, c'est de te farcir Genevieve.

– Mais je veux dire au revoir à Chloe.

– Et si on faisait ça, alors ? On n'est pas loin. Je prends un taxi pour aller prendre le petit déjeuner, tu te reposes et quand tu le sens, tu viens me chercher et dire au revoir à Chloe.

– Ça me plaît. Je ne pense pas pouvoir supporter Genevieve et Avery pendant longtemps.

– Alors faisons ça.

Je lui prends le menton pour la forcer à me regarder.

– On va se sortir de tout ça. Je te le promets. OK ?

Je ne le savais pas encore, mais certaines promesses ne peuvent pas être tenues.

Chapitre 25

Soraya

La chambre est trop silencieuse après le départ de Graham. Seule avec mes pensées, je prends mon téléphone et le repose au moins dix fois. De toute façon, qui pourrais-je bien appeler ? Je ne peux compter sur personne pour me donner un avis objectif. Ma situation raviverait trop de souvenirs pour ma mère et ma sœur. Il y a bien Delia. Mais elle sort avec Tig depuis l'âge de quatorze ans et elle croit aux contes de fées. Sa réalité n'inclut pas une petite fille, une ex fourbe ni une enfance entre un père absent et une mère tellement triste qu'elle n'est pas sortie de chez elle pendant des années.

Comme je n'ai personne vers qui me tourner, je fais un truc invraisemblable : j'allume mon ordinateur portable.

Chère Ida,

Je sors avec un homme depuis deux mois et je suis profondément amoureuse de lui. Il y a quelques semaines, il a découvert qu'il avait une fille avec son ex-petite amie. C'est un conte sordide qu'on peut résumer ainsi : elle l'a trompé, a menti sur l'identité du père et l'a privé de sa fille pendant des années.

Évidemment, son ex est belle, intelligente et partage sa passion pour les affaires. Ils sont beaucoup plus compatibles que nous ne le sommes. Et pour empirer les choses, elle m'a clairement dit qu'elle était prête à tout pour le récupérer.

Le problème, c'est qu'il tient à moi et que je ne veux pas le faire souffrir.

J'ai besoin d'un avis impartial. Dois-je me retirer avec grâce et lui donner ainsi la possibilité de raviver la flamme avec son ex afin qu'ils puissent former une vraie famille ? Je l'aime assez pour me sacrifier.

– Theresa, Brooklyn

Cette lettre a un effet cathartique inattendu. Je ne m'attends pas à ce qu'Ida me fasse don d'une perle de sagesse. La plupart du temps, ses conseils sont à chier. Mais écrire a le mérite de me permettre d'analyser mes sentiments. Et je décide que jusqu'à ce que j'aie pris une décision, il est hors de question que Genevieve me fasse chier.

Pendant le trajet vers la maison de la salope, je mets la musique à fond et je braille de toutes mes forces. Je comprends pourquoi les athlètes écoutent de la musique avant une course. Ils ont besoin de se gonfler à bloc pour empêcher leurs doutes et leurs peurs de prendre le dessus.

J'emprunte la longue allée, je me gare et je contemple la demeure majestueuse. Les Hamptons sont magnifiques mais mon cœur appartient à Brooklyn. Quand je descends de la voiture de Graham, la porte s'ouvre et une femme sort de la maison. Elle me jette un coup d'œil et un sourire cruel étire lentement ses traits parfaits.

– Samira. Comme c'est gentil de votre part de nous rejoindre.

Je plaque mon plus beau sourire de commande sur mon visage.

– Ainsley. Ravie de vous voir.

Avery a l'air amusé. Elle allume une cigarette, ce qui me sidère.

– Ça fait quoi, sept, huit semaines ? Je suis choquée. Graham sort les poubelles tous les mardis.

– Vous connaissez le dicton : les ordures de l'un sont le trésor de l'autre.

Elle aspire une longue bouffée de fumée et l'exhale en une dizaine de ronds parfaits. Je n'ai vu personne faire ça depuis que mon oncle Guido a cessé de fumer ses Lucky Strike sans filtre dans les années 1990.

– Fumer provoque des cancers.

Je me penche et baisse la voix.

– Et des rides.

Elle tire encore deux taffes avant de jeter la cigarette dans un énorme pot de fleurs.

– Il finira par se lasser de vous et par se ressaisir. Une bonne pipe, ou quels que soient les services que vous lui rendez et qui lui donnent envie de s'encanailler, finira par ne plus l'intéresser.

– Je demanderais bien son avis à votre mari, mais à en juger par le balai coincé dans votre cul, je pense que le pauvre n'y a pas eu droit depuis des années.

À l'intérieur, la maison est silencieuse à l'exception du cliquetis des talons d'Avery.

– Où sont-ils ?

Elle se sert une tasse de café. Sans m'en proposer, évidemment. Elle me regarde par-dessus le bord du mug avec un sourire narquois.

– L'heureuse famille, vous voulez dire ?

– Je veux dire Graham et Chloe.

– Maman, papa et leur magnifique progéniture sont à la plage où ils donnent à Chloe la première leçon de natation de l'année.

– Comme c'est mignon.

– Quand Graham et Genevieve ont acheté cette maison, ils baisaient comme des lapins dans la mer. Je me demande si ce n'est pas là qu'ils ont conçu leur fille.

Cette salope est vraiment hallucinante. Je réponds de nouveau *C'est mignon* tout en faisant semblant d'être indifférente à ses propos. Mais la vérité, c'est que je suis jalouse. Ils ont eu des relations sexuelles, évidemment. Mais je n'ai pas besoin de les visualiser.

Je me dirige vers la baie vitrée qui donne sur le jardin et la plage. Graham et Genevieve sont à une centaine de mètres. Ils sont en train de se déshabiller et Chloe saute entre eux, tout excitée. Voir l'homme que j'aime en train de batifoler sur la plage avec une autre est infiniment douloureux.

Quand ils sont tous les deux en maillot, je vois au ralenti Chloe se glisser entre eux et leur prendre la main. Ils se mettent à courir tous les trois vers la mer. *Un tableau contemporain de Norman Rockwell mettant en scène Barbie et Ken.* Je sens mon cœur se briser.

Avery s'approche de moi et regarde par-dessus mon épaule.

– Quelle heureuse famille ils pourraient former. Regardez le sourire de Graham.

Graham *sourit.* Il rit et éclabousse Chloe et Genevieve. Il a l'air vraiment heureux.

Avery boit une gorgée de café.

– Briseuse de ménage.

Je fais coulisser la fenêtre et je sors dans le jardin. Quand je me retourne pour la refermer, un sourire triomphal éclaire les traits d'Avery. Elle ne bouge pas d'un pouce quand je la lui claque au nez.

* * *

Pendant le trajet de retour, Graham conduit en me tenant la main.

– Comment te sens-tu ?

– Mieux.

– Merci d'être venue avec moi. Je sais que c'était difficile pour toi.

– Je suis contente que tu passes du temps avec ta fille. Elle est géniale.

Graham se met à rayonner.

– Oui, hein ?

– Est-ce que Genevieve et toi avez parlé de la façon de lui annoncer que tu es son père ?

– Genevieve pense qu'il est trop tôt. Elle dit qu'il vaut mieux qu'on passe du temps ensemble comme ça, quand je le lui annoncerai, ce sera naturel. Elle a suggéré que j'aille dîner chez elle cette semaine.

Quelle surprise.

– C'est probablement une bonne idée.

Notre conversation n'a jamais été aussi peu naturelle. Je suis certaine qu'il s'en rend compte aussi, mais aucun de nous ne sait quoi faire pour y remédier. Mais Graham essaie.

– Tu as aimé les Hamptons ?

– Tu veux la vérité ?

– Bien sûr.

– Les paysages sont magnifiques. L'océan, les maisons, les bateaux dans le port. Mais ce n'est pas un endroit où j'ai envie de passer mes étés. Les gens sont... Ils se ressemblent tous.

– C'est une bonne remarque. Je n'ai jamais été fan de l'endroit moi non plus. C'est très différent hors saison. Je préfère venir en octobre ou en novembre. Beaucoup de fermiers et de pêcheurs vivent encore là. La ville n'est pas la même sans les vacanciers.

– Si tu n'aimes pas vraiment, pourquoi y acheter une maison ?

– Genevieve y tenait. Et pour être honnête, avoir une maison dans les Hamptons faisait partie du statut et à l'époque j'y tenais.

– Plus maintenant ?

– Mes priorités ont changé, répond-il me serrant la main.

– Si tu achetais une résidence secondaire maintenant, tu l'achèterais où ?

– Brooklyn, répond-il sans hésiter.

Je glousse.

– Tu passerais tes étés à Brooklyn ?

– Je passerais mes étés en toi. Peu importe où.

Chapitre 26

Soraya

Vendredi soir, Graham va dîner avec Chloe chez Genevieve. Je ne vois pas comment rester assise chez moi à les imaginer en train de partager un repas tous les trois, assis à la même table. Donc, au lieu de rentrer dans mon appartement après le boulot, je passe au salon de tatouage de Tig et de Delia et on partage des sushis et du saké. À 21 heures 30, heure de la fermeture, je suis repue et suffisamment ivre pour rentrer.

Je me déshabille, mets mon téléphone à charger et me glisse dans mon lit. Juste au moment où je ferme les yeux, la sonnette retentit. Comme il ne m'a pas envoyé un seul texto de la soirée, je me doutais que Graham passerait. Je gagne l'entrée, j'appuie sur l'interphone qui commande la porte de l'immeuble puis je déverrouille la mienne et j'attends.

Quand on frappe, j'ouvre, un sourire aux lèvres qui s'efface immédiatement en voyant qui se tient de l'autre côté.

– Papa ? Qu'est-ce que tu fais là ?

Il enlève son chapeau et le tient contre sa poitrine.

– Je peux entrer ?

– Bien sûr.

Ce matin, j'ai demandé à Dieu de m'envoyer un signe pour m'aider à prendre la bonne décision. Je me demande si Frank Venedetta est un messager tordu.

Je me dirige vers la cuisine.

– Tu veux boire quelque chose ?

Je suis sur les nerfs et je fais claquer sans le vouloir la porte du placard dans lequel j'ai pris un verre.

Mon père s'assied face à la table.

– De l'eau.

L'odeur d'eau de Cologne qui a envahi la pièce me rappelle des souvenirs d'enfance.

– Je vais avoir besoin de quelque chose de plus fort, dis-je en ouvrant une bouteille de Merlot.

– Dans ce cas, je veux bien un verre moi aussi.

– C'est parti, dis-je en nous servant.

Il sourit.

– C'est sympa. Je n'aurais jamais pensé que je partagerais un verre de vin avec ma fille ce soir.

Je vais droit au but.

– Qu'est-ce qui t'amène, papa ?

Il prend une gorgée puis pousse un profond soupir. Son expression devient sérieuse.

– Ça fait longtemps que je veux te parler mais que je reporte parce que j'ai peur de te contrarier.

– Alors pourquoi ce soir ?

– J'ai senti que c'était le moment.

– Dis-moi ce que tu as à me dire.

– Le jour où tu m'as rendu visite, tu m'as posé une question directe à laquelle je n'ai pas su répondre. Tu voulais savoir si je serais resté avec ta mère si Theresa n'était pas tombée amoureuse de moi ou si on ne s'était jamais rencontrés. Je n'étais pas prêt pour cette question.

– Tu as trouvé la réponse ?

– J'y ai beaucoup réfléchi ces derniers jours. Et je crois bien que si Theresa n'était pas apparue dans le paysage, je serais certainement toujours marié avec ta mère. C'est difficile à admettre parce que je ne veux pas lui faire porter la responsabilité de mes actions et de mes choix.

– Mais tu m'as aussi dit ce jour-là que tu ne regrettes pas tes choix, ce qui veut dire que tu ne regrettes pas de nous avoir fait du mal. C'est très dur à accepter.

– Non. Ce n'est pas ce que je veux dire. Je t'aime et je regrette de t'avoir fait souffrir, mais je ne regrette pas d'être tombé amoureux de Theresa.

– Comment as-tu pu prétendre nous aimer ma sœur et moi et nous abandonner comme tu l'as fait ?

Il enfouit le visage entre ses mains.

– Ce n'est pas si simple. Il y a différentes sortes d'amour, Soraya.

– Celui pour tes enfants aurait dû passer en premier.

Il ferme les yeux comme si mes paroles l'avaient piqué au vif et il ne répond pas tout de suite.

– Parfois, la vie te fait un sale coup, quelque chose que tu n'as pas vu venir. On doit prendre nos décisions en fonction de ce qu'on veut : être honnête avec soi-même ou fidèle à ceux qu'on aime. Si je n'avais pas rencontré Theresa, j'aurais certainement été très heureux avec ta mère parce que je n'aurais jamais su quelle différence il pouvait y avoir. Mais parce que je l'ai rencontrée et me suis attachée à elle, je savais exactement ce que j'aurais perdu en la quittant. Il n'y avait pas de marche arrière possible.

– Et qu'est-ce que Theresa avait de plus que maman ? C'était purement sexuel ?

– Pas du tout ! C'est difficile à expliquer. C'est un degré d'alchimie, Soraya, un niveau d'attirance que je n'avais pas ressenti pour ta mère ni pour personne d'autre avant. J'aurais pu l'ignorer. Mais j'ai refusé. Je me suis montré égoïste, je ne le nie pas.

– Mais tu ne regrettes pas.

– Je ne peux pas répondre par un simple oui ou non. Je regrette que ta sœur et toi ayez souffert à cause de moi mais je ne regrette pas d'avoir écouté mon cœur. J'aurais eu des regrets dans tous les cas. J'ai choisi le chemin égoïste, celui qui t'a fait le plus de mal, et ça, je le regrette profondément.

– Je ne sais pas si je pourrais faire la même chose à ta place.

– Alors tu es une meilleure personne que moi, ma chérie.

– Tu viens de dire que tu serais toujours avec maman si tu n'avais pas fait un choix égoïste. Tes filles auraient évité des années de mauvaise estime d'elles-mêmes. Par exemple, je n'aurais pas les problèmes de confiance que j'ai avec les hommes. Ma mère n'aurait pas frôlé l'hospitalisation pour dépression. Tu n'aurais peut-être pas été pleinement heureux mais ta famille, elle, se serait mieux portée, ajouté-je, les yeux pleins de larmes. Nous avons donc subi les conséquences de tes actions.

– Et pour ça, je suis réellement désolé, Soraya. C'est ça que je suis venu te dire en réalité.

Je hoche la tête en silence en essayant de digérer tout ça.

– Je ne sais pas si je suis prête à accepter tes excuses, mais je suis contente que tu sois venu. Tu m'as beaucoup appris. J'ai besoin d'aide en ce moment.

– Est-ce que ça a un rapport avec cet homme riche avec qui tu sors ? Il m'a lancé un sale regard le jour où il est venu te chercher devant chez moi. Il a l'air d'être très attaché à toi. On a beaucoup de points communs apparemment. Parce que, que tu le saches ou non, je t'aime.

– Tu sais quoi ? Vous avez effectivement beaucoup de points communs, plus que tu ne le crois.

Il est toi et je suis Theresa.

Chloe est l'enfant que j'étais.

Mon père boit un deuxième verre de vin avant de partir. Je sors aussi un peu de biscuits apéritifs que j'ai achetés lors d'une balade à Little Italy avec Graham.

Rien n'est réglé entre mon père et moi mais on décide de rester en contact. Au moins une relation avec un homme dans ma vie va dans la bonne direction. Malheureusement, la visite de papa me laisse encore plus tourmentée concernant Graham.

* * *

Cette nuit-là, je vois des signes partout.

Graham m'appelle pour me dire que Chloe a une forte fièvre et une vilaine otite. Elle ne parvient pas à dormir et lui a demandé de rester avec elle pour lui lire des histoires. Je lui réponds de prendre soin de sa fille ; on se verra demain.

Pendant ce temps, je me connecte et je découvre qu'Ida a posté les réponses qui paraîtront dans le journal du lendemain. Elle a choisi mon mail. Je me sers encore un verre avant de la lire, puis je prends une profonde inspiration.

Chère Theresa,

Même si vous avez l'air très éprise de cet homme, vous connaissez déjà la réponse à votre

dilemme. Tout change quand un enfant est en jeu.

Vous dites que son ex est la raison de leur séparation mais elle a l'air de regretter ce qu'elle a fait et elle tente de se rattraper pour le bien-être de son enfant. Le fait que la rupture n'émane pas de lui – mais est un dommage collatéral de ses errances à elle – me donne à penser qu'il a toujours des sentiments pour elle. Vous dites qu'ils sont très compatibles, ce qui est encore plus perturbant. Je pense que la situation peut devenir rapidement très pénible pour vous.

Vous avez affirmé ne pas vouloir lui faire de mal. Peut-être que s'il se sentait trahi, il tournerait plus facilement la page. Vous pouvez par exemple lui faire croire qu'il y a quelqu'un d'autre dans votre vie.

Faites ce qui est juste et trouvez un homme sans bagage. Rendez celui-ci à sa famille. Quand il s'agit de s'engager avec un homme qui a des enfants, j'ai un credo : la raison avant le cœur.

J'ai l'estomac noué. Mais même si Ida ne fait que confirmer la conclusion à laquelle je suis déjà parvenue, j'ai beaucoup de mal à encaisser le ton définitif de la réponse. Je sais bien qu'il faut que je le quitte, mais comment largue-t-on la meilleure chose qui soit jamais arrivée dans sa vie ?

Et elle a raison sur toute la ligne : à moins qu'il pense que je le trompe, Graham ne me laissera jamais partir. C'est la seule chose qu'il ne tolérera jamais. L'idée de le trahir est extrêmement douloureuse mais je ne vois pas d'autre solution. Je ne peux absolument pas le regarder dans les yeux et lui dire que je ne l'aime pas. Il faut que je le pousse à rompre avec moi et je ne vois qu'une manière de procéder.

Est-ce que je suis folle d'envisager de faire semblant de le tromper pour qu'il me quitte ? Ou est-ce que j'agis honorablement et de manière altruiste pour le salut d'une enfant ? J'ai du mal à croire que je suis en train de réfléchir à ça.

Après m'être tournée et retournée toute la nuit, je prends une décision et mets en place un plan de bataille. Demain, je m'accorderai une dernière nuit avec lui, je profiterai de sa présence et je l'aimerai une dernière fois. Puis je commencerai à prendre mes distances jusqu'à ce qu'il comprenne clairement que je vois quelqu'un d'autre. Je me dis que si je n'ai pas le pouvoir de remonter le temps pour changer mon enfance, je peux changer celle de Chloe.

Je vais souffrir comme une damnée. Je ne peux pas le faire toute seule. Il n'y a qu'une personne qui n'essaiera pas de me convaincre de changer d'avis.

Je m'empare de mon téléphone et j'envoie un texto à Tig.

Soraya : J'ai besoin de ton aide.

Chapitre 27

Graham

La paternité, ce n'est pas pour les mauviettes. Même si Chloe ne sait pas que je suis son père, je la traite comme ma fille. Je m'arrange pour la voir tous les jours et j'en fais ma priorité absolue.

La nuit dernière a été particulièrement difficile parce que je ne m'étais jamais occupé d'un enfant malade avant. Genevieve a pensé que c'était une bonne idée que ce soit moi qui gère. Si ma fille finit par venir passer du temps chez moi, il faut que je sache quoi faire si elle n'est pas bien.

Chloe me demande juste de la prendre dans les bras et de lui lire des histoires. Elle a du pus dans l'oreille et elle est brûlante. Je me sens impuissant :

je ne peux rien faire pour l'aider vraiment, à part rester avec elle. Elle s'attache de plus en plus à moi. Ça prouve que malgré l'éloignement qui nous a été imposé les années précédentes, il existe bien un lien inné entre un père et son enfant.

Heureusement, Soraya se montre très compréhensive. Elle me manque terriblement. Je commence à souffrir de ne pas être avec elle. J'adore passer du temps avec ma fille mais j'ai besoin de voir ma petite amie ce soir. J'ai besoin de m'enfouir en elle. J'ai besoin d'empoigner ses cheveux sombres. J'ai besoin d'entendre le bruit qu'elle fait quand elle jouit. Merde... Je dois lui dire une bonne fois pour toutes que je suis amoureux d'elle.

La chance me sourit : Chloe va un peu mieux. Les antibiotiques commencent à faire effet. Je dîne avec elle puis je vais directement chez Soraya. Je voulais envoyer Louis la chercher, mais elle m'a répondu qu'elle préférait que je la rejoigne chez elle. J'ai plaisanté en disant que je serais heureux de venir partout où elle le désirait ce soir.

Quand elle ouvre la porte, j'enfouis le visage dans son cou et inhale son parfum à la vanille. Cette odeur me grise.

– Putain ce que tu m'as manqué. Comment fais-tu pour être encore plus belle que d'habitude ?

Je suis soulagé de voir que les pointes de ses cheveux sont toujours bleues. Elle porte une robe bleu nuit ultra-moulante assortie. Je meurs d'envie de la déshabiller et de lui lécher les seins, mais il n'y a pas que ça qui m'a manqué. J'aime son sourire, son rire, son attitude narquoise. Même si nous n'avons pas été séparés très longtemps, l'immersion dans la paternité m'a éloigné de la deuxième partie la plus importante de ma vie. J'adore ma fille, mais mon foyer est auprès de Soraya.

Je glisse la main au creux de ses reins.

– Tu as faim ?

– Non. Tu m'as dit que tu dînais avec Chloe, du coup j'ai grignoté.

J'ai l'impression que quelque chose la tracasse.

– Tu es préoccupée ?

Elle hésite un peu avant de répondre.

– Non.

– Que veux-tu faire ce soir ? On peut aller prendre un verre, aller au ciné, ce que tu veux.

– On peut juste rester là ?

– Tu sais bien que je ne me plains jamais de t'avoir toute à moi.

– Comment va Chloe ce soir ?

– Beaucoup mieux. Le médecin lui a donné de la pénicilline et elle n'a presque plus mal à l'oreille.

– Tant mieux.

Mes yeux se posent sur l'évier. Je remarque deux verres à vin sales. Mon sang ne fait qu'un tour.

Deux verres ? Qui est passé, bordel ?

– Tu as reçu quelqu'un ?

Elle rougit.

– Euh... mon père est passé.

Je suis soulagé mais ennuyé qu'elle ne m'ait rien dit.

– Vraiment...

– Oui. Il s'est pointé sans prévenir.

Mon cœur se serre parce que je sais que dans d'autres circonstances, elle m'en aurait parlé tout de suite. La rencontre n'a pas dû être facile pour elle. J'ai déjà la réponse mais je lui pose quand même la question.

– Pourquoi ne m'as-tu rien dit ?

– Tu étais avec Chloe. Je ne voulais pas te déranger. De toute façon, ça s'est bien passé. On a parlé. Ça a été plus facile que ce que je croyais après l'incident de la dernière fois.

– Qu'est-ce qu'il t'a dit ?

– Tu sais quoi ? Je ne veux pas perdre cette nuit à ressasser. Mon père et moi... je crois qu'on est réconciliés. Ça s'est bien passé.

– Tu es sûre que tu ne veux pas en parler ?

– Certaine.

– D'accord.

Je l'attire à moi et pose mon front contre le sien.

– Tu sais à quoi je pensais ? On devrait aller en Italie pour les vacances. Je veux embrasser le sol qui t'a donnée à moi. Je n'y ai jamais mis les pieds. On pourrait visiter la côte amalfitaine. Qu'en dis-tu ?

– Je suis sûre que l'Italie est un pays magnifique.

– Tu n'as pas répondu à ma question, répliqué-je en reculant un peu pour l'observer attentivement. Tu n'as pas l'air aussi enthousiasmée que je l'aurais cru. On n'est pas obligé d'y aller. On peut choisir une autre destination.

Elle pose les deux mains de part et d'autre de mon visage.

– Tu es un mec génial. J'aurais de la chance de me rendre n'importe où avec toi.

Mais elle ne sourit pas en disant ça.

C'est quoi ce bordel ?

– Tu vas bien ? Tu as l'air déprimée. Tu es certaine que ton père ne t'a pas perturbée ?

– Je vais très bien.

– Je ne te crois pas.

Elle ne répond pas et je commence à m'inquiéter sérieusement.

Je lui caresse la joue du dos de la main.

– Tu sais que tu peux tout me dire, n'est-ce pas ? Je sais que cette histoire avec Genevieve et Chloe est difficile pour toi. Il faut que tu me parles quand ça ne va pas. Ne garde pas tes doutes pour toi. On peut tout surmonter tant que tu ne me caches rien.

– Il n'y a rien à discuter. Je ne suis pas dans mon assiette, c'est tout. On va se coucher ?

Je la dévisage attentivement avant de répondre.

– Bien sûr.

Malgré ses explications, un nuage menaçant nous suit jusqu'à la chambre. Je défais ma cravate. Tandis que je déboutonne ma chemise, Soraya se contente de me regarder, assise sur le lit. Je suis ravi qu'elle soit fascinée par mon déshabillage, mais à dire vrai, c'est un peu étrange et inhabituel de sa part. Elle n'est définitivement pas dans son assiette.

Je balance ma chemise sur la chaise.

– Puisque tu ne veux pas parler, je vais être obligé de trouver un autre moyen de te remonter le moral.

Elle se lève pour me rejoindre et dessine lentement les contours de mon tatouage.

– Ce que tu as fait là a une importance énorme pour moi. Je ne sais pas si je te l'ai assez dit.

– C'est toi qui as une importance énorme pour moi. Tu m'as ramené à la vie, Soraya. C'était le moins que je pouvais faire pour exprimer ce que je ressens. Il veut dire que tu es tout le temps avec moi, même quand on est physiquement séparés à cause du boulot ou de Chloe. Et au final, savoir que tu es là pour moi et que tu veilles sur moi, c'est ça qui me fait tenir.

Elle continue à contempler mon tatouage.

– Tu veux bien me faire l'amour ?

– A-t-il vraiment été question de ne pas le faire ce soir ?

– Non, mais je voudrais qu'on prenne notre temps. Je veux le savourer.

– Je peux prendre mon temps.

Le sexe ne résout pas tout mais je suis bien décidé à m'en servir pour essayer de la tirer de cette étrange humeur. Je vais lui montrer avec mon corps à quel point je l'aime et que rien ne peut nous arrêter tant que nous sommes ensemble, au propre comme au figuré.

Elle m'embrasse passionnément, presque désespérément. On se laisse tomber sur le lit et elle m'attire fermement à elle en écartant les jambes.

– S'il te plaît, supplie-t-elle.

En la voyant nue et exposée de la sorte, je dois faire appel à toute ma volonté pour me rappeler qu'elle m'a demandé de prendre mon temps parce qu'à cet instant précis, j'ai juste envie de la baiser sauvagement.

Quand je la pénètre, elle pousse un petit cri délicieux. Je vais et je viens avec une lente et violente intensité et je comprends soudain toute la différence qu'il y a entre la baise débridée et l'amour passionné. Il faut être vraiment amoureux de quelqu'un pour arriver à ça. Et je suis amoureux de Soraya, d'une façon que je n'ai jamais éprouvée auparavant. Il est temps que je le lui dise.

– Je t'aime Soraya, murmuré-je au creux de son oreille. Je t'aime, je répète à chaque coup de rein.

Pour toute réponse, elle s'agrippe plus fort à moi, se cambre et me guide. Je voudrais qu'elle me réponde la même chose. Mais au lieu de ça, elle garde le silence jusqu'à ce que je sente de l'humidité sur mes épaules.

Elle pleure.

– Que se passe-t-il ma chérie ?

Je sens l'angoisse monter. Est-ce que je me suis fait des films en pensant qu'elle gérait bien la situation ? Est-ce que tout est en train de s'effondrer ?

Je ralentis.

– Ne t'arrête pas, Graham. S'il te plaît, ne t'arrête pas.

Déboussolé, j'accélère de nouveau, la baisant plus brutalement que je n'en avais l'intention. Elle crie de plaisir et je sens ses muscles internes se contracter sous l'effet de l'orgasme. Je jouis violemment à mon tour.

On reste l'un sur l'autre, nos poitrines se soulevant à la même cadence.

Elle plonge son regard dans le mien pendant une éternité. J'ai l'impression qu'elle cherche ses mots. Puis ce qu'elle dit me transperce le cœur.

– Ton prénom n'est pas tatoué sur mon cœur mais il sera toujours gravé sur mon âme. J'ai passé plus de vingt ans à penser que j'étais incapable d'être aimée. Merci de m'avoir prouvé que j'avais tort. Tu as changé ma vie.

Même si sa déclaration ne contient pas les trois mots que j'attendais, elle signifie beaucoup plus.

On fait l'amour encore trois fois cette nuit, et chaque fois est plus intense que la précédente. Lorsque Soraya finit par s'endormir dans mes bras, un mauvais pressentiment me maintient éveillé.

* * *

Au cours de la semaine suivante, il devient clair que j'ai des raisons de m'inquiéter. Tous les soirs, Soraya a une bonne excuse pour ne pas me voir.

Sa sœur a besoin d'aide pour déménager.

Sa mère veut aller faire du shopping.

Elle passe la soirée avec Tig et Delia.

Plus je songe à notre dernière rencontre, certes sensuelle et passionné, mais aussi étrange par bien des aspects, plus je sens l'angoisse monter.

Quand elle a dit que j'avais changé sa vie, j'ai été touché, mais je ne peux pas m'empêcher de ressasser le fait que pas une fois elle n'a prononcé le mot « amour ». Plus le temps passe, plus cette omission prend de l'importance.

Peut-être qu'elle ne m'aime pas.

Quoi qu'il en soit, quelque chose ne tourne pas rond et je dois tirer ça au clair. J'essaie de lui donner l'espace dont elle a besoin. Je me concentre sur Chloe pour éviter de penser que Soraya est en train de s'éloigner.

À la fin de la semaine, cependant, je n'ai pas d'autre choix que de l'attendre en bas de chez elle jusqu'à ce qu'elle rentre. Elle a prétendu passer la soirée avec Tig et Delia. Mais ce n'est pas avec eux que je la vois se pointer à 21 heures, main dans la main.

Chapitre 28

Soraya

Tout se déroule en un éclair.

Marco et moi venons juste de quitter le salon de tatouage. Comme je n'ai pas vu Graham depuis plusieurs jours, j'ai l'intuition qu'il risque de surgir sans prévenir un soir de la semaine. Je ne sais juste pas lequel. Notre plan est le même qu'hier soir. On regarde un film chez moi et on attend que Graham nous surprenne. Si c'est le cas, j'ai prévu de faire en sorte qu'il voie Marco et de lui dire que je suis vraiment désolée mais que j'ai rencontré quelqu'un.

Ce ne sera pas trop dur à croire. Assise à côté de Marco, même moi je trouve qu'on ressemble davantage à un couple que Graham et moi. Avec sa peau mate, ses cheveux bruns hérissés, sa botte italienne autour du cou et ses biceps saillants, il ressemble plus à Pauly D. de *Bienvenue à Jersey shore*[6] qu'à un chef d'entreprise. En fait, avant Graham, c'était tout à fait mon genre. Enfin, pas Marco spécifiquement. Je le connais depuis trop longtemps pour ça.

Marco est le cousin de Tig : on est tous amis d'enfance. Même si je ne l'ai pas vu depuis quelques années, je savais qu'il accepterait de me rendre service en jouant les faux copains. Lorsque Tig lui a demandé de passer au salon lundi, il a dit oui sans même me demander d'explication.

– Tu vas bien, poupée ? me demande Marco en me pressant le genou.

– Nerveuse.

– Tu veux qu'on répète ce que je dois dire s'il arrive ?

– Non, on est bon.

Ça, c'est ce que je croyais.

Je n'avais pas prévu que Graham m'attendrait en bas de l'immeuble. Adossé à sa voiture, il est occupé avec son téléphone. Heureusement, je l'aperçois avant qu'il ne me voie. Paniquée, j'attrape la main de Marco. Lorsque Graham lève les yeux vers moi, je devine le moment exact où son cœur se brise. Malgré la distance, je vois son regard se mettre à briller quand il me voit. Mais cette lueur s'éteint dès qu'il remarque le grand hipster brun et tatoué qui me tient par la main.

---

6. *Bienvenue à Jersey Shore* est une émission de téléréalité diffusée entre 2009 et 2012 sur la chaîne MTV. Pauly D. fut l'un des candidats.

Quand je devine la souffrance dans son regard, mon cœur explose en mille morceaux. J'ai répété ce que je veux lui dire des milliers de fois mais quand il se précipite vers moi, furieux, je reste muette.

– Soraya ? *C'est quoi ce bordel ?*

Je contemple le trottoir, incapable de croiser son regard. Marco comprend ce qu'il se passe et prend les choses en main en improvisant.

– Tu dois être Graham. Soraya m'a dit qu'il y avait une possibilité que tu te ramènes avant qu'elle puisse t'expliquer.

– M'expliquer quoi ? Soraya ? Qu'est-ce qu'il se passe, putain ?

La voix de Graham est au bord du cri.

– Mec. Calme-toi. Elle allait te le dire. On en a parlé hier soir pendant le dîner.

– Pendant le dîner ? Hier soir ? Soraya ! Réponds-moi. Qu'est-ce qu'il se passe ?

Comme je ne réponds toujours pas, Graham tend la main vers moi. Marco joue le rôle du petit ami protecteur avec naturel en s'interposant entre Graham et moi.

– Mec. Je te préviens une seule fois. Ne pose pas les mains sur ma copine. Je ne veux pas avoir à botter ton joli cul en public.

– Ta copine ?

Après ça, tout se passe super vite. Graham fait un pas en arrière et semble se détourner avant de pivoter de nouveau vers nous et de balancer tout son poids dans un uppercut dirigé vers la mâchoire de Marco. Un craquement sonore provoque une remontée de bile dans ma gorge et je crains pendant un instant de me mettre à vomir dans la rue. Je ne sais pas si c'est la mâchoire de Marco qui est brisée ou la main de Graham. Le sang bat violemment à mes tempes : pour ce que j'en sais, c'est le bruit de mon cœur qui vole en éclats. Marco recule, la main sur la joue pour atténuer la douleur. Mais j'ai grandi en assistant aux bagarres de Marco et de Tig et s'il y a une chose que je sais, c'est qu'une mâchoire brisée n'arrête personne. Avant que je puisse m'interposer, Marco se jette sur Graham. Les deux hommes entrent en collision et Marco repousse violemment Graham contre une voiture en stationnement.

– Stop ! finis-je par articuler. S'il te plaît, arrête ! Marco, non !

Graham parvient je ne sais comment à repousser Marco et il surgit devant moi, le souffle court et la main ensanglantée. Je tends la main vers lui sans réfléchir.

– Graham.

Il se dégage comme si je l'avais brûlé.

– Dis-le, Soraya.

Je baisse les yeux.

– Dis-le ! Dis que tu m'as trompé et que je suis un sombre idiot ! Parce que même si je le vois de mes propres yeux, je ne veux toujours pas le croire.

Des larmes se mettent à rouler sur mes joues. Je ne peux pas le regarder.

Quand il reprend la parole, sa voix est basse et peinée. Il a l'air brisé.

– Regarde-moi, Soraya. Regarde-moi.

Je finis par trouver le courage de lever la tête. Je le regarde droit dans les yeux et, en pleurant, je lui dis la pure vérité.

– Je suis vraiment désolée, Graham.

Il ferme brièvement les yeux puis tourne les talons, monte dans sa voiture et s'éloigne sans un mot. Je regarde sa berline disparaître en sanglotant.

Qu'est-ce que je viens de faire ?

* * *

– Arrête de faire la mauviette.

Tig a posé les deux mains sur le visage de son cousin. Del et lui sont arrivés un quart d'heure après que Marco et moi sommes rentrés chez moi. Je ne me suis même pas rendu compte que Marco leur a téléphoné.

– Je pense vraiment qu'il faudrait aller aux urgences.

C'est la deuxième fois que j'émets cette opinion : Marco a la mâchoire déboîtée.

– C'est bon. Je l'ai déjà fait. Trois fois pour être exact quand il pratiquait cette connerie de kick boxing.

Il lui tend la bouteille de Jack Daniel's qu'il a apportée.

– Encore une gorgée, et prends-en une bonne.

Le pauvre Marco obéit puis reste immobile devant son cousin, les yeux fermés.

– Je suis prêt.

– À trois. Un...

– Putaiiiiiiiin ! hurle Marco en crachant du sang.

Je me précipite en courant vers les toilettes. Cette fois-ci, je vomis pour de bon.

Quand je reviens, Tig se fout de moi.

– J'avais oublié à quel point t'étais une chochotte.

– Tu as dit à trois et tu as frappé à un. Tu ne m'as pas laissé la possibilité de quitter la pièce.

– Évidemment que j'ai frappé à un. Qui attend trois alors qu'en face, l'autre est tout tendu ?

– Comment veux-tu que je le sache ?

– Tu veux bien apporter un sachet de petits pois surgelés à ton chéri ?

Je fouille dans le congélateur, mais je n'ai aucun légume.

– Je n'ai pas de petits pois.

– Qu'est-ce que tu as alors ?

Je sors une boîte de Choco Tacos – des glaces en forme de tacos. Tig en sort une et la tend à son cousin.

– C'est parfait. Un taco pour une lopette qui s'est fait démonter par un Costard.

Marco pose la glace sur sa joue et grimace.

– Il cogne bien pour un beau gosse.

– J'en déduis que ça ne s'est pas exactement déroulé comme prévu ?

Del m'a consolée jusqu'à ce que je finisse par sécher mes larmes. Tig avait déjà commencé à jouer au docteur avec son cousin.

– Pas du tout. On n'a même pas eu le temps d'arriver chez moi. Il nous a vus dans la rue, du coup j'ai paniqué et attrapé la main de Marco.

– Ça a dû lui donner une bonne idée de la situation.

Je pousse un long soupir.

– C'était affreux. Il était tellement blessé, Del.

– C'était prévisible. Tu penses qu'il a mordu à l'hameçon ?

Je hoche la tête. Des larmes silencieuses coulent sur mes joues.

– Oui. Honnêtement, je ne crois pas que j'aurais pu m'y prendre autrement. Même après m'avoir vue tenir un autre homme par la main et avoir entendu Marco m'appeler sa copine, il m'a demandé confirmation. Il croyait tellement en nous qu'il ne voulait pas l'accepter, même s'il nous a vus, de ses yeux vus. C'est comme ça depuis le jour de notre rencontre. Je ne pensais pas qu'un homme pouvait se montrer aussi constant dans son amour. C'était la plus belle partie de sa personnalité.

Je me remets à sangloter et Delia m'attire à elle.

– Il donnera tout cet amour à cette enfant. C'est ce que tu voulais. Cette partie de lui ne disparaîtra pas. Elle ne te sera plus consacrée, c'est tout.

Chapitre 29

Graham

– Rebecca !

C'est si difficile de trouver des gens compétents de nos jours ? Je presse de nouveau le bouton de l'intercom en hurlant : « Rebecca ! » Elle m'a forcément entendu crier son nom pendant les dix dernières minutes. Je suis sûr que tout l'étage m'a entendu, même si la porte de mon bureau est fermée. Comme elle ne répond toujours pas, je pars à sa recherche. Son bureau est vide et on dirait qu'elle ne travaille pas aujourd'hui. Je l'ai pourtant vue quand je suis arrivé trois heures plus tôt. Je me dirige en râlant vers l'accueil, un tas de papiers sous le bras.

– Où est Rebecca ?

– Qui ça ?

– Ma secrétaire. Encore une fois, elle n'est pas à son bureau.

– Oh. Vous voulez parler d'Eliza.

– Je me fiche de son prénom. Où est-elle ?

– Elle a démissionné ce matin, Monsieur Morgan.

– Elle a quoi ?

– Démissionné.

– Bon sang. Impossible de trouver des employés fiables de nos jours.

Je balance les papiers sur le comptoir.

– J'ai besoin de cinq copies de chaque.

Quelques minutes plus tard, on frappe à ma porte.

– Quoi ?

La réceptionniste brandit les photocopies et une pile de journaux.

– Où est-ce que je dépose les photocopies ?

Je tends l'index sans lever les yeux.

– Sur la crédence.

– Vous n'avez pas récupéré vos journaux cette semaine, alors je vous les ai apportés.

– Je n'en veux pas.

Quelques minutes s'écoulent et je finis par me rendre compte que la réceptionniste n'a pas quitté mon bureau. Je soupire et pose mon regard sur elle. Non pas que j'en aie envie. Mais vu qu'elle est plantée de l'autre côté de ma table de travail, elle ne me laisse guère le choix.

– Quoi encore ?

– Ava. Je m'appelle Ava.

– Je le sais pertinemment.

– Puis-je dire quelque chose, Monsieur Morgan ?

Je balance mon stylo sur mon bureau.

– Vous m'avez déjà interrompu, alors crachez ce que vous avez sur le cœur et finissons-en.

Elle opine.

– Je travaille ici depuis deux ans.

Ah bon ?

– Et…

– Savez-vous combien de secrétaires vous avez eu en deux ans ?

– Aucune idée. Mais puisque vous me faites perdre mon temps, je présume que vous allez m'éclairer.

– Quarante-deux.

– Je ne comprends pas qu'on n'arrive pas à trouver des gens compétents dans une ville aussi grande.

– Savez-vous pourquoi elles partent ?

– Je ne suis pas certain que ça m'intéresse.

– Elles démissionnent parce que vous êtes un vrai tyran.

Je hausse les sourcils.

– Vraiment, Ava ?

– Oui, Monsieur.

– Pourquoi êtes-vous encore là, alors ? Vous venez de dire que vous êtes arrivée il y a deux ans.

Elle hausse les épaules.

– Mon père vous ressemblait. Et puis on ne se parle pas beaucoup puisque je suis à l'accueil toute la journée. La plupart du temps, vous passez à côté de moi sans même me saluer. Ce qui me va très bien.

– Et vous me dites tout ça parce que... ? Vous êtes en train d'essayer de mettre fin à deux ans de souffrance ? Parce que je peux vous dire que d'ici dix secondes, vous aurez réussi.

– Non, Monsieur. J'essaie de vous expliquer que... Eh bien... Il y a quelques mois de ça, vous avez commencé à changer. Eliza, votre secrétaire, a tenu six semaines et je pense qu'elle aimait vraiment travailler pour vous.

Je la regarde sans répondre. J'attends la suite.

– Tout a changé il y a quelques jours. Quand Monsieur Morgan-le-colérique a refait son apparition. Je ne sais pas ce qui s'est passé, mais je suis désolée. Et j'espère que Monsieur Morgan-le-sympa va revenir très vite.

Monsieur Morgan-le-sympa ? C'est un connard qui s'est fait rouler dans la farine.

– Vous avez fini, Ava ?

– Oui. Je suis désolée si je vous ai contrarié. Je voulais juste dire que vous aviez l'air heureux. Plus maintenant.

Je reprends mon stylo pour continuer à me noyer dans le travail. Ava saisit l'allusion cette fois-ci. Juste au moment où elle s'apprête à quitter la pièce, je lui demande :

– Qu'est-il arrivé à votre père ?

– Pardon ?

– Vous avez dit qu'il me ressemblait.

– Oh. Il a rencontré ma belle-mère. Et il a changé.

– Laissez les journaux sur la crédence et ne prenez pas la porte sur les fesses en sortant.

* * *

Je me verse un verre et je contemple le paysage qui s'étend derrière la fenêtre. Il fait déjà nuit. Ces trois derniers jours, j'ai quitté la maison avant que le jour se lève et je suis rentré au milieu de la nuit. Je suis épuisé et pas à cause du manque de sommeil. La colère qui ne me quitte pas pompe toute mon énergie. Le sang bout dans mes veines. Je suis désespéré, abandonné, trahi et furieux. La souffrance emprisonne le muscle froid qui a remplacé mon cœur brûlant – ce muscle qui n'a commencé véritablement à se dégeler que lorsque j'ai rencontré Soraya.

J'ai déjà été trahi. Genevieve et Liam étaient respectivement ma fiancée et mon meilleur ami. Quand les choses ont mal tourné avec eux, j'ai perdu les deux personnes les plus importantes de ma vie. Et pourtant, la perte que j'ai ressentie à l'époque n'est rien à côté de celle-ci. Non, il n'y a pas de comparaison possible. Je suis dévasté – exactement comme quand on perd quelqu'un de cher. Je ne parviens pas à dépasser ce que Soraya m'a fait... nous a fait. Je ne l'aurais jamais pensée capable d'infidélité. La femme dont je suis tombée amoureux est franche et sincère. Je me demande si je l'ai si bien connue au fond.

Mon portable vibre dans ma poche et comme toujours depuis trois jours, j'espère que le nom de Soraya va s'afficher sur l'écran. Mais ce n'est évidemment pas le cas : elle m'a quitté. Je termine mon verre d'une seule lampée et je décroche.

– Genevieve.

– Graham. Que se passe-t-il ? Où étais-tu ?

– J'ai eu beaucoup de travail.

– Chloe commence à poser des questions. Tu as annulé deux visites d'affilée. Elle est fragile en ce moment et elle a besoin de repères. Elle a besoin de *toi*, Graham. Elle s'est attachée à toi.

Je ferme les yeux. Je ne veux pas décevoir ma fille. J'ai préféré ne pas y aller parce que je ne voulais pas qu'elle me voie comme ça – malheureux et en colère. Mais je suis père à présent. Je dois me ressaisir pour elle.

– Je suis désolé. Ça ne se reproduira pas.

– Qu'est-ce qui t'arrive ?

– Ça ne te regarde pas.

– Ça a un rapport avec ta petite amie ?

J'ignore la question.

– Et si je venais prendre le petit déjeuner demain matin ? Je pourrai emmener Chloe à l'école ensuite.

– Bonne idée, répond-elle avant de faire une pause. Il n'y a pas qu'à Chloe que tu manques, Graham. J'aime t'avoir à la maison.

– À demain matin, 7 heures, Genevieve.

Je raccroche et pose mon verre vide sur la crédence. La pile de journaux qu'Ava a déposée est toujours là. *The City Post,* le journal dans lequel la chronique *Demandez à Ida* est publiée chaque jour. Je prends le premier. J'ai délibérément évité de m'approcher de ce journal parce que j'ai peur de lire le courrier du cœur pour y chercher des traces de Soraya. Je n'ai pas besoin de lire ses conseils sur l'amour et l'infidélité à un pauvre type. *Hors de question.* Je repose brutalement le quotidien et décide de rentrer chez moi.

* * *

– Maman dit que tu aimes les pancakes à la banane.

Chloe et moi sommes assis à la table de la salle à manger où nous terminons notre petit déjeuner et notre lait à la fraise. Genevieve est montée s'habiller pour aller travailler.

– C'est vrai. Et aux pépites de chocolat. Quand j'avais ton âge, ma grand-mère me préparait tout le temps des pancakes au chocolat et à la banane. Tu veux savoir un secret ? murmuré-je en me penchant vers ma fille.

Elle hoche la tête plusieurs fois à toute vitesse.

– Parfois, elle m'en fait encore. Et ils sont encore meilleurs que ceux de ta mère.

Chloe éclate de rire. Ce son est le meilleur remède du monde : je ne peux pas m'empêcher de sourire quand je l'entends. Je me suis tenu éloigné de ma fille pour la protéger de mes sentiments, inquiet à l'idée que ma mauvaise humeur puisse la contaminer. Mais la réalité est tout autre : c'est la joie de Chloe qui est contagieuse. Cette précieuse enfant a perdu un homme qu'elle aimait comme son père quelques mois plus tôt et pourtant, elle sourit. Si elle peut le faire, alors moi aussi. Ma fille m'inspire.

Je pose la main sur sa joue.

– Tu m'as manqué, ma chérie.

– Tu n'es pas venu pendant quelques jours.

– Je sais. Je suis désolé. J'ai été occupé. Mais ça n'arrivera plus.

– On pourrait prendre le petit déjeuner avec ta grand-mère une fois ?

Elle m'inspire et elle déborde de bonnes idées.

– Elle adorerait. Je lui ai parlé de toi et il lui tarde de te rencontrer.

– Est-ce que Soraya pourra venir aussi ?

Mon cœur se serre en entendant son prénom. Je nous visualise très bien tous les quatre. Les trois femmes les plus importantes dans ma vie et moi. Ma fille, Moune et la femme que j'aime. C'est dur à dire mais je ne veux pas lui mentir.

– Je suis désolé, Chloe, elle ne pourra pas venir. Mais peut-être qu'on pourrait aller la voir tous les deux ce week-end ?

C'est à cet instant que Genevieve revient dans la salle à manger.

– Tu es en colère après Soraya ?

Mon regard croise brièvement celui de Genevieve.

– Parfois, ça ne marche pas entre adultes et ils arrêtent de se voir.

– Pourquoi ça n'a pas marché avec Soraya ? Je l'aimais beaucoup.

Je prends une profonde inspiration.

– Moi aussi.

Je jette un coup d'œil à ma montre et change de sujet.

– Tu vas être en retard si on n'y va pas tout de suite. J'ai pensé que je pouvais te déposer à l'école aujourd'hui si tu veux bien.

Chloe va chercher ses affaires en courant tandis que Genevieve et moi débarrassons la table.

– Tu veux venir dîner ce soir ? Je fais un autre de tes plats préférés, le poulet à la parmesane.

Je pensais que Genevieve essaierait de poursuivre la conversation qu'elle a surprise à propos de Soraya. Je suis soulagé qu'il n'en soit rien. Peut-être qu'on va réussir à s'entendre en tant que parents, finalement.

– Avec plaisir. Merci.

* * *

Genevieve est sur son 31 quand j'arrive, dans une robe bleue très ajustée qui met en valeur sa silhouette. Elle a toujours été très belle, mais la maternité a ajouté un peu de rondeur à ses formes, les rendant plus voluptueuses. Je lui tends une bouteille de son Merlot préféré que j'ai achetée en chemin. Elle m'a invité à de nombreuses reprises ces derniers temps et je trouve courtois de ne pas arriver les mains vides.

– Tu sors, ce soir ?

– Non. Pourquoi cette question ?

– Tu es... jolie.

– Merci, répond-elle en souriant.

– De rien.

– Il faut que j'aille m'occuper des pâtes. Viens avec moi, comme ça tu ouvriras le vin.

Genevieve sort deux verres en cristal du placard et je débouche la bouteille tandis qu'elle se dirige vers le four.

– Chloe est dans sa chambre ?

– Elle n'est pas encore rentrée. Sa meilleure amie, Emily, l'a invitée à jouer. Sa mère m'a appelée il y a peu pour me demander si elle pouvait rester dîner. J'espère que ça ne t'ennuie pas. J'ai du mal à lui refuser quoi que ce soit en ce moment, j'avoue. Après le départ de Liam l'année dernière, elle est devenue très collante. Puis après sa mort, elle ne voulait plus jouer avec aucune de ses amies. Je trouve ça encourageant qu'elle veuille manger chez Emily, du coup j'ai accepté. Elle sera rentrée avant qu'on ait fini de dîner.

Je suis bouleversé à l'idée que Chloe ne veuille plus jouer avec ses amies. Quand ma propre mère était malade, j'ai vécu la même chose. En y repensant, je me rends compte que j'avais peur de la laisser seule. Si j'allais quelque part, il pouvait se produire quelque chose. Genevieve fait des choix intelligents pour sa fille.

– Tu es une bonne mère.

Le compliment la prend par surprise.

– Merci, Graham. Venant de toi, ça me touche beaucoup.

Pendant le dîner, on ne parle quasiment que d'affaires. J'avais oublié à quel point la conversation est aisée avec elle. Ça fait des années qu'on n'a pas vraiment discuté ensemble. Une fois le dîner achevé, je nous sers un deuxième verre de vin.

– C'est agréable, dit Genevieve.

J'acquiesce.

– Je peux te poser une question personnelle ?

– Si je refuse, est-ce que ça t'arrêtera ?

– Probablement pas, répond-elle en souriant. Que s'est-il passé entre Soraya et toi ?

– Je préfère ne pas en parler.

– Je comprends.

Des milliers de questions sans réponse hantent mon esprit. Le moment est peut-être venu de les poser.

– Je peux te poser une question personnelle ?

– Tout ce que tu veux, fait-elle, surprise.

– Tu en es sûre ?

– Je vais chercher un alcool plus fort, alors.

Je termine mon deuxième verre de vin tandis que Genevieve disparaît dans la cuisine. Elle revient avec deux verres de cognac.

– Si on s'installait au salon ?

Genevieve ôte ses escarpins et s'assied à côté de moi sur le canapé. On sirote nos verres en silence pendant un moment. Quand je finis par prendre la parole, je garde les yeux rivés sur le sol.

– Pourquoi as-tu couché avec Liam ?

C'est une question que je me suis posée pendant une année. Les récents développements l'ont fait surgir à nouveau.

Elle pousse un soupir à peine audible.

– Je me le suis demandé un million de fois. La réponse n'est pas simple. Je me suis montrée égoïste. J'aimais l'attention que me donnait Liam. Tu étais très occupé à faire prospérer notre business et je pense que je me suis sentie un peu négligée. Je ne dis pas que c'est ta faute. Ça ne l'est pas. Je voulais juste être le centre de ton monde – la raison pour laquelle tu te serais levé le matin. Ne te méprends pas, nous étions compatibles sur bien des plans. On avait le boulot et le cul était spectaculaire. Mais je n'ai jamais eu l'impression que j'étais l'amour de ta vie. Alors qu'avec Liam, si. Le problème, c'est qu'après notre rupture, j'ai compris que Liam n'était pas la raison pour laquelle je me levais le matin. C'était toi.

Je lève les yeux sur elle pour la première fois. Quatre ans plus tôt, je n'aurais pas compris ce qu'elle veut dire. Je pensais vraiment qu'elle était l'amour de ma vie. Jusqu'à ce que je rencontre Soraya. Depuis qu'elle n'est plus avec moi, je dois me forcer à me lever tous les matins.

Je hoche la tête.

– Merci d'avoir été honnête avec moi.

– C'est le moins que je puisse faire.

Je finis mon verre et me lève.

– Je pense que j'ai besoin d'un autre cognac. Tu en veux un ?

– Non, merci.

Le verre d'alcool suivant me détend encore davantage. La conversation dévie vers des sujets plus légers et je m'installe confortablement dans le canapé pour attendre ma fille.

– Graham ?

Son ton a changé et elle hésite jusqu'à ce que je la regarde droit dans les yeux.

– Je suis désolée. Je sais que je l'ai déjà dit, mais je veux que tu saches que je le pense du fond du cœur. Je m'en veux de t'avoir fait souffrir et j'aimerais pouvoir revenir en arrière et tout effacer.

– Merci.

– J'ai mûri depuis. Avoir un enfant m'a appris beaucoup de choses sur moi-même. Je n'ai pas besoin d'être le centre du monde de quelqu'un, parce que Chloe est le centre du mien.

– Je vois ça.

Ce n'est que lorsque je me lève pour aller aux toilettes une heure plus tard que la quantité d'alcool que j'ai ingurgitée se fait vraiment sentir. J'ai bu un verre dans mon bureau avant de partir, deux verres de vin pendant le dîner, suivis de quatre cognacs. Je n'aime pas être ivre. Je déteste ne pas être en pleine possession de mes moyens. Mais ce soir, je me sens bien. Je suis détendu et la colère qui m'accompagne depuis des jours semble s'être un peu atténuée.

Je pisse, puis je vais me chercher un nouveau verre avant de regagner le salon. Genevieve n'est pas là et tout est silencieux. J'avale la moitié de mon cognac d'un coup et je ferme les yeux, la tête contre le dossier du canapé. J'ai dû m'endormir pendant quelques minutes et c'est la voix de Genevieve qui me réveille.

– Chloe m'a téléphoné pendant que j'étais en train de me changer pour me demander si elle pouvait dormir chez Emily. Elle était tout excitée. Je n'ai pas eu le cœur de refuser. Je suis désolée. J'espère que tu ne m'en veux pas de ne pas t'avoir demandé ton avis.

– Tant qu'elle est contente, ça me va. Il est tard. Je vais y aller.

Je me lève et vacille un peu.

– Et si je te faisais un café d'abord ? Puis tu appelleras ton chauffeur ou un taxi plutôt que de prendre le métro.

– C'est une bonne idée.

Le canapé est tellement confortable que je me laisse de nouveau tomber dessus. Je ferme les yeux. C'est la dernière chose dont je me souvienne jusqu'à ce que Genevieve me réveille des heures plus tard, au beau milieu de la nuit.

– Graham...

– Mmmm ?

– Tu t'es endormi.

– Merde. Désolé. Je vais y aller, dis-je en me passant les mains sur le visage.

Une couverture a été étendue sur moi et le salon est plongé dans l'obscurité, mais la lumière du couloir éclaire suffisamment la pièce pour que je distingue Genevieve devant moi. Elle porte une robe de chambre en soie fermée par une ceinture.

– Je préférerais que tu restes. Mais...

Elle défait le peignoir et l'ouvre en grand. Puis elle pose des mains hésitantes sur ses épaules et le fait tomber à terre. Elle se tient debout devant moi, *entièrement nue.*

– Je t'ai réveillé en espérant que tu viendrais te coucher dans mon lit plutôt que de finir ta nuit sur le canapé.

Chapitre 30

Soraya

Je me réveille en sueur à la suite d'un cauchemar. Je ne m'en souviens pas clairement, mais Genevieve et Graham étaient nus dans mon rêve. Je suis tellement bouleversée que je ne parviens pas à me rendormir.

Les phares des rares voitures qui passent dans la rue éclairent ma chambre par intermittence tandis que je reste assise dans la pénombre, envahie par ce doute affreux qui me tenaille depuis le fiasco avec Graham et Marco.

Est-ce que j'ai fait le bon choix ?

Et s'il ne se remettait jamais avec Genevieve ?

Et si j'ai fait tout ça pour rien ?

Ces pensées tourbillonnent dans mon esprit en permanence. Je me demande aussi tout le temps ce qu'il fait, où il est et s'il n'est pas en train de la sauter, elle. Lorsqu'il est parti, il était terriblement blessé ; je ne serais pas surprise que Genevieve profite à fond de la situation dès qu'elle saura que je ne suis plus là.

Ses derniers mots continuent de me hanter.

– *Regarde-moi.*

J'ai du mal à respirer. Je suis soit la femme la plus désintéressée de la terre, soit la plus conne. Quoi qu'il en soit, la douleur d'avoir perdu Graham ne disparaît pas. Je pense qu'il ne cessera jamais de me manquer, mais est-ce que ça va devenir un peu plus facile au moins ? Jusqu'ici, le temps ne fait rien à l'affaire.

Qu'il soit en train de noyer son chagrin avec quelqu'un ou non, je sais que Graham est dévasté. Il m'aimait vraiment. Quelque part, je suis certaine qu'il m'aime encore, même si je l'ai déçu. L'amour conçu pour durer ne se défait pas en un instant. Je suis persuadée que si je ne l'avais pas quitté, notre amour aurait tenu pour la vie.

Lorsque les premiers rayons du soleil transpercent ma fenêtre, je décroche mon téléphone. Delia se lève toujours aux aurores. Comme j'ai constamment besoin de m'entendre dire que j'ai pris la bonne décision, je l'appelle tout le temps.

Elle décroche.

– Tu n'as pas dormi ? Encore ?

– Je sais. C'est insupportable. Je suis au bout de ma vie. Je n'ai même pas eu le courage de teindre mes pointes en rouge.

– Alors, là, c'est *vraiment* grave.

– Non, mais vraiment, quoi. Elles sont toujours bleues, comme si mon monde ne s'était pas soudain mis à tourner à l'envers.

– Écoute, Blandine au pays de l'arc-en-ciel, j'ai eu une discussion avec Tig hier soir et il pense qu'on devrait partir un peu.

– Tig et toi ? fais-je, paniquée. Tu ne peux pas m'abandonner maintenant !

– Non... toi et moi ! Une virée entre filles. Tu as besoin de t'aérer. Ici, tout te rappelle Graham.

– Où irions-nous ?

– Comme tu n'as plus de petit ami millionnaire, on doit réfléchir au fric, mais j'ai trouvé la solution idéale.

– D'accord...

– Je t'ai dit que mon frère Abe travaille sur des dessins animés japonais ? Il est au Japon en ce moment.

Je me dirige en bâillant vers la cuisine pour faire du café.

– Tu veux qu'on aille au Japon ?

– Non ! Abe a un appart près de l'océan en Californie. À Hermosa Beach. Il est vide en ce moment. On peut l'utiliser gratuitement. J'ai regardé le prix des billets d'avion hier soir, et il est raisonnable. Il faut compter environ trois cents dollars. Qu'est-ce que tu en dis ?

Tout plutôt que de rester dans cet état dépressif. Je ne me souviens pas de la dernière fois où j'ai pris des vacances.

La décision est facile à prendre.

– Tu sais quoi ? Oui. Faisons-le. Allons en Californie.

* * *

Ayant grandi à Brooklyn, j'ai toujours rêvé de la Californie, dont le décor a été glorifié par les nombreuses séries télévisées avec lesquelles j'ai grandi. Même si je suis certainement tout l'inverse de la Californienne typique, il me tarde de voir l'océan pacifique et d'expérimenter la vie insouciante que j'ai toujours associée à la côte ouest. Elle m'a toujours paru être l'exact opposé de Brooklyn.

L'appart du frère de Delia est au bord de l'eau. Assise sur le sable, attentive au bruit des vagues, je ne peux m'empêcher de songer à Graham. Delia fait la grasse matinée et je profite de ma solitude pour savourer le calme de la plage avant l'arrivée de la foule.

Mon attention est attirée par les seules autres personnes présentes. Une femme et une fillette sont assises en tailleur côte à côte. Je reconnais leur position pour l'avoir pratiquée dans le seul cours de yoga que j'ai pris de ma vie.

Elles ont les yeux fermés et elles respirent lentement, à l'unisson de l'océan. J'ai désespérément besoin de me calmer et je fais quelque chose de totalement inhabituel pour moi. Je m'approche d'elle pour leur demander :

– Ça vous ennuie si je me joins à vous ?

– Pas du tout, répond la femme. Mais on a presque fini la première partie de notre méditation. Asseyez-vous et faites ce que vous avez à faire.

Je ferme les yeux et essaie de chasser toutes les pensées angoissantes concernant Graham et Genevieve. Je me concentre uniquement sur ma respiration et sur les bruits environnants. Pendant la demi-heure qui suit, je suis les mouvements synchronisés de la mère et de la fille qui m'enseignent plusieurs positions, dont celle du chien vers le bas. Je tente de ne pas penser au fait qu'elles me rappellent un peu Genevieve et Chloe. La fillette a juste quelques années de plus que la fille de Graham.

Quand on a terminé, je me sens beaucoup plus apaisée.

La femme me tend une bouteille d'eau qu'elle sort de son sac.

– Vous êtes du coin ?

– Non. Je suis en vacances pour une semaine. Je viens de New York.

– J'ai toujours rêvé d'aller à New York ! s'exclame l'enfant en se tournant vers sa mère.

– Peut-être que ton père et moi t'y emmènerons l'année prochaine.

Les yeux de la fillette se remplissent d'excitation.

– Vraiment ?

– Vous partez souvent en famille ?

– Souvent pour le week-end, oui. Mon mari et moi avons la garde partagée de Chloe avec sa mère.

Je manque m'étouffer dans ma bouteille d'eau.

– Vous avez dit Chloe ?

Je me tourne vers la petite fille.

– Tu t'appelles Chloe ?

– Mmmm, fait-elle en souriant.

– C'est un très beau prénom.

– Merci.

– Donc, vous êtes sa belle-mère ? demandé-je en reportant mon attention sur la femme.

– Oui.

– Ouah. Je pensais que...

– Que c'était ma fille ? Parce que nous sommes proches ?

– Oui.

– Vous avez raison. Je la considère comme ma fille même si elle n'est pas de mon sang.

– J'ai de la chance d'avoir deux mamans, dit Chloe.

J'acquiesce en silence.

– Oui. Beaucoup de chance.

– Nous devons filer. Chloe a son cours de danse classique. Je m'appelle Natasha, au fait, ajoute-t-elle en me tendant la main.

– Soraya.

– J'ai été ravie de vous rencontrer. J'espère que vous apprécierez votre séjour à Hermosa Beach.

– On se reverra peut-être à New York l'année prochaine ! s'écrie Chloe en sautillant.

– Peut-être, dis-je en souriant. Encore merci pour le cours de yoga.

Une fois seule, je cherche à analyser le sens de cette rencontre. Pendant les jours qui ont précédé la rupture avec Graham, j'ai cherché des signes pour appuyer mon choix. Aujourd'hui, alors que je n'en cherchais pas, celui-ci m'a heurtée de plein fouet.

Chloe.

Ce n'est pas une coïncidence.

Je ne me suis pas dit un seul instant qu'un enfant pouvait considérer une belle-mère comme un parent de plus au lieu de se dire qu'il a perdu quelque chose. Mon expérience personnelle a guidé mes décisions. Theresa n'a jamais essayé de faire ma connaissance, et encore moins agi comme une deuxième mère. Elle n'a jamais fait aucun effort pour m'inclure dans une activité pratiquée par mon père et ses filles. Chloe et moi, ça n'aurait pas été du tout comme ça. Pourquoi n'y ai-je jamais pensé ? La peur, le stress et la culpabilité m'ont aveuglée et maintenant que j'envisage les choses complètement différemment, il est trop tard.

* * *

Plus tard dans la journée, Delia et moi nous prélassons dans le salon climatisé après avoir passé l'après-midi à la plage.

Sur une impulsion, je prends mon portable et j'ouvre la conversation avec Graham afin de relire tous les messages que nous nous sommes envoyés. Son dernier SMS date du matin qui a précédé la scène avec Marco. Il dit simplement : **Je t'aime.**

Delia ne sait pas ce que je fais. Elle pense probablement que je suis en train de surfer sur Internet. Mais quand elle remarque les larmes qui coulent sur mes joues, elle se lève et m'arrache le téléphone des mains.

– Tu relis de vieux textos ? Ça suffit ! Je te le confisque et je l'éteins. Je ne t'ai pas traînée jusqu'en Californie pour ça.

– Tu n'as pas le droit de me priver de mon portable !

– Regarde-moi faire, réplique-t-elle en l'éteignant. Tu le récupéreras à New York.

Chapitre 31

Graham

Mon téléphone vibre juste au moment où je quitte mon bureau.

– Bonjour, Genevieve.

– Pourquoi tu n'as pas répondu à mes textos ?

– Je suis débordé.

– J'espérais que tu passes après le travail. Il faut qu'on parle de ce qui s'est passé entre nous.

– Je suis déjà en route pour aller voir Chloe.

– Très bien. Je t'attends.

Discuter de la nuit avec Genevieve est vraiment la dernière chose dont j'aie envie. Comme j'ai été passablement distrait les semaines précédentes, j'ai du boulot par-dessus la tête. J'ai zappé les visites à Chloe deux soirs de suite : quand je quittais le bureau, elle était couchée depuis longtemps. Je ne veux pas que ça se reproduise. J'ai prévu de dîner avec Chloe ce soir, puis de retourner travailler.

Des gouttes de pluie s'abattent sur les vitres de la berline. Presque chaque soir en rentrant chez moi, j'ai envie d'envoyer un SMS à Soraya avant de me rappeler que tout est fini entre nous. La réalité verse alors de nouveau son poison acide dans mon estomac. Je suis furieux de lui avoir fait une confiance aveugle. Après ce qui s'est passé avec Genevieve et Liam, j'étais certainement la personne la plus méfiante du monde. Mais j'aurais confié ma vie à Soraya sans problème. Pourquoi n'ai-je rien vu venir ? La situation est totalement absurde.

– Je ne sais pas combien de temps je vais rester, Louis. Je vous enverrai un SMS quand je serai prêt à retourner au bureau, dis-je quand il se gare devant chez Genevieve.

Cette dernière m'accueille et suspend ma veste mouillée.

Elle joue avec son collier de perles, gênée.

– À propos de l'autre nuit, je...

– Est-ce qu'on peut discuter de ça après que j'aurai vu ma fille, s'il te plaît ?

– D'accord, fait-elle en baissant les yeux. Elle est dans sa chambre.

Chloe joue avec sa maison de poupées.

– Graham Cracker ! Tu m'as manqué.

Je me penche pour la serrer contre moi.

– Toi aussi tu m'as manqué, petite maline.
– Tu es toujours triste ?
– Comment ça ?
– À cause de Soraya.
– Pourquoi tu me demandes ça ?
– Parce que ton sourire n'est pas aussi grand que d'habitude.

Elle est tellement perspicace. Elle ne tient pas ça de son père, apparemment. Je ne veux pas qu'elle croie que j'ai un problème ou qu'elle a fait quelque chose. Je me remue les méninges pour trouver une explication, mais je finis par décider qu'il vaut mieux que je sois honnête.

– Je suis un peu triste, Chloe, c'est vrai... À cause de Soraya. Mais ce n'est pas pour ça que je ne suis pas venu ces deux derniers jours. Je suis sorti du bureau très tard, mais je ne laisserai plus jamais passer autant de temps sans te voir, d'accord ?
– Mon papa travaillait souvent tard le soir.

Je me demande s'il bossait vraiment ou s'il trompait allègrement Genevieve.

– Ah bon ?
– Quand est-ce que tu arrêteras d'être triste ?
– Je ne sais pas, mais tu sais quoi ? Rien que d'être avec toi, je me sens déjà mieux.
– C'est ce que j'ai ressenti quand je t'ai rencontré. Après la mort de papa, tu m'as fait me sentir mieux, même si j'étais toujours triste.

C'est moi ton père.

Et je t'aime tellement.

Je l'attire à moi et pose un baiser sur son front.

– Je suis content d'avoir pu faire ça pour toi.

Chloe et moi jouons avec sa maison de poupées pendant un moment, jusqu'à ce que Genevieve entre et nous rejoigne. Je sens son regard fixé sur moi : je sais qu'elle veut absolument qu'on discute. Après ce qui s'est passé l'autre nuit, je n'ai pas envie de me retrouver seul avec elle. Même si, comme Chloe est là, les choses ne risquent pas de déraper.

– On mange dans cinq minutes, annonce Genevieve en quittant la pièce.

Genevieve a fait une pizza maison au prosciutto et aux figues pour nous et une au fromage pour Chloe. Elle ne cesse de remplir mon verre de vin et je la laisse faire : ça me permettra d'aborder la discussion qui ne manquera pas de suivre en étant plus détendu.

Je couche Chloe et je lui lis une histoire, puis je redescends. Genevieve m'attend dans la cuisine en buvant ce qu'il reste de vin.

– On n'est pas obligé d'en parler, dis-je avant qu'elle ait le temps de dire quoi que ce soit.

– Je veux m'excuser à nouveau. J'ai été trop directe. Je ne sais pas ce qui m'a pris. En te voyant si confortablement endormi, des souvenirs ont resurgi. Entre ça et le fait qu'on avait trop bu...

– Ce n'est pas la faute de l'alcool et tu le sais très bien. Tes intentions sont claires depuis le début.

– Tu as raison. Ivre ou pas, je veux que tu reviennes, Graham. Je ferai tout ce qu'il faudra pour avoir la chance de pouvoir te rendre heureux de nouveau.

– Tu crois vraiment que te mettre à poil pouvait me faire oublier tout ce que tu m'as fait ?

Lorsque Genevieve s'est dévêtue devant moi cette nuit-là, je me suis levé d'un bond et je lui ai ordonné de se rhabiller. Elle a semblé choquée par ma réaction.

– Est-ce que tu as supposé que j'allais céder à cause de ma rupture avec Soraya ? Ce qui s'est passé avec elle ne change rien au fait que je ne peux plus te faire confiance. Jamais. Et même si je pense qu'une baise revancharde avec toi serait top, il est hors de question que je saute la mère de ma fille si je n'ai pas l'intention de me remettre avec elle.

– Tu n'as pas les idées claires, Graham. Nous n'avons qu'une petite fenêtre pour changer la vie de notre fille. Je ne t'attendrai éternellement.

– Je vais te faire gagner du temps, dis-je en me penchant vers elle. Arrête d'attendre.

– Tu ne sais pas ce que tu dis. Comment peux-tu refermer cette porte si facilement ?

– C'est toi qui as fermé cette porte, Genevieve. Et tu as jeté la clé.

– J'ai fait une erreur !

– Chut. Tu vas la réveiller.

Je ferme les yeux et inspire profondément.

– J'aimerai toujours Chloe. Puisque tu es sa mère, je te respecterai toujours. Mais tu as perdu toute chance d'avoir un avenir avec moi le jour où tu as trahi ma confiance. Je veux que ma fille ait du respect pour elle-même. Et je dois lui montrer l'exemple.

Cette conversation m'est soudain insupportable. Je récupère ma veste et je l'enfile.

– Mon chauffeur m'attend dehors. Je retourne au bureau. Merci pour le dîner. Je reviendrai demain soir.

* * *

Mon bureau est plongé dans la quasi-obscurité, la seule lumière venant de la lampe verte posée dessus. Je joue avec ma montre, obsédé par le tas de journaux qui me nargue de l'autre côté de la pièce.

La semaine précédente, j'ai repoussé l'idée de lire toutes les chroniques pour essayer de deviner l'état d'esprit de Soraya. Entre l'aveu de ma tristesse à Chloe et ma dispute avec Genevieve, je sens ma résolution faiblir.

Je vais chercher les journaux et je passe tout le courrier au crible comme un psychopathe. Après avoir disséqué une dizaine de réponses, je n'ai toujours rien trouvé d'inhabituel. Jusqu'à ce que j'arrive à la vingtième lettre.

Une femme est face à un dilemme : doit-elle rompre ou non avec son petit ami dont elle est profondément amoureuse afin qu'il se remette avec la mère de son enfant. *Pour le bien de l'enfant.* La lettre date de peu de temps avant notre rupture. Le reste raconte exactement mon histoire avec Genevieve.

Mon cœur se met à cogner plus fort dans ma poitrine.

Le nom : *Theresa, Brooklyn.*

C'est le prénom de sa belle-mère.

S'il me restait encore des doutes sur l'identité réelle de cette Theresa, la réponse les fait disparaître. Ida lui conseille de rompre et lui suggère de faire semblant de le tromper afin que le pauvre idiot accepte plus aisément la rupture.

« La raison avant le cœur », a dit Ida.

Je balance le journal à travers la pièce. Les morceaux du puzzle se mettent en place.

Soraya m'a menti.

Elle ne sort pas vraiment avec ce frimeur italien. Elle fait semblant. La colère qui m'a envahi en lisant la réponse d'Ida se transforme en joie. Je n'ai jamais été aussi content de toute ma vie de découvrir que quelqu'un m'a menti.

Je relis le début de sa lettre.

« Je sors depuis deux mois avec un homme dont je suis tombée profondément amoureuse. »

Elle est amoureuse de moi.

Profondément.

Je m'immobilise, paralysé par le choc, rapidement suivi par un soulagement intense et un besoin urgent de lui parler.

Je t'aime à la folie moi aussi, ma chérie.

Je prends mon téléphone et compose son numéro.

Sonnerie puis messagerie.

Je recommence.

Même chose.

Je lui envoie un texto.

Graham : Où es-tu ?

Pas de réponse. J'attends cinq minutes puis j'en écris un autre.

Graham : Je dois te voir. Tu es chez toi ?

Incapable d'attendre plus longtemps, j'attrape ma veste et j'appelle Louis pour qu'il vienne me chercher.

Une fois chez Soraya, aucune réponse. Je lève les yeux vers ses fenêtres : la lumière est éteinte.

Elle est où, bordel ?

– Où va-t-on, Monsieur ? demande Louis quand je remonte dans la voiture.

– 8e avenue. Salon de tatouage de Tig.

Quand nous parvenons à destination, je demande à Louis de m'attendre dehors ; j'ai besoin qu'il se tienne prêt à partir dès que je saurai où elle est.

Tig exhale une bouffée de cigarette.

– Costard ! Qu'est-ce que tu fous là ? Il est tard. Je suis sur le point de fermer.

– Où est-elle ?

– Pas ici.

– Où est-elle ? je répète, plus fort cette fois.

– En Californie avec Del.

– En Californie ?

– Oui. Elles sont parties faire une virée entre filles. Rien que toutes les deux.

– Où logent-elles ?

– Pas question de te le dire, mec. T'es son ex taré !

– Je dois absolument appeler l'hôtel. Elle ne répond pas au téléphone. Appelle Delia. Dis-lui que je dois absolument parler à Soraya.

– Non.

Je m'approche de lui.

– Donne-moi l'info, Tig. Tu ne sais pas de quoi je suis capable.

– Oh si, beau gosse. Tu as massacré la mâchoire de mon cousin Marco.

Tig se rend compte qu'il en a trop dit. *Son cousin.* Il fait partie de la mise en scène.

– Ce n'est pas son petit ami du tout, n'est-ce pas ?

– Je n'ai pas dit ça.

– J'ai lu la putain de chronique d'Ida, Tig. Je sais qu'elle a tout inventé. Que tu l'admettes ou non, je connais la vérité. Dis-moi où elle est.

– Tu vas faire quoi ? Prendre ton jet privé pour la rejoindre ? T'es friqué, t'as qu'à embaucher un détective privé. Je ne te dirai rien.

J'aperçois une boîte cachée dans un coin et ça me donne une idée.

– C'est quoi ça ? Ton stock de shit ? Les flics adoreraient que je les rencarde.

– Tu ne ferais pas ça...

– Je ferais *n'importe quoi* pour parler à Soraya tout de suite. J'ai l'air de plaisanter ?

– Tu as un regard de fou, putain.

– Dis-moi où elle est.

Il fait défiler ses contacts sur l'écran de son téléphone, furieux, puis note quelque chose sur un bout de papier avant de me le balancer à la figure.

– Tiens. C'est l'adresse de l'appart du frère de Del, à Hermosa Beach.

Je range le papier dans ma poche de poitrine et me dirige vers la porte.

– Merci. Ne m'en veux pas. Je ne t'aurais jamais balancé. Soraya ne me l'aurait pas pardonné. Et je ne veux prendre aucun risque parce que j'adore cette femme.

– Ouais, c'est ça, MBC.

Mais pour la première fois, cependant, Tig donne l'impression de me croire. Il secoue la tête en souriant.

– Tu n'as pas intérêt à lui faire de mal, Costard.

* * *

Je prends le premier vol pour Los Angeles.

Quand j'arrive à l'appart, il est vide. Le portable de Soraya est toujours sur messagerie, comme celui de Delia. Mais je sais au moins qu'elle va revenir. D'après Tig, elles ne rentrent pas avant quelques jours.

Je me dirige vers la plage. Je dois lui dire que je suis là. Je lui envoie une rafale de textos pour exprimer tout ce que j'ai sur le cœur, même si elle ne répond pas.

Ce faisant, je ne prête aucune attention à ce qui m'entoure et je heurte un homme musclé qui promène une petite chèvre.

C'est quoi ce bordel ?

– Regarde où tu vas, mec, fait-il avec un accent australien.

– Désolé. J'ai la tête ailleurs.

– Tout va bien ?

– Je cherche quelqu'un.

Il hoche la tête d'un air entendu.

– Une femme.

– Comment as-tu deviné ?

– Tu me rappelles moi il y a quelques années quand j'errais sur cette plage, fou amoureux de mon Aubrey – indifférent au monde entier. Si c'est le destin, ça finit toujours par s'arranger, tu sais.

– Pourquoi... promènes-tu une chèvre ?

– C'est une longue histoire. Si tu viens te balader avec nous, je t'en raconterai les grandes lignes, si ça peut te faire oublier momentanément ta nana. Jusqu'à ce que tu la retrouves.

Il s'appelle Chance Bateman. C'est un ancien joueur de foot australien célèbre, qui vit à présent à Hermosa Beach. Il me raconte comment il a rencontré sa femme sur une aire d'autoroute dans le Nebraska. Ils ont fait un *road trip* ensemble avant de se retrouver séparés pendant un bon moment. Mais les choses ont fini par s'arranger.

Je lui raconte mon histoire à mon tour. Le gros point commun, c'est que moi aussi j'ai rencontré la femme que j'aime dans un endroit improbable.

– Penses-y, mec. Y'a pas de coïncidence. Un Australien et une princesse coincée se rencontrent au milieu de nulle part, Nebraska. Et pourtant, c'est mon âme sœur. Et toi... Tu dis que tu ne prends jamais le métro. Et pour une raison, ce matin-là, tu l'as fait. Tu dois faire confiance au destin. Tout est écrit. Ça n'a pas d'importance que ce soit aujourd'hui ou dans deux jours, si ça doit arriver, ça arrivera.

Chance jette un coup d'œil à son téléphone.

– Je dois y aller. Tu es un mec bien. Si tout s'arrange avec ta meuf, venez prendre le petit déjeuner avant de quitter la ville.

Ce type est certainement la personne la plus charismatique que j'ai jamais rencontrée.

Je souris pour la première fois depuis une éternité.

– Je risque de te prendre au mot.

Il me tapote l'épaule.

– Bonne chance, mec.

Comme pour dire au revoir à son tour, la chèvre fait entendre un long Bêêêêê.

Je les regarde s'éloigner, halluciné. J'envoie un texto de plus à Soraya, même si je ne sais pas si elle les reçoit.

Graham : Je viens de croiser un homme avec une putain de chèvre.

Chapitre 32

Soraya

Delia est sous la douche. Il faut que j'en profite pour essayer de localiser mon téléphone. Elle a accepté d'éteindre le sien aussi. Ça fait vingt-quatre heures qu'on est sans portable et je suis grave en manque.

Je fouille dans son sac où je le trouve toute de suite, surprise que ce soit aussi facile. Elle l'a rangé à l'endroit le plus évident. Faut croire qu'elle me fait confiance. Elle n'aurait pas dû.

Je le rallume et la pomme apparaît sur l'écran.

Mon cœur se serre.

Plusieurs messages et textos.

Tous de Graham.

Est-ce qu'il s'est passé quelque chose ?

Je fais défiler l'écran pour remonter au premier SMS.

Graham : Où es-tu ?

Graham : Il faut que je te voie. Tu es chez toi ?

Graham : Tu as menti. J'ai tout compris.

Graham : Tu as oublié un truc très important quand tu as mis au point ton petit stratagème. Tu ne peux pas me forcer à ne plus t'aimer.

Graham : Si je ne suis pas heureux, ma fille le sent. C'est déjà le cas. Je sais que tu penses que ta vie aurait été meilleure si tes parents ne s'étaient pas séparés, mais est-ce que tu as déjà envisagé l'éventualité que ça aurait pu être pire ? Si ton père avait été physiquement présent mais déprimé et renfermé parce qu'il en aimait une autre ?

Ma fille comprendra que mon amour pour toi n'a rien à voir avec mon amour pour elle. Ton père n'a pas su te le montrer. J'apprendrai de ses erreurs. Tu m'aideras. On fera ça ensemble.

Mon rythme cardiaque s'accélère en lisant le SMS suivant.

Graham : Je viens d'arriver à Hermosa Beach. Je viens te chercher.

Graham : Merde. Tu n'es pas chez toi. Dis-moi où tu es.

Graham : Je reviendrai.

Graham : Je suis à la plage. Je ne pense qu'à une chose : te tenir dans mes bras, t'embrasser et te donner une fessée carabinée pour avoir pensé que je serais mieux sans toi.

Le dernier est incompréhensible mais il me fait rire.

Graham : Je viens de croiser un homme avec une putain de chèvre.

***

La pauvre Delia a les cheveux pleins de shampoing quand je fais irruption dans la salle de bains pour lui parler des textos de Graham. Je m'attendais à ce qu'elle se mette en colère parce que j'ai récupéré mon téléphone, mais non. Elle se rince, sort de la douche et me trouve en train de fouiller la valise à la recherche d'autre chose à me mettre que le survêtement cracra dans lequel je traîne depuis trois jours.

– Tu vas bien ?

– J'avais tort. Je n'aurais pas dû prendre la décision pour nous deux. Je l'aime, Del. Graham a raison. Je ne l'éloignerai jamais de sa fille. Elle aura juste une adulte de plus qui l'aimera dans sa vie. Je ne suis pas Theresa. Je veux faire partie de la vie de Chloe. J'ai compris hier soir que je ne pleurais pas uniquement la perte de Graham, mais aussi celle d'une petite fille que j'aime.

– Qu'est-ce que tu vas faire ?

– Lui demander pardon à genoux.

Delia ricane.

– C'est un homme. Si tu t'agenouilles, tu ne pourras pas lui demander pardon : tu auras la bouche pleine.

Elle n'a pas tort. Je me déshabille et je fonce vers la salle de bains en sous-vêtements pour me laver. Tout en faisant ma toilette avec un gant, je continue à parler à Del.

– Je lui dois des excuses. J'espère que je n'ai pas tout gâché. Il a l'air de comprendre pourquoi j'ai fait ça. J'espère juste que je peux réparer.

Del s'adosse à la porte pendant que je me brosse les dents. Elle tient mes vêtements qu'elle me tend quand j'ai fini.

– Tiens. Mets ça. Tes seins sont magnifiques dans ce chemisier. Ça t'aidera à te faire pardonner.

Je souris en enfilant mon pantalon.

– C'est grâce à ces seins que tout a commencé, tu sais.

– Et la plume sur ton pied. C'est aussi un peu grâce à moi puisque c'est mon mari qui a tatoué ce dessin qui a aidé Mister Big Connard à résoudre le puzzle qu'est Soraya.

Quand elle mentionne le tatouage, je baisse les yeux vers mes pieds nus et contemple la plume. Graham s'est fait tatouer la même sur le cœur. Comment ai-je pu croire un seul instant que le quitter serait bon pour nous ? On était ensemble depuis un peu plus d'un mois quand il s'est fait tatouer mon prénom. C'est le Costard Coincé le plus romantique et le plus arrogant que j'ai jamais croisé. Et il est parfait pour moi.

Une fois lavée et habillée, je sors de la salle de bains pour chercher mon parfum. Del me suit.

– Tu vas lui envoyer un texto ou tu attends qu'il se pointe ?

– Je n'en sais rien. Qu'est-ce que tu en penses ?

Mon cœur bat à tout rompre sous l'effet de l'anticipation. Si je dois encore attendre trop longtemps avant de le voir, il risque d'exploser.

Tandis que je me coiffe et que j'enfile une paire de tongs, Del reste silencieuse. Puis elle prend son téléphone et appelle Tig. J'écoute leur conversation d'une oreille. Elle raccroche, un grand sourire aux lèvres.

– J'ai un plan.

– Un plan ?

– Est-ce que tu me fais confiance ?

– Évidemment.

– Alors enlève ton chemisier.

Chapitre 33

Graham

À quelques centaines de mètres de l'appartement où loge Soraya, je tombe sur un vieux wagon transformé en restaurant. Je décide de prendre un café. J'ai voyagé toute la matinée puis arpenté la plage pendant des heures en attendant d'avoir enfin des nouvelles de Soraya. Si je veux être en forme pour tout faire pour la récupérer, j'ai besoin de caféine.

– Un grand café noir, je commande à la serveuse en me glissant sur la banquette.

Le restaurant est décoré à la mode rétro mais l'intérieur du wagon a été conservé quasiment intact. Je suis assis sur une banquette de train. Mon portable vibre dans ma poche. En voyant le nom de

Soraya s'afficher sur l'écran, tout mon corps revient à la vie. J'ouvre le texto et découvre, surpris, qu'il n'y a pas de texte. Mais une photo. Ou plutôt *des* photos. Tout à fait inattendues. *Une photo de ses seins magnifiques, une photo de ses jambes sexy et une photo de son cul très désirable.* Les photos ressemblent à celles de notre premier échange, celles qu'elle m'a envoyées avant de quitter mon bureau en trombe. Mais je vois bien à son bronzage qu'elles sont plus récentes. Et elle ne me fait pas un doigt d'honneur entre ses seins, cette fois-ci. Je sauvegarde les photos dans mon iPhone et lui réponds tout de suite.

Graham : Où es-tu ? Ces seins, ces jambes et ces fesses m'appartiennent. Je viens les chercher.

Tandis que j'attends une réponse, j'ai soudain un sentiment de déjà-vu. Le type à la chèvre avait raison. Me voilà assis dans un wagon en train de mater les photos d'une femme qui me rend dingue. À nouveau. Il n'y a pas de coïncidences dans la vie. Ce chemin qu'on a pris ensemble, pour tordu qu'il soit, nous était destiné.

Soraya : Je suis en balade avec Delia. On ne sera pas là avant plusieurs heures.

Je me passe la main dans les cheveux, frustré. Je dois la voir immédiatement. Si ce n'est pas possible, il faut au moins que je sache si on est sur la même longueur d'ondes.

Graham : Dis-moi que j'ai raison. Je n'en peux plus d'attendre. Tu ne m'as pas trompé et tu as fait ça pour mon bien et celui de Chloe ?

L'attente est insoutenable.

Soraya : J'ai demandé à Marco de faire semblant d'être mon petit ami. C'est le cousin de Tig. Je ne t'aurais jamais trompé.

Graham : Tu aurais dû me parler.

Soraya : Je sais. C'était débile.

Graham : Je compte bien te donner une fessée pour te punir.

Soraya : Promis ?

Graham : Je veux te promettre un tas de choses, ma chérie. Mais je préfère le faire en personne. Tu rentres à quelle heure ?

Soraya : Je ne sais pas. Je t'envoie un texto quand je suis à l'appart. Où es-tu ?

Graham : Pas très loin, assis dans un train.

Soraya : Un train ?

Graham : Ne t'en fais pas, il ne va nulle part. Pas question de m'éloigner de toi.

Soraya : Promis ?

Graham : Rien ne me tiendra loin de toi, Soraya.

J'attends deux heures au restau. Soraya a promis de me prévenir quand elle sera rentrée et ma patience atteint ses limites. Incapable de rester assis plus longtemps, je vais me balader sur la plage. Mon portable vibre enfin.

Soraya : Je suis de retour.

Graham : J'arrive.

L'appartement du frère de Delia est au sixième étage. Il porte le numéro 6G. J'appuie sur le bouton de l'ascenseur et attends, impatient. Les numéros lumineux des étages au-dessus de la porte s'affichent les uns après les autres au fur et à mesure que la cabine descend. Elle avance à une allure d'escargot et il faudra ensuite qu'elle remonte. Je ne peux pas patienter. Je trouve l'escalier et entame la montée des six étages. Arrivé sur le palier du troisième, j'aurais dû ralentir mais au lieu de ça, je monte les marches quatre à quatre. Mon cœur bat à tout rompre mais je ne suis pas essoufflé. Je *dois* la voir. Je franchis la dernière volée en courant. J'ouvre la porte palière en coup de vent et cours le long du couloir. Quand j'arrive devant la porte du 6G, l'adrénaline afflue dans mes veines.

Je frappe et j'attends.

Quand la porte finit par s'ouvrir, je me fige.

Soraya.

Elle est splendide.

Pour tout vêtement, elle porte un soutien-gorge et une culotte roses et les pointes de ses cheveux sont assorties. Je n'ai jamais rien vu d'aussi beau de toute ma vie. Je la contemple pendant une bonne minute avant de demander :

– Quelle est la signification du rose ?

Elle plonge son regard dans le mien.

– L'amour. Ça veut dire que je suis amoureuse.

Je ferme les yeux. Je crains un instant de m'effondrer et de me mettre à pleurer sur le paillasson. Je suis tellement heureux qu'il faut que j'exprime mes émotions.

– J'ai peur de rentrer.

Elle se décompose.

– Pourquoi ?

– Parce que j'ai envie de te faire tellement de choses que je crains de ne pas être tendre.

Elle rougit.

– Je ne veux pas que tu sois tendre. Je veux que tu sois toi-même. Un connard autoritaire et coincé avec un côté doux qu'on ne soupçonne pas. Un père qui aimera sa fille d'un amour inconditionnel quoi qu'il arrive et ne l'abandonnera jamais. Et un partenaire dominateur au lit qui aime parfois le sexe brutal. Je veux tout, Graham.

Je franchis le seuil et referme la porte derrière moi.

– Oh que oui, tu auras tout. Ma bouche, mes mains, mes doigts, mon corps, ma queue.

Je l'enlace et l'embrasse passionnément.

Entre deux baisers, elle s'excuse encore et encore.

– Je suis désolée d'avoir fait ça. Je croyais que c'était ce qu'il y avait de mieux à faire.

– Je sais. Mais jure-moi de ne plus jamais recommencer.

– Promis.

Je la soulève pour la prendre dans mes bras.

– Puisque tu es dans cette tenue, j'en déduis que Delia n'est pas là ?

– Elle a de la famille à Hermosa Beach. Elle dort chez une cousine.

– Rappelle-moi de lui envoyer un carton de remerciement. Ou une voiture.

J'emprunte le couloir à la recherche d'une chambre. Quand je la dépose sur le matelas, je me rends compte qu'elle a le pied bandé.

– Qu'est-ce qui t'est arrivé ?

– J'ai modifié mon tatouage.

– Celui avec la plume ?

Elle a transformé celui que j'ai reproduit sur mon cœur ?

– Oui.

Elle se penche pour ôter prudemment une partie du pansement. Je retiens mon souffle jusqu'à ce que je constate qu'elle ne l'a pas changé, elle a juste ajouté quelque chose. Exactement comme sur le mien, il y a un prénom gravé au-dessus de la plume. *Graham.*

Les mots me manquent, alors je l'embrasse. Quand on se sépare, histoire de respirer, elle baisse les yeux vers son pied.

– Tu veux voir le reste ?

– Tu as ajouté autre chose ?

– Vas-y, enlève tout.

Elle se mord la lèvre et me tend la jambe.

Si j'avais encore des doutes sur le fait que cette femme est faite pour moi, ce qu'elle vient de faire les ôterait définitivement. Je garde les yeux baissés, bouleversé.

– Je ne sais pas quoi dire. C'est magnifique.

Sous la plume, dans la même police manuscrite, elle a fait tatouer : *Chloe.*

– Je t'aime, Graham. Et ta fille aussi. Je sais que c'est un peu tôt et qu'il ne faut rien précipiter, mais je veux faire partie de sa vie. Je veux être impliquée. Tu avais raison. Ce n'est pas parce que mon père a fait ce qu'il a fait que ça ne marchera pas pour nous. Je veux aller la chercher à la danse et faire cramer des cookies avec elle le week-end. Je veux la voir grandir et tout apprendre de son père merveilleux. Non seulement je t'aime, Graham...

Je recueille du bout du doigt une larme qui coule sur sa joue.

– Mais j'aime aussi Chloe.

En entendant ça, un poids incroyable disparaît de mes épaules. *Elle m'aime et elle aime ma fille.* Pour la première fois depuis mon enfance, j'ai l'impression d'avoir de nouveau une famille.

– Je suis arrivé ici bouillonnant d'émotions et je pensais vraiment que je ne serais pas tendre avec toi. Mais tu m'as apaisé je ne sais comment. Je t'aime aussi, beauté... plus que tout au monde. J'ai repris le contrôle de moi-même, mais je meurs toujours d'envie de te sauter. Dis-moi..., demandé-je en commençant à me déshabiller. Tu préfères que je te fasse l'amour tendrement puis que je te baise sauvagement, ou l'inverse ?

Elle ne répond pas tout de suite. Je me débarrasse rapidement de mes fringues. Quand je glisse les pouces dans mon caleçon, je lève les yeux vers elle.

– Alors ?

J'enlève mon boxer, dévoilant mon énorme érection. Quoi qu'elle veuille, je suis prêt.

– On baise d'abord.

– Bon choix.

Elle est assise sur le bord du lit. Je lui ôte sa culotte. Elle est trempée.

– Mets tes jambes autour de ma taille.

Je me déplace vers le mur où je l'adosse, et je ne perds pas de temps pour l'empaler sur ma queue.

– Putaiiin.

Je pousse un gémissement en la pénétrant. Ça ne fait que deux semaines qu'on n'a pas fait l'amour mais ça m'a tellement manqué que j'ai l'impression que ça fait une éternité. J'essaie de ne pas me précipiter, je veux être certain qu'elle est prête. Mais quand elle gémit et me dit qu'elle m'aime et qu'elle aime sentir ma queue en elle, rien ne va plus.

Je la prends de plus en plus vite. Son corps claque contre le mur et je crains un instant de lui faire mal. Mais quand je ralentis le rythme, elle me supplie d'accélérer et de la prendre plus profond. Il n'y a rien de mieux que d'entendre la femme qu'on aime vous dire qu'elle aime votre sexe et qu'elle veut que vous la pénétriez à fond. On jouit violemment et au même moment en criant. Je suis sûr que les voisins en ont bien profité. Je l'espère en fait. Je veux que le monde entier sache l'effet que me fait cette femme.

Je marmonne contre ses lèvres.

– Je t'aime, Soraya Venedetta

– Moi aussi je t'aime, Costard. Je pense que je suis tombée amoureuse de toi avant même de t'avoir rencontré.

– C'est à cause du charme incroyable qui se dégage de mes textos, fais-je en ricanant.

– En réalité, tu t'es comporté comme un mufle. Mais les photos que tu gardes sur ton téléphone m'ont fait comprendre qu'une belle âme se cachait sous l'armure.

– Je préfère largement les photos que tu m'as envoyées aujourd'hui à celles que j'ai enregistrées avant de te rencontrer. Je devrais peut-être exiger que tu m'en envoies tous les jours pour te faire pardonner le chagrin que tu m'as causé.

– Je peux le faire. Tu n'es pas très exigeant.

– Je n'ai pas dit que je ne réclamais que ça.

– Laisse-moi deviner. Tu veux aussi des pipes ?

– C'est un début.

Elle hausse les sourcils.

– Un début ? Et pendant combien de temps vais-je devoir faire amende honorable ?

Je pose les mains sur son visage.

– Soixante, ça devrait le faire.

– Soixante jours ? Je peux le faire.

– Soixante *ans*, Soraya. Je veux des photos sexy et des pipes pendant les soixante prochaines années.

Elle devient soudain sérieuse.

– Rien ne me ferait plus plaisir.

– Bien. Parce que tu n'as pas vraiment le choix, en fait. C'est la première et la dernière fois que tu me quittes.

Épilogue

Soraya

Chloé boit son Iced Hot Chocolate. On est assises toutes les deux au *Serendipity 3*. Graham n'arrête pas de m'envoyer des SMS. Il est flippé parce qu'il s'est retrouvé coincé dans les embouteillages après avoir déposé Moune à son premier cours de fitness depuis l'opération. Je sais qu'il veut que tout soit parfait, mais je le rassure : Chloe est ravie et il n'a pas besoin de se presser.

Je comprends très bien pourquoi il est nerveux, évidemment, mais pour Chloe, c'est juste un dîner normal avec nous.

– Je peux goûter ?

Elle fait tourner la paille dans ma direction.

– Mmm, c'est délicieux. Je comprends pourquoi tu aimes.

Chloe pose le menton dans ses mains.

– Maman s'est mise en colère contre moi ce matin.

– Pourquoi ? demandé-je, la bouche pleine.

– Parce que je voulais des cheveux roses comme toi.

Genevieve doit m'adorer.

– Ouh là. Qu'est-ce que tu as fait ?

– Je me suis peint les cheveux avec mes pastels.

J'essaie de ne pas rire. Je souris intérieurement : je suis touchée qu'elle veuille me ressembler.

– Chloe, ne recommence pas. Ça ne marche pas de toute façon, comme tu as dû t'en rendre compte. Un jour, je te teindrai les cheveux si tu en as toujours envie.

Elle se met à rayonner.

– Tu le feras ?

J'adore quand elle ressemble à Graham.

– Oui. Mais pas tout de suite.

Il faut que je trouve des extensions de cheveux roses pour la prochaine fois qu'on se déguisera. Chloe et moi on s'amuse comme des folles pendant les week-ends qu'elle passe avec nous. Elle adore essayer mes robes et tenter de marcher avec mes escarpins. Je suis certaine que Genevieve flipperait à mort si elle savait la moitié de ce qu'on fait. Pour Chloe, je suis davantage une grande sœur sympa qu'un gendarme.

Quelques mois après nos retrouvailles à Hermosa Beach, j'ai quitté mon appartement de Brooklyn pour m'installer chez Graham. J'aime avoir mon espace, mais comme mon homme insatiable insistait pour que je passe toutes les nuits dans son lit, c'était absurde. J'ai fini par céder et ça nous a facilité la vie – il ne navigue plus qu'entre deux endroits, chez lui et chez Chloe.

Graham finit par arriver. Il zigzague entre les tables, l'air perturbé.

– Te voilà ! dis-je en souriant.

– Putain d'embouteillages.

– Putain est un gros mot, Graham Cracker, le morigène Chloe.

– Fais-moi un bisou, ma mignonne, répond-il en lui tendant la joue.

Graham s'assied à côté de moi et m'embrasse chastement sur les lèvres. Il est en nage et se passe une serviette en papier sur le visage. Il me jette un coup d'œil et je pose la main sur son genou.

– Je t'aime, j'articule en silence.

Des gouttes de sueur perlent sur son front. Une fois que la serveuse lui a apporté un verre d'eau et le menu, il se met à déchiqueter une autre serviette. Quand il commence à faire cliqueter le bracelet métallique de sa montre, je sais qu'il va se jeter à l'eau.

– Chloe, j'ai quelque chose à te dire ce soir, dit-il.

Elle continue à siroter son chocolat sans le quitter des yeux.

– Je t'ai caché quelque chose.

– Tu as emporté un de mes jouets chez toi sans le faire exprès ?

Il rit nerveusement.

– Non. C'est à propos de ton papa.

– Qu'est-ce qu'il y a ?

Graham inspire lentement, puis expire.

– Ton père, Liam... t'aimait beaucoup. Je sais que ça a été très dur quand il est mort. Ce sera toujours ton papa. Mais il y a plusieurs sortes de papas. Parfois, les enfants n'en ont pas qu'un. Comme ton amie Molly, par exemple. Elle n'a pas de maman mais elle a deux papas, qui sont mariés. Ce que j'essaie de te dire... c'est que moi aussi je suis ton papa.

Elle réfléchit un instant.

– Tu étais marié à mon papa qui est mort ? Maman dit que quand on a deux papas, c'est qu'on est gay.

– Non, répond Graham.

Il me jette un coup d'œil et on ne peut pas s'empêcher de sourire.

– J'ai été avec ta maman avant ton papa. Genevieve et moi, on t'a fabriquée ensemble. Je ne le savais pas à l'époque. Puis ta maman et ton papa Liam se sont mariés. Liam t'a aimée très fort et il est devenu ton papa. Il croyait qu'il était ton seul papa. Je n'ai découvert ton existence qu'après la mort de Liam. Quand je t'ai vue, j'ai compris que tu étais ma fille. Je sais que c'est compliqué, ma chérie.

Il pose la main sous son menton.

– Tu vois à quel point on se ressemble ? C'est parce que tu es ma fille.

Elle pose sa petite main sur le visage de Graham et en dessine les traits. Ce qu'elle dit ensuite est adorable.

– J'ai toujours su que je te connaissais de quelque part.

– Oui. Dès qu'on s'est rencontrés. Parce qu'on est liés, fait Graham en souriant.

– Tu es vraiment mon papa ?

– Oui, répond-il d'une voix basse et tremblante.

– Ouah.

Chloe reste silencieuse un instant pendant qu'elle digère ce qu'elle vient d'entendre. Puis, sans prévenir, elle saute dans ses bras. Graham ferme les yeux, l'air à la fois heureux et soulagé.

Je me contente de les contempler, ravie. La réaction de Chloe confirme que nous avons pris la bonne décision en lui en parlant ce soir. Genevieve nous a donné du fil à retordre sur ce coup-là. Elle voulait à tout prix être présente, mais Graham lui a promis qu'ils auraient une conversation tous les trois quand il déposerait Chloe un peu plus tard dans la soirée.

Et si on voulait le lui dire aujourd'hui, c'est qu'il y a une raison.

Lorsque Graham me lance un regard interrogateur par-dessus l'épaule de Chloe, je hoche la tête, lui donnant ainsi la permission silencieuse de poursuivre.

– Soraya et moi on a autre chose à t'annoncer.

– On va à Disneyland ? demande-t-elle, surexcitée.

– Non, rigole-t-il, mais je te promets de t'y emmener un jour.

– Tu te souviens quand tu m'as dit que tu aurais aimé avoir un frère ou une sœur ? j'interviens.

– Oui.

Graham m'enlace.

– Eh bien, ça va arriver. Soraya et moi, on va avoir un bébé. Ça veut dire que tu vas devenir grande sœur.

Chloe ne réagit pas tout de suite mais quand elle se met à sautiller sur son fauteuil, Graham et moi soupirons de soulagement. Elle se lève pour me rejoindre.

– Il est où ?

– Là-dedans, réponds-je en désignant mon ventre, et elle pose la main dessus.

– Il aura les cheveux roses ?

J'éclate de rire.

– Non. Mais on saura à quoi il ou elle ressemble dans six mois.

Elle se met à parler à mon estomac.

– Hé, là-dedans ! Je suis ta sœur !

Graham et moi échangeons un regard et un sourire. Elle ajoute :

– Merci.

Et je manque fondre en larmes.

– De rien. Merci d'être aussi gentille avec moi.

La vérité, c'est que si la fille de Graham ne m'avait pas ouvert son cœur, je ne sais pas si notre histoire aurait duré. Sa gentillesse a rendu ça possible.

La serveuse s'arrête à notre table.

– Tout va bien ?

– Oui, s'exclame fièrement Chloe. Je vais être grande sœur et j'ai deux papas. Je suis gay !

Elle a mal compris ce que Genevieve lui a expliqué à propos des deux papas de sa camarade de classe : elle croit que si on a deux pères, on est gay. Il faudra qu'on le lui explique de nouveau plus tard.

La serveuse trouve ça trop mignon.

– Tu sais, le mot « gay » veut dire heureux aussi, intervient Graham.

Chloe sourit, la tête toujours posée sur mon ventre.

– Alors je suis très très gay !

Graham
Sept mois plus tard

Chère Ida,

Ça fait longtemps que je ne vous ai pas écrit. Vous vous souvenez peut-être de moi sous les noms de Costard Coincé, Chaste à Manhattan, Bien Baisé à Manhattan et Cinquante nuances de Morgan. Eh bien, ce soir, je suis heureux de vous apprendre que j'ai mérité un nouveau surnom. Merdeux à Manhattan. Parfaitement. Ce soir, quand je me suis regardé dans le miroir, je me suis rendu compte que j'avais de la merde sur le front. Ne me demandez pas comment elle est arrivée là. Et vous savez le plus drôle ? Je n'ai jamais été aussi heureux de toute ma vie. Exact. Le mec avec de la merde sur la gueule est le plus heureux des hommes. Quand j'ai compris ça, j'ai décidé de vous écrire. Vous vous souvenez de cette femme à la langue bien pendue que j'ai rencontrée dans le métro – celle à propos de qui je vous écrivais ? Elle s'appelle Soraya. Je lui ai fait un bébé. Vous y croyez ? Elle a donné naissance à mon fils le mois dernier. Je l'ai piégée à jamais et maintenant, elle me fait des petits Morgan bruns comme des Italiens. J'ai un fils, Ida. Un fils ! D'où la merde sur mon front. Je suis certain que c'est arrivé quand je lui ai changé sa couche un peu plus tôt. Oui, le caca est toujours là. Je ne l'ai pas nettoyé parce que... J'ai dit que j'étais le plus heureux des hommes ?

Je n'ai pas dormi depuis six jours. SIX JOURS, Ida ! Je pensais qu'on ne pouvait pas vivre sans sommeil, mais apparemment je me trompais. J'en suis la preuve. Vous savez pourquoi c'est bien ? PARCE QUE JE SUIS LE PLUS HEUREUX DES HOMMES. Sans dormir. Il me manque quelque chose quand même. Soraya ne veut pas que je fasse d'elle une femme respectable. Elle pense qu'elle doit d'abord perdre tous ses kilos de grossesse pour enfiler une robe blanche ultra chic et se rendre à l'autel. C'est prévu pour dans six mois, mais je ne peux pas attendre un jour de plus. Je veux qu'elle soit ma femme. Je sais bien qu'on n'a pas besoin d'un morceau de papier pour légitimer ce qui existe entre nous, mais je suis égoïste. Je veux tout parce que je l'aime à la folie. Donc, la question que je vous pose : que faire pour la convaincre de m'épouser demain ?

– Merdeux, Manhattan

J'appuie sur envoyer et le portable de Soraya bipe. Je la regarde pendant qu'elle lit le message que je viens de lui envoyer – à elle directement, pas à l'adresse d'Ida.

Elle est assise dans le lit à côté de moi en train de donner ses seins magnifiques à Lorenzo, notre fils.

Heureux gamin. Je rêve de faire la même chose que lui.

Elle rit et tape la réponse sur son téléphone avant de l'envoyer. Mon portable vibre.

Cher Merdeux,

Vous devriez peut-être vous faire appeler Nuits blanches à Manhattan vu la teneur de votre courrier... Vous êtes complètement à l'ouest. Je pense qu'alors que vous êtes « le plus heureux des hommes », le manque de sommeil est en train de vous transformer moitié en zombie, moitié en fou. Ah, et même si personne n'est aussi sexy que toi avec de la merde sur la figure, va te nettoyer s'il te plaît. Cela dit, tu es officiellement le meilleur père du monde pour nos enfants, Chloe et Lorenzo. Le caca sur ton front en est une preuve supplémentaire. Je t'aime plus que jamais. Je commence à comprendre que si c'est important pour toi de légaliser notre situation, c'est bien le moins que je puisse faire pour te remercier. Allons à la mairie demain et faisons de moi une Morgan.

– Amour toujours, Madame Morgan, Manhattan

PS : On prendra le métro.

Remerciements

Merci aux blogueuses fabuleuses qui ont soutenu tous nos romans. Sans vos posts, vos billets et votre profond amour de la lecture, notre succès n'aurait jamais été possible. Nous vous sommes éternellement reconnaissantes de ce que vous faites chaque jour pour nous amener de nouvelles lectrices.

À Julie – Le troisième mousquetaire. Merci pour ton soutien et ton amitié.

À Elaine – Merci pour ton sens du détail qui nous a assuré que *Stuck-up suit* était bien corrigé. Ida n'aurait pas apprécié les coquilles.

À Luna – Il nous tarde de voir Graham et Soraya prendre vie dans ton imagination.

À Lisa – Pour avoir organisé la sortie du roman et pour ton soutien.

À Letitia – Pour la couverture magnifique : c'est vraiment Graham J. Morgan.

À nos agents, Kimberly Brower et Mark Gottlieb – Qui font tout pour que les gens lisent et entendent parler de nos histoires dans le monde entier.

À nos lecteurs – Merci de nous suivre dans cette folle aventure. On ne sait jamais où et quand on rencontrera l'âme sœur – un arrêt d'autoroute, un trajet en métro... Il nous tarde de vous faire vivre d'autres rencontres ! Merci pour votre soutien et votre enthousiasme ! Nous ne serions rien sans vous.

Avec tout notre amour,

Vi et Penelope